丝茜娜与游侠纪

幻神游侠纪前传

作者：吴仁煜

PARTRIDGE

To order additional copies of this book, contact
Toll Free +65 3165 7531 (Singapore)
Toll Free +60 3 3099 4412 (Malaysia)
orders.singapore@partridgepublishing.com

www.partridgepublishing.com/singapore

奉献页面

献给我最敬爱的家人

感谢我亲爱的家人，是你们的支持、理解和鼓励，让我能够追逐我的梦想，勇敢地踏上这段创作之旅。你们的爱是我最强大的动力，我将这本书献给你们，以表达我深深的感激之情。

—— 吴仁煜先生

献给所有支持我的朋友和读者

在每一个写作的夜晚，是你们的关心和期待，点亮了我前进的道路。你们的喜爱和支持是我最宝贵的财富，愿这本书能带给你们快乐和启发。

—— 吴仁煜先生

献给那些坚信希望和善良的人们

在这个充满挑战的世界里，你们的信念和善意是我创作的灵感之源。愿我们共同努力，捍卫正义、和平与希望，创造一个更美好的明天。

—— 吴仁煜先生

目录 - 全卷 ·共13章 ·本卷共158483字

前言

写作这本书的初衷源于对人性的思考与探索，尤其是说到世界环保问题。我们生活在一个充满希望和挑战的世界，正义与邪恶，光明与黑暗，时刻在我们周围交织着。在这个故事中，我试图通过一个跨足幻想的冒险，描绘出个体与命运的交汇，友情和团结的力量，以及抵御邪恶的勇气。

每个人都有内心的战斗，面对着各种选择与挑战。丝茜娜与队伍的冒险故事，旨在反映我们自身的成长与探索。他们在面对黑暗势力的同时，也要面对内心的挣扎和抉择。这让我们思考，何为正义？何为邪恶？在纷繁复杂的人性面前，我们是否能坚守初心，追求美好？

在这段冒险之旅中，我希望读者能够与丝茜娜与队伍一同成长，一同思考。每个人的心中都有一份光明，它或微弱，或炽热，但它能够照亮前行的路。无论面对怎样的黑暗，只要我们坚信希望，勇敢前行，就能找到真正的力量。

我希望这个故事能够在你的心灵深处激发共鸣，让你思考和感受。感谢你选择阅读《神幻游侠纪之丝茜娜与圣使命运》，愿这个故事陪伴你走过一段充满冒险和希望的时光。

—— 吴仁煜先生

简介

在一个黑暗力量笼罩世界的时刻，一支多元的探险队迎来了挑战。从环保问题的蔓延开始，丝茜娜的旅程跨足不同种族和背景，融汇智慧和勇气，为了维护和平而战。

在城市的废墟和神秘森林，火山喷发的岛屿和沉睡的妖精王国，丝茜娜与队伍搜寻着神奇物品，揭开谜题。文明的遗失与重现，宝物的失而复得，影响着世界的走向。

然而，他们的内心也经历着挣扎。友情、勇气、牺牲和希望交织，成为前行的支持。黑暗与光明的对决升温，内心的纷争也逐渐浮现，他们必须面对人性的复杂性，抵御邪恶的引诱。

在惊心动魄的战斗中，他们紧密合作，决心不息。然而，胜利并非终点，未来的挑战依然摆在眼前。不管黑暗的威胁如何凶猛，丝茜娜与队伍都会坚持下去，以正义和团结的力量，保卫和平与希望，开创更加美好的明天。

铭文

愿这本书成为你生命中的灯塔，指引你在迷茫时找到方向，在黑暗中看见光明。

愿每一个故事中的人物，都能在你的心灵深处留下一丝勇气，一份坚持，一份希望。

愿这些文字，仿佛音乐，奏响心灵的和谐旋律；如同画笔，勾勒出无尽的想象世界。

在阅读的旅程中，愿你找到共鸣，愿你收获感悟，愿你在书页间感受到真正的幸福。

愿你在书中遇见自己，也愿你在书中重新发现这个世界的美好与希望。

愿你的生活因这本书而更加丰富多彩，愿你的心灵因这本书而得到滋养与启迪。

愿我们的相遇，因这本书而更加有意义。

愿这份情感，与你同行，直至永远。

—— 吴仁煜先生

序幕

在宇宙的边缘，光明与黑暗的交错之处，存在着一个神秘的界域。那里，时间和空间交织，创造出无尽的可能性。在这个世界的表面，各种种族、生命形态和力量相互交错，构成了一个多姿多彩的宇宙图景。

然而，就在这美丽的世界之下，隐藏着一个无法忽视的威胁。黑暗势力正悄然崛起，其阴影笼罩着整个宇宙。由地球的环保问题引发的连锁反应，成为了一场世界范围的危机。在这个时刻，一支英勇的探险队走上了舞台，他们来自不同的背景，却团结在一起，为了保卫和平而战。

丝茜娜与队伍的旅程将穿越城市的废墟，涉足神秘的森林，探索火山岛屿的深处，还将寻找失落的文明和神奇的物品。他们将面对各种妖魔、黑暗天使以及那些意图破坏宇宙平衡的力量。但他们并不孤单，友情的火花、勇气的光芒以及希望的旗帜将一直燃烧。

在这个史诗般的冒险中，丝茜娜与队伍将不仅面对外部的威胁，还要直面内心的挣扎和选择。他们将学会团结，学会相互信任，也将学会坚持自己的信念。因为只有这样，他们才能在黑暗与光明的较量中取得胜利。

在未知的道路上，丝茜娜与队伍将前行，他们将挑战命运，他们将为了宇宙的和平而奋斗。这是一段关于勇气、友情和希望的故事，也是一个关于抵抗邪恶、追求真理的传奇。而序幕，只是这个壮阔故事中的开始。

结语

当最后的战斗落下帷幕，世界重新恢复了和平与宁静。那些英勇的探险者们，丝茜娜与队伍来自不同的种族，背负着不同的命运，却在危机面前团结一致，为了保卫人类和整个宇宙，他们战斗到底。

丝茜娜与队伍的冒险之旅充满了挑战和考验，他们在面对邪恶的力量时曾感到彷徨，但他们从不放弃。友情的羁绊在他们之间愈发坚固，勇气的火焰在心中燃烧，希望的旗帜从未摇曳。

在丝茜娜与队伍的努力下，失落的宝藏被找回，失落的文明得以重见天日。然而，他们也明白，胜利并非终点，而是一个新的起点。他们将继续前行，将继续守护着和平与正义。

正如夜晚的星光闪烁，每个人都有自己的使命，每个人都是宇宙中不可或缺的一部分。而那些黑暗的影子，虽然时常逼近，却永远无法摧毁光明。

在这个充满希望的结局中，我们看到了团结的力量，勇气的力量，以及人类坚持不懈追求正义的力量。无论未来前路如何崎岖，只要我们心怀善良，勇敢面对挑战，就能创造出一个更加美好的明天。

在这个故事的结语中，我们向那些英勇的探险者们致以崇高的敬意，感谢他们的奉献和勇气。愿和平永驻，希望长存。

第一回 奇遇

太阳缓缓西下，博物馆的大门也缓缓关闭，灯光逐渐熄灭。一名保安手持一串钥匙，铁钥匙敲击地面，发出清脆的声音。他穿着厚重的靴子穿过大厅，每一步都像一个独特的音符。就在这时，保安注意到一个扭曲的喇叭悬挂在展示柜上，他看到一个影子在晃动，形似猴子，耳朵尖尖。影子目不转睛地盯着一个展示盒，轻巧地跳上黑色长凳，伸手进入损坏的展示盒，拿起一个扭曲的白色角。展示盒仿佛被融化，周围弥漫着细细的白烟。

保安立刻拿出黑色警棍，朝着黑色影子追去。他拼命击打，但敏捷的影子总能从平台上闪过，保安的打击都未能命中。然而，他没有放弃，一次又一次，紧紧追逐这神秘的黑影。最终，小黑影跳到墙角，似乎以为自己已经无路可逃。

保安得意地笑着说：”小家伙，你逃不出我的手心！” “现在你别想再逃了，小家伙！”

黑色影子转过身，逼视着保安，左手紧握着扭曲的角。它从嘴中喷出白色蒸汽，洒在保安的制服、脖子和下巴上。制服的纤维开始冒出细小的烟雾，随即被破坏，保安感到惊慌，尖叫呼救。他的脖子和下巴瞬间变红，仿佛燃烧着白烟。保安退后了几步，后退时平稳地倒在地板上，不再发出声音。接着，另一名保安赶到现场，但一看到情况立刻呕吐。随即，警察、医务人员和一名女记者纷至沓来。当执法人员和媒体进入大楼时，新闻记者拿起摄像机，站在大厅前。

她面向摄像头说："我是苏珊，正在为某某新闻报道。我现在身处博物馆，发生了一起可怕的谋杀案。在深夜的大街上，一个人被害了，但没有找到嫌疑人。……"

当新闻记者突然宣布重大新闻时，一群人正在大厅前的电视屏幕上观看。一位老人把小收音机放在耳边，银色手机上的视频播放了最新通知。这时，一个老人，面带皱纹，白色瞳孔，正偷听着周围人手机上的新闻。突然，他仰起脸，重重地呼出一口气，摇了摇头，似乎很不满。

老人说："『潜藏自有光明日，守耐无如待丙丁；龙虎相争生定数，春风一转渐飞惊；可以转移，可以了结；只恨运命屯邅，故此一得一失。』" 然后，老人转身离开。

老人的拐杖在水泥地面上敲击，盲汉渐渐走出爱琴海大桥的景区。此刻桥上车辆稀少，温暖的海水涌动着，海面上的光线交织，仿佛画出了一幅美丽的图景。夜幕渐渐降临，渐变的蓝色天空为这幅画作增添了色彩。微风轻拂，潮水悄然退去，树木像是在欢迎海风的拥抱。夕阳的余晖洒在破旧的木屋上，仿佛抚摸着被遗忘的村落。远处肥胖的公鸡发出咯咯的叫声，声音传遍了整个岛屿。大海中散布着珊瑚礁，五光十色，宛如海洋的宝藏。孩子们在沙滩上嬉戏，欢声笑语回荡，纯真的快乐如同一首忘却的交响乐。

岛屿的尽头是一个木制码头，周围停泊着数十艘25人座的木船，船尾系着橡胶轮胎，高出海平面。乘客们纷纷下船，脚步声在码头上回响，如同音符的交响。

在一群朋友中，有一个方脸圆脸的魁梧小伙子，穿着白衬衫和蓝色沙滩短裤，头戴白色帽子。他与阿寒、小李和阿伟一起沿着海港前往村子，背着背包，兴致勃勃地迎接这次的海岛之旅。

小伙子兴奋地喊道："终于到'达乌宾岛'了！可以放松一下了，不用再为考试烦心！"其他三人听后都笑了，显然大家都有相同的感觉。随着时间的流逝，太阳逐渐升高，他们来到了一片石滩，阿寒、小李和阿伟都觉得这是个理想的地方。他们放下背包，取出装满钓鱼线、鱼饵、鱼钩、浮漂、铅坠、钓线夹和桶子的渔具箱，还有一根伸缩的钓鱼竿。然而，骄阳似火的天气让他们的皮肤都感到灼热，汗水像水滴一样滴落。

年轻人坐立不安，喃喃自语道："本来大家都同意来海岛去找蛇妖，结果他们。。。！"突然，他眼睛一亮，赶紧说道："我得上个厕所！"说完，他急匆匆地离开了。

阿寒突然觉得嗓子有些干燥，抬头大声喊道："傅凡吟！……"但傅凡吟的身影却不见了，阿寒停下了脚步，唇角紧抿，皱起了眉头，发出一声响亮的叹息。

与此同时，傅凡吟正大摇大摆地走在路上，享受着橡胶园和椰林带来的微风。他一直兴奋地说："找个老生常谈的借口溜走，真是太聪明了。"走了一段时间，他来到一块花岗岩前，感觉双腿有些乏力，他看见前方有一点微弱的光芒，十分刺眼，却激发了他内心的好奇。于是，他站起身，朝着光芒的方向走去。他在努力用手遮住光线，一边向前走，他渐渐忽略了周围的环境。一不留神，傅凡吟突然踏入一个洞中，沉重的身体被地心引力吸引，他迅速地掉进了洞里。

"啊！"傅凡吟惊呼一声。在空中的瞬间，他拼命挥舞双手，试图抓住什么，但他被倒挂在洞顶。突然，他身后的背包撞到了什么，他的身体被弹了回来。原来，他掉进了茂密的灌木丛中。小伙子伸出双臂，紧紧抱住一株灌木，然后伸出左手，牢牢抓住悬崖边的小树枝，用脚在找着支撑点站了起来。

站稳之后，他靠在泥泞的石壁上，沿着悬崖的缝隙小心翼翼地移动，摸索着前进。

傅凡吟转过头，突然感到手上传来一阵剧痛。他看了一眼自己的右臂，然后抬起头，发现头顶上有一个洞。阳光照在洞口，男孩的目光不由自主地朝着洞内注视。随着他的目光移动，男孩便走去有光线的角落，照一下自己的右臂，发现右臂有轻微的伤口，伤口正在流血。

傅凡吟看着洞口，大约有三个人那么高，吓得心急如焚，不停地重复："我要死了！"接着，他疑惑地补充道，说："我怎么才能离开这里？……"他用尽全力高声呼喊："救命！"片刻后，太阳逐渐暗了下去，洞也变得越来越昏暗。他停下来喘口气。

然后，那男孩深吸几口气，沉思道："我记得去年露营的时候，教练教我面对困难要保持冷静。"他再次深吸几口气，若有所思地说："我保持冷静。"

傅凡吟再次深吸口气，双手背在身后，拿出一支蜡烛大小的镀铬手电筒。然后，他轻轻晃动手电筒，远处出现一道微弱的光芒，犹如一块石头从上方照射而下。他朝着微弱的灯光走去，在左侧泥岩墙的斜角处，发现了一根螺旋状的灰白色木棍，手掌大小。他伸手拿起来看了又看。它感觉像石头一样坚硬，但像手机一样轻。当男孩抬起头时，他意识到头顶上还有第二个洞。然后，他用手电筒照射着手中的棍子，继续检查它。光线从棍子上反射出来，在洞道周围闪烁着，散发出一些彩虹色的光芒。正当他想要弄清楚时，一阵风袭来。

傅凡吟深吸口气，将双手放在身后，取出一只蜡烛大小的镀铬手电筒。随后，他轻轻晃动手电筒，远处突然出现了微弱的光芒，仿佛一块石头从上方投射而下。他朝着这道微弱的灯光前进，发现在左侧泥岩墙的斜角处，有一根螺旋状的灰白色木棍，手掌大小。他伸手拿起来细细观察，触感坚硬如石，却异常轻盈，有点像手机。当他抬头时，意识到头顶上竟然还有第二个洞。

于是，他用手电筒的光照亮那根木棍，继续仔细检查。光线在木棍表面反射，四周洞道里闪烁出彩虹般的光芒。就在他试图弄明白这一切时，一阵风突然袭来。

傅凡吟继续向前照亮手电筒，发现一条小路通向前方，那里有一个比人还高的山洞。他毫不犹豫地走向那个方向，似乎没有考虑山洞的危险性。左手紧握着水晶棒，他前行了十多步，发现地面两旁分别有通道。地道和红坝分为四部分，底下流淌着水流。傅凡吟没有犹豫，只见眼前有光亮，地面一片杂草。这些杂草大约齐腰高，根茎状，草皮宽松。周围还长满了丛生植物，叶片卷曲，看上去生气勃勃。

傅凡吟心想："这可能就是出口了。"

他继续前行，感觉脚下地面平坦如石板路。他坚信这个山洞内的小路一定通向出口。于是，他加快了脚步，一直走到山洞尽头的小道。低头一看，心中一跳，他的脚下竟是一个巨大的湖泊。湖岸上矗立着高大的山壁，看起来就像是湖边。这个山壁就像一堵巨大的石墙，有着两个奥林匹克泳池那么宽。傅凡吟捂住额头，眉头紧锁，然后转身回到原地，仰望着洞口。

他口中喃喃自语："如果我能逃出去，我会……" 正当他在祈祷时，他手中的水晶棒开始自发地发光。此刻，傅凡吟正回忆着之前休息的那棵树，同时后悔自己的好奇心跟随了那道明亮的光。突然，他原先站立的位置的泥坑和围墙突然消失，取而代之的是一片宽阔的草地，而他面前的伞状树也重新出现。傅凡吟吃惊地发现自己已经站在树前，头部轻轻碰到树干，然后摔倒在地。

"哎呀！"他大声叫喊。傅凡吟高兴地站了起来，摸着自己的额头，然后说："集中注意力法果然有效，太神奇了，太有趣了！哎呀！"他摇摇头，把水晶棒收进背包里，然后慢慢走回去和朋友见面。

回到石滩，阿寒看到他满身泥巴，焦急地问："你怎么了？我们都担心得要报警找你呢。"

小李关切地说："你去哪里了？我们一度担心你失踪了。"

阿伟看着傅凡吟右臂的伤口，翻了个白眼，然后继续大喊："谁带来了急救箱？"

傅凡吟轻声说："我背包里有急救箱，我去附近的公厕处理一下伤口。"然后独自前去处理伤口。片刻之后，他回来了。此时，四人觉得钓鱼不再有趣，决定回家。傅凡吟也同意，于是他们一起前往码头，登上船回到对岸。然后，到达对岸后，四人搭乘公共汽车各自回家。

回到家后，傅凡吟迫不及待地洗了个澡，然后将背包放在床头。过了一会儿，他更衣完毕，走出家门，来到楼下。楼下是一排商店，其中包括一家面包店。他正朝着面包店走去。当他靠近时，他闻到了浓浓的花生酱面包香味，距离面包店还有五家店。傅凡吟来到面包店，发现有两位女性站在收银台前。一位穿着黄色碎花连衣裙，戴着蝙蝠翼袖的黑发女士，另一位是戴着黑色围裙的小女孩，在厨房角落的玻璃窗旁喝水。那位女孩的脸庞圆润，鼻梁高挺，头上挂着一顶黑色帽子。

柜台女士看到傅凡吟，微笑着问："还是老样子吗？两片吐司加花生酱？"傅凡吟点点头，用手势表示是的，然后说："没错！"他微笑着对柜台女士表示感谢，同时注意到厨房里的女孩。

傅凡吟继续说："你们的手工面包和蛋糕都非常美味，整个店里都弥漫着诱人的香气。"

　　年轻女士甜甜地笑着回应："你一直是我们的忠实顾客！感谢你每天光顾我们。"柜台女士稍微紧张地指向傅凡吟的伤口。

　　傅凡吟轻声说："我昨天在'乌敏岛'受了点伤，但现在我没事了。"

　　收银女士安心地说："幸好伤势不重，下次要小心一点。"

　　傅凡吟点点头："下次我会注意的，谢谢你的关心。"与此同时，他递过钱，收银女士接过并递给他包好的面包。男孩一边表示感谢，一边向两位女士挥手告别，柜台女士回应了他的挥手。然而，另一位年轻女士已经转身戴上口罩，没有注意到傅凡吟的告别动作。男孩默默地低着头走回家，心情有些失落。

　　第二天，傅凡吟穿着蓝色的运动服，背着背包，乘坐公交车前往目的地。一个小时后，他到达了沙滩，看到挂着写着"海滩清洁日"的白色大横幅的两根高杆。一群戴着帽子或头巾的人聚集在那里，其中三个高大的男人和三个穿着运动服的女人正在向人们招手。其中一个人喊道："我们很高兴看到每个人都自愿参加西海岸海滩清理工作。"

　　傅凡吟来到折叠桌前，桌子上堆满了整齐的透明垃圾袋，他开始帮忙发放垃圾袋给大家。一个身穿蓝色衬衫和黑色短裤的高个子男人对傅凡吟说："我以为你不会来了。"他继续说道："虽然这组很小，但今天来的每个志愿者都对这项活动充满热情，一大清早就来这里了！"傅凡吟只是静静地点了点头。

　　高个子男人见傅凡吟不说话，问道："怎么了？你看起来不开心。"

傅凡吟回答说："不，阿基！只是我一直想认识面包店里的那个女面包师，虽然你一直在鼓励我找个机会问她，但这两年一直没有机会啊。"他叹了口气，抿紧了嘴唇。

就在他们边说边分发垃圾袋给前面的人时，一个女声甜甜蜜蜜地说："你不就是一直来我们店买面包的那个人吗？"傅凡吟转头看去，只见那个穿着黄色运动服、金发马尾发型的人正是店里的那个年轻面包师。

女孩又接着笑着说："你也挺关心大自然，不错哦。"她继续说："待会见。"她挥手几下，便拿着垃圾袋转身离开了。

那男孩很震惊，也一时说不出话，但他挥了挥手向她回应。站在他旁边的阿基说："缘分把你带到这里来啊！"接着又说："兄弟，稍后去问她的名字，现在这是你唯一的机会了。"男孩一边点头一边傻傻地看着她一步一步离开柜台。

傅凡吟面前的下一个人正伸手要垃圾袋，然后大声说："是不是不介意把垃圾袋递给我。"他转过头向那个人道歉，然后递给他垃圾袋。

每个人拿到袋子后，开始沿着海滩捡拾烟蒂、小塑料垃圾、塑料瓶、金属罐和渔网等垃圾。傅凡吟独自在沙滩上拉出撕裂的渔网，同时环顾左右。那个女孩突然出现在他面前，问："嘿，需要帮忙吗？"

傅凡吟惊讶地张开嘴，一时说不出话，但很快回过神，回答："是的……是的！谢谢您。"她微笑着伸出双手，他们一起拉出了那整张渔网。

然后，傅凡吟深吸了一口气，对着那个年轻女孩，说道："吖……不知道你叫什么名字？我……我觉得直呼你的名字会比较好。"他的心跳加速，同时微笑着。

女孩微笑着说："丝茜娜！"

男孩拿出右手套，接着战战兢兢地伸出右手与她握手，便深呼吸一下就说："我是傅凡吟。"两人握了握手，同时说道："我们去右边清理垃圾吧。"男孩听了松了身，接着他们两个笑了一会儿，继续前进。

在清洁沙滩期间，傅凡吟和丝茜娜捡起了玩具车、几乎他们也发现一瓶苏打水的玻璃空瓶和某人的房门钥匙。于是，两人把这些物品放进垃圾袋里头。整个活动一直持续到中午太阳升起。这一天，每一个人集合所有收集到的垃圾连同袋子一起倾倒在垃圾车的垃圾箱里。完成清洁过后大家就去附近的厕所洗手消毒。消毒洗手后，每个人都拿着供应的零食和饮料举杯敬水，其中一个高个子正从三脚架相机跑回人群一起拍个照。

拍完照之后，人们朝着不同的方向前进。这时候，阿基过来和傅凡吟交谈，同时，他们互相介绍了丝茜娜和阿基与女友。接着阿基用眼球向左滑动，向傅凡吟打一个眼色，表示阿基与女友有急事去办，然后阿基匆匆忙忙和丝茜娜说'再见。然后阿基和他女友匆匆离开现场，留傅凡吟和丝茜娜独自在停车场。

丝茜娜突然冒出一个问题问傅凡吟，道："要不要去光缆滨海湾花穹吗？"

傅凡吟的眉毛微微上扬，眼皮皱了起来，他立即回答说："好注意，一直想去体会大自然展览厅的！"然后，他们俩乘公共巴士前往目的地。

傅凡吟和丝茜娜到达花穹后，就进入了装有空调的穹顶，每个大厅看起来都像是体育场内的人。他们上前看着一个帽尖形状奇特的树干，招牌上写着『猴面包树』四个字。丝茜娜用手势比划向傅凡吟解释说："这些树为居民和动物提供住所、食物和衣服，它们种植水果作为儿童、孕妇和老人的药品，据说帮助对抗发烧和安定胃部。"傅凡吟张小口敬畏地看着这些肥胖的高树。

接着，两人走进花田，看到一望无际的空间，到处都是五颜六色的鲜花。花卉展示的每一部分都反映了它的季节、节日和主题。傅凡吟此刻没有眨眼，只看着鲜花，同时人群也正忙着举起相机，用手按开关拍照。就在这个时候，两人不知不觉间涌入人群中，而且两人朝着不同的方向走去。傅凡吟转头四处寻找丝茜娜的身影，但除了人们还在忙着拍照或摆姿势外，无处可寻女孩的踪影。

在一个全面玻璃板的大厅附近拐角处，傅凡吟看到一个穿着紫色长袍的女人和丝茜娜面对面站着，嘴巴在动，脸上带着微笑。所以，傅凡吟慢慢走到丝茜娜身边，这样她稍后会瞥见自己。当傅凡吟朝丝茜娜的方向走去时，身穿紫色长袍的女人转身对丝茜娜挥手。当他们似乎结束谈话时，她也做了同样的手势。

傅凡吟走近女孩，礼貌地说："你遇到熟人。"

丝茜娜笑着对傅凡吟说："她是面包店的旧同事。""让我加入她的生态系统兴趣小组和项目。"

那个男孩一听到，情绪变得兴奋起来，对环保项目充满热情。丝茜娜看到他的积极态度，开始说话："参加者必须全职志愿者，还需要进行全球旅行。"傅凡吟听到这句话后，失去了一开始的兴趣，摇了摇他的背包。

丝茜娜微笑着继续说："或许下次吧，如果你有时间和兴趣的话。"傅凡吟只是悲伤地摇摇头。

丝茜娜看了他一会儿，然后开始问："你为什么想参加今天的活动呢？"

傅凡吟仰起头，热情地说："我们只有一个地球，我们的污染不仅危害我们自己，还危害了每一个生态系统，从树木、鱼类和海洋到陆地生物，甚至昆虫。如果没有人来保护地球，每一个生态系统都会相互依赖，我们的家园和食物也将会消失。"

丝茜娜露出灿烂的微笑，点头表示同意，说："我也热爱地球，我试着通过我的烘焙技能，使用天然成分制作蛋糕和面包，并在每一个面包上印上地球日的标志，以鼓励人们为环保出一份力。"

傅凡吟回答说："是的，而且我喜欢你的面包，特别是那层香喷喷的花生酱，以及面包上的图案，看起来就像一个大陆，顶部的叶子形状，还有地球日的签名。它们都是用抹茶制作的，非常特别。"

丝茜娜微笑着说："我很高兴你喜欢我的作品，也很感谢你对细节的关注。"

傅凡吟的脸涨红了，摸了摸后脑勺。然后，两人继续游览。

游览结束后，他们在便利店买了牛角面包和饮料，然后前往公园。来到一片草地，傅凡吟对丝茜娜说："我们可以坐下休息一下。"

他们坐在草地上，欣赏周围的景色。天空渐渐变暗，周围的人们也变得稀少。

傅凡吟拿出饮料，打开瓶盖，然后递给丝茜娜。他也打开自己的饮料，然后两人一起喝了口水。

丝茜娜看着傅凡吟，微笑着说："你真是个有趣的人，今天我们一起度过的时间非常愉快。"

傅凡吟得意地笑了笑："你也很有趣。我觉得我们的相遇就像是缘分，能在海滩上这样巧遇。"

"是的，我也觉得是缘分，我还记得我们第一次相遇，你在面包店，看到你那时对我的面包那么喜欢，我心里也非常高兴。"

傅凡吟感慨地说："是啊，这真是美好的回忆。我现在明白，世界是如此之小，我们终究会在某个时刻相遇。"

他们继续聊天，分享着彼此对环保和自然的热爱，发现彼此在许多方面都有共鸣。时间不知不觉地流逝，太阳即将落山。在夕阳映照下，他们感到这个相遇就像是一场奇妙的冒险，让他们更加珍惜对环保的责任感和对地球的热爱。

突然，他们听到了一阵铃声。他们转身看到一个年轻人骑着电动滑板车撞到了一位盲人行人。那位盲人坐在地上，而年轻人也失去了平衡摔倒了。他们放下手中的饮料和盖子，走向受伤的盲人。

在公交车上，两人继续讨论刚才以西结所说的话。傅凡吟感到疑惑地说："为什么要学习自卫技能？难道不是读书上大学最重要吗？"他看着丝茜娜，发现她陷入沉思。有些担心，他问："你怎么了？没事吧？"

丝茜娜转头微笑着回答："我没事。"然后好奇地问："如果你需要学习自卫技能，你想学什么？"

傅凡吟答道："学什么都可以，学几招自卫技巧就好了，如果有法术可以学，即使辛苦也没关系。"

丝茜娜笑着说："法术？如果真的存在，可不是那么容易学的。"

傅凡吟眼睛闪闪发亮地说："改天，如果有机会，我给你表演一个魔术看看。"

丝茜娜退后一步，好奇地说："好的，我等着。"他们继续聊天，一直聊到到达家门口。

当傅凡吟送那女孩到家门口，她微笑地说："今天的休息日过得好开心，也感谢您的陪伴。"

傅凡吟接着说："我今天也过得很开心。不知道下一次，可以约你出来吗？"

丝茜娜笑笑地说："当然可以呀！你还欠我一套魔术秀哦。我只是星期二有空，其他一天，我九点才下班。"

傅凡吟开心地回答说："好的！明天午餐时间，一起吃饭，方便吗？"

丝茜娜点点头，然后说："我十一点吃饭。"

那个男孩立刻答应了约会时间，然后两人挥手告别。傅凡吟下楼梯时，兴高采烈地回家了。

傅凡吟不禁感叹这根神奇的水晶棒带给他的冒险和惊喜。他决定与丝茜娜分享这个奇妙的经历，因为她一定会感兴趣。于是，他再次约了丝茜娜一起吃饭。

到了第二天，傅凡吟背着小腰包，手里拿着那根螺旋形状的水晶棒，踏着轻快的步伐，朝着面包店的方向走去。刚到对面的组屋，他就看到了一个令他生气的场景：有两个不怀好意的男人在面包店门口纠缠着丝茜娜，女孩子一直在扭动身子，显然很不开心。傅凡吟心中大为不平，他的心上人居然受到了这种欺负！

忍不住怒火，傅凡吟义愤填膺地冲了过去："喂，你们两个混蛋！调戏良家妇女有什么了不起的？这也不像话！"他大声斥责着那两个恶霸，语气充满威严。

两个恶霸闻言，不屑地看了傅凡吟一眼，然后嘲笑着冲上来。傅凡吟也不示弱，他瞪着眼睛，对着两个恶霸嚣张地骂了回去："没出息！"

于是，一场小小的冲突就这样爆发了。傅凡吟转身就跑，挑衅着那两个恶霸，他们愤怒地追赶着他，三个人疾驰着，向着家的方向奔去。傅凡吟转弯抹角，绕来绕去，巧妙地甩开了一个恶霸，但另一个恶霸紧紧追在他的后面。

一时间，走廊里热闹非凡，三人疯狂追逐着。傅凡吟忽然转向右侧，冲上楼梯，跑到三楼，然后再转向右边的楼梯口，一直冲到走廊的尽头。那里正好有一个楼梯口，可以通往上下楼层。

第一个恶霸还在愣在原地，而第二个恶霸也来到了三楼的楼梯口，气喘吁吁地朝傅凡吟追去。傅凡吟此刻已经转身往左跑，冲进了楼梯口。第一个恶霸也没想太多，紧追不舍地冲进楼梯口。

然而，当他们到楼梯口时，却怎么也找不到傅凡吟的身影。两人疑惑地四处张望，但一无所获。他们抬头往上楼看，也没有发现任何人。心里感到莫名其妙，好像刚刚追的人突然消失了一样。

而就在这时，傅凡吟却觉得自己站在一片柔软的地面上，眼前有一张木桌和一堆漫画书。低头一看，原来是一张床，床边放着他的背包。他愣住了，随即自言自语地说："这不就是我的露营背包！我回到家了？可刚才明明是在追着那两个恶霸……啊！原来是石棒带我回家了。"

他恍然大悟，手中紧握着那根神奇的石棒，兴奋地自言自语地说："幸好我带着石棒出门，不然我准备被他们打到变成猪头了。"接着又说："我刚才拿出这个玩意还一直在想怎么回家，结果就回到家了？果然如此，手中拿着那个石棒，心里想着哪里，就带我去哪里了。"

傅凡吟一点都不想多想，立刻拔腿就往对面的住宅跑去。当他急匆匆过马路，朝着面包店的方向奔去时，不料却碰上了那两个流氓，他们正好在那里。更糟糕的是，丝茜娜也站在墙角旁，手中拿着一捆白色的绳索，她望着他们的身后，手势比划着，急切地示意着什么。

其中一个恶人一看到傅凡吟，嘲讽地说："哟，自己送上门了！"

说完话，两个流氓朝前冲过来，而那男孩立刻转身躲进墙后。两个流氓伸手去抓他，但却在他们眼前消失了。他们左右张望，找不到那男孩的踪影。突然，背后传来一个女孩的'啊'一声，两人转头一看，发现傅凡吟和丝茜娜已经出现在他们身后。两个流氓一愣，然后回过神，急急忙忙地跑过来。但傅凡吟和丝茜娜已经抓住机会转身逃跑。这时，他们又在对方眼前消失了。

两个流氓一脸迷茫，感到不可思议，同时也有一种凉风吹过的感觉，开始有些害怕，好像见了鬼一样。

就在此时，傅凡吟和丝茜娜已经转移到了另一个地方，四周都是茂密的花草树木，显然是身处森林中。他转头看着丝茜娜，确认她平安无恙，心里松了口气，毫不示弱地说："太好了，我们成功脱险了！"

丝茜娜着急地说："你在说什么，其实我是想帮你……"她还没说完，傅凡吟突然倒在地上，脸色苍白。

　　女孩还没来得及问对方怎么回事，就突然感觉到一股危险的气息逼近。这时，一群野狗突然出现，个头大得像成年人的腰部高度，有十只野狗凶狠地盯着他们。面对这突如其来的危险，傅凡吟和丝茜娜只能默契地望向对方，眼中透露出一丝慌乱。接下来，他们将如何面对这群凶恶的野狗呢？一场惊险刺激的冒险才刚刚开始……

第二回 命运

回过头来，晕迷中的傅凡吟和手无寸铁的丝茜娜被一群巨大的野狗包围着。它们个头高得像成年人的腰部，这可真是让两人陷入了困境。野狗们咆哮着，似乎决定要吃掉这两个不速之客。丝茜娜紧握着手中的白色长棒，奋力准备抵抗。其中一只野狗突然飞身跃起，向她扑来，但她挥动长棒，重重击中野狗的脸部，它痛苦地嚎叫着倒在地上。其他野狗也跟上来攻击她，但她毫不畏惧，挥舞着长棒，突然间开始唱起奇怪的语言。她的声音有如回声，清晰的歌声仿佛制造出甜美的音乐，九只野狗纷纷倒地，慢慢撤退，好像被驯服了一样。

傅凡吟还是半昏半醒，但他看到了这一幕，接着眼前一阵模糊，再次陷入昏迷。

丝茜娜环顾四周，确认两人已经脱离险境，便转身回去看傅凡吟。但当她看到他脸色苍白时，立刻担心起来，连忙凑近他，焦急地呼唤："喂！喂！你没事吧？"她放下绳子，双手紧紧按住他的右肩膀，低头似乎在默默祈祷。随着她的手掌发出金黄色的光芒，渐渐地，傅凡吟逐渐苏醒，感觉头晕目眩的感觉逐渐消散。丝茜娜的手掌闪耀着温暖的光芒，让他渐渐恢复了精神。当丝茜娜感觉到他已经清醒时，轻轻收手。

当她的手离开傅凡吟的头部，他目瞪口呆地看着她的手掌，惊讶地说："你一定是仙女，……或者是天使！"他停顿了一会儿，脸上露出惊奇的神情。

丝茜娜听了他的话，笑容盈盈地说："美丽的天仙？"她的笑容像春风一般温暖，令傅凡吟心神荡漾，被她的美貌所吸引。

丝茜娜轻声问道："我们怎么会在这里？"

傅凡吟坐起身来，四周环顾，眼睛闪烁着思索的光芒，然后说："我记得遇到那两个流氓的袭击，当时非常紧张，只想带你离开危险。然后，我记得我们就进了那片树林……！"他看着前方广阔的草地和伞状的树木。突然，他的眼睛亮起来，举起左手指向一棵树，兴奋地说："我记得了，那棵树我好像撞到……"说到这里，他感到有些尴尬。

丝茜娜皱起眉头，问道："撞到什么？"

傅凡吟有些为难地说："呃……撞到那棵树，然后我们好像就……传送到这里了？"

那男孩傅凡吟立刻回答："对啊，我去了'乌宾岛'露营，就是前几天的事情了。我还找到了这把水晶棒。"说完话，他举起手中的法宝，得意地展示着。

丝茜娜的眼睛闪闪发光，兴趣盎然地说："我已经遗失很久的『幻移之晶』！"傅凡吟听了，看着水晶，便提手给女孩。

丝茜娜拿着看水晶看了又看，停了一下，便说："三年前，我就是来到这个岛上，后来我。。。摔了一跤，就不见这个宝贝。后来，我一直看着地上，但是发现旁边有一个深坑，而且天黑了不容易找，那时候我又头晕脑胀，我只好痛心的暂时放弃寻找，其实我有回来这里寻找几次都找不着。没想到，三年过去，你竟然可以找到『幻移之晶』。。。"

丝茜娜看着水晶，便眨眼睛一下并说："居然你也跟他有缘你就帮我保管一下吧。。。"

傅凡吟心里有些着急，赶紧打断她："等等，你说这是『幻移之晶』？"丝茜娜点点头，解释道："『幻移之晶』是一个神奇的法宝，可以随意穿越空间。这些『幻移之晶』会吸取使用者和接触者的精气来运转。使用者必须懂得运转自己的精气来掌控翘棱随意杆，否则它只是一个普通的水晶而已。"

傅凡吟看着手中的水晶角，抬头点头，继续问："那为什么我能启动它？"

丝茜娜打量着傅凡吟，一手托着下巴，另一只手搭在右臂肘上，沉思片刻后，说："可能你可以运转自己体内的精气来操作魔法器！"傅凡吟听了，感到有些模糊，一时没回话。

丝茜娜继续解释："每个魔法器都需要能量来启动，而每个人体内都蕴含能量，只是要懂得将它们相连起来。就像把电池装进手电筒，然后按下开关就亮了一样。"

傅凡吟点头，然后问道："你怎么知道这些？"

丝茜娜微笑着回答："有机会的话，我会慢慢解释给你听。我们还是先回家吧。"

傅凡吟点头，双手接回水晶，就拿起自己的水晶棒，准备使用它，但丝茜娜伸手阻止他，提议先走回海港，然后打电话给她的合作伙伴来接他们。傅凡吟理解地点头，放下水晶棒，与丝茜娜一起离开了那片地方。

到了傍晚，丝茜娜的合作伙伴（柜台姐）来接他们回家，一脸淡定，也没多问。

回到家楼下，丝茜娜提醒傅凡吟："答应我，你要好好保管它。"接着又说："你必须答应我，今天发生的事情不能告诉任何人，或者炫耀这个'水晶'知道吗？"

那小子马上点头答应了。丝茜娜接着说："那好，我们这么说定了。明天见。"两人挥手道别，傅凡吟回到了家。

第二天的早晨，傅凡吟买了一些东西，想拿给丝茜娜和柜台姐表示感谢。他买了一份著名的斋米粉和茶水，打算作为昨天的答谢。接着，他去了面包店找丝茜娜，和她会面。当他到达店面时，不巧遇到了那两个流氓，他们也刚好在付钱买面包。结完账，两人转身准备离开。傅凡吟好奇地询问店主："他们没给你们惹麻烦吧？"

丝茜娜从厨房走出来，回答道："他们已经忘记了昨天的事情，不再计较往事。"那男孩眨了眨眼睛，想说什么，却看到丝茜娜做了一个示意的手势，示意他不要再多问。他点点头，好像明白了，不再多问，只是把斋米粉和茶水交给两人。就这样，两人的见面次数越来越多。

有一天，丝茜娜和傅凡吟一起来到滨海湾花穹附近的公园。丝茜娜拿出一个盒子，像汤碗一样大，递给傅凡吟，祝他"生日快乐"。男孩打开盒子，发现里面是一个草莓蛋糕，上面还装饰着许多草莓，看得他目不转睛。丝茜娜微笑着说："许个愿吧！"

傅凡吟答应道："好的！"然后他闭上眼睛许下愿望："我希望这个时刻永远停留。"

丝茜娜咯咯笑道："你这个傻瓜！怎么把愿望说出来了？"她咬了下唇，继续说："如果你想让时间暂停，其实是有办法的。想不想学？"

丝茜娜再次咯咯笑了起来，说道："我们可以用手机拍照，你可以冻结时间。"傅凡吟立刻笑了出来。

傅凡吟点头，同时立刻拿起叉子，迅速吃掉了丝茜娜做的蛋糕。一口一口把小蛋糕吃得干干净净。他擦擦嘴巴后，客客气气地问："请问你怎么会魔法？我记得那天你唱起奇怪的语言，声音有如回声、而清晰歌声制造甜美音乐、接着九只野狗纷纷倒地慢慢撤退。"

女孩看着他，眼神温柔又有些复杂："如果我是从异世界来的，你还会继续做我的朋友吗？"

傅凡吟的眼睛闪烁了几下，他高兴地说："当然。" 丝茜娜微笑着点头。

傅凡吟自信地继续说："不管你是谁，我都会接受你。"

少女听到他的回答，眼睛一亮，开心地问道："真的吗？" 傅凡吟不停地点头。

丝茜娜接着说："其实我三年前被一股龙卷风无意间从异世界带到这个世界，后来我偶然遇到了我面包店的伙伴。"她继续解释道："你手中的蓝色水晶是一件交通工具，为了出差方便我便省钱买下它。这个道具非常方便，使用者只要记得去过的地方就可以传送了。"

傅凡吟掏出手中的『幻移之晶』，问道："我这个靛蓝色的吗？"

女孩点头肯定："对，这些『水晶独兽角』都有灵性，有时会呼唤有缘人。" "这些『水晶独兽角』在我那边卖，其实不是真的独兽角，只是用了特别的魔法石头，然后雕刻成独角兽而已，所以商家为了吸引更多人购买就叫『幻移之晶』，我们那里的人个个都会用精气来控制道具的。"

男孩听了兴奋地眨着眼睛，回想起当天的情景，说："用精气！哇。。。我记得那天在[乌宾岛]，我在大树下休息，看到有一道光闪来闪去，一直呼唤我，难道它感觉到我有精气吗？"

丝茜娜再次点头："当时我在店里也是看到这个水晶一直在发光，感觉很漂亮，我就买下来。"她笑着补充说："而且那天你给我看它的时候，我感觉你和它有缘。所以我才吩咐你要好好保护它。"傅凡吟紧张地回答："保护它？可是我不懂魔法。"

丝茜娜笑笑地说："我可以教你呀。"

男孩迫不及待地问："真的吗？师傅……"

丝茜娜笑着说："乖！"男孩无奈地笑起来。

女孩从自己的挎包中拿出一盒五颜六色的包装盒子，递给男孩，说："打开看看。"

男孩开心地打开礼物，里面有一个带有太阳标志的闪亮银牌，中间夹着像玉米种子一样小的透明水晶。

傅凡吟瞪大了眼睛，兴奋地说："这不会是有魔法的吧？"

丝茜娜笑着解释："这只是一小部分地气外力，不要心急。"她安慰道："练习圣术需要耐心和时间，我们一步步来。"

傅凡吟点点头，又兴奋又期待地问："下一步该怎么做？"

然而，风尘和小树叶突然停止了舞动，掉落在地面上。傅凡吟有些失望，忍不住问："怎么回事？" 丝茜娜温和地解释："别失望，这只是初步尝试。" 她鼓励道："学习圣术需要坚持，不要急于求成。你已经迈出了第一步，继续坚持下去，你的能力会不断增长的。" 傅凡吟听了她的话，重新振作起来，下定决心要继续努力。 丝茜娜也鼓励他："我们每天可以一起练习，我会一直陪伴着你。" 就这样，两人每天一起练习，不知不觉过了一年，两人的感情也拉近了许多。

有一天，丝茜娜过来看男孩，突然间她扔出了一个苹果。傅凡吟反应迅速，念出咒语，苹果被一层保护层弹了回去，满意地点点头说："不错，你的魔法控制进步了很多。" 傅凡吟得意地笑着说："当然，我练了整整一年呢！多亏了你的指导，我才有今天的水平。"

这时候，傅凡吟看着丝茜娜的提议，眼睛立刻亮了起来，兴奋地说："看电影吗？" 女孩点点头。 "我好久没看电影了。那我们赶紧去吧！" 丝茜娜拉着傅凡吟的手，兴致勃勃地带他朝电影院走去。

在电影院门口，傅凡吟有些犹豫地问："电影院的票价不便宜，我们是不是会花很多钱？" 丝茜娜轻轻一笑，摇摇头说："没关系，我有一些秘密法宝。" 说着，她拿出一张华丽的卡片，上面写着"达桦银行信用卡"。 原来，丝茜娜拥有了信用卡，享有许多特权，包括半价观影。

　　傅凡吟露出惊喜的表情，对丝茜娜说："你真是个神奇的朋友！信用卡会员特权，听起来好厉害。" 丝茜娜神秘地笑了笑，说："没有什么，小小一张普通信用卡而已。"

　　接着，两人进入电影院，选择了一部奇幻冒险的魔法电影。在电影的世界里，他们跟随着主角们展开了一场惊心动魄的冒险之旅。在大银幕上，魔法飞扬，奇迹不断，让傅凡吟陶醉其中。

　　当每个人都在电影院里热切地观看着电影的最精彩时刻，荧幕突然消失了，整个影厅陷入一片黑暗。人们开始大声喊叫，有人猜测是电影卷卡卡进了投影机，导致了这一突发情况。但时间一分一秒过去，却没有任何进一步的变化。

　　群众都耐心等待了半小时，但仍然没有恢复电力。一分钟过去后，有人突然喊道："整个大楼都没电了！" 人们开始感到有些恐慌，群众都开始在黑暗中寻找出口，有些人点燃了打火机或手电筒，寻找通往外面的路，而有些人则慌乱地往门口挤去。

　　傅凡吟紧紧拉着丝茜娜的手，小心翼翼地向前走。他心中暗自思量："为什么会这么突然变得这么黑暗？" 丝茜娜也感觉到异常，她平静地对傅凡吟说："跟着我，我们快点找到出口。"

　　陡然，丝茜娜指引着他们走向影厅的一角，那里似乎有一扇门。在黑暗中，他们摸索着，丝茜娜突然说："就在这里，快！" 傅凡吟紧跟着丝茜娜的指引，突然之间，门被打开了一条缝隙，微弱的光线从门缝中透出。他们急忙挤出门外，来到走廊里，但走廊里同样一片黑暗。

　　傅凡吟对丝茜娜说："看来是电源系统出了问题，但问题出在哪里还不清楚。"

就在这时，他们突然感到地面微微颤动，顿时有些不安。出乎意料的是，天空突然出现了七彩斑斓的云彩，像是一场太阳风暴引发了这一切。

丝茜娜和傅凡吟好奇地望着天空，感觉仿佛置身于一个奇幻的世界。傅凡吟脸上露出了惊讶的表情，说："这是太阳风暴导致的，看来我们必须赶紧离开这里。"

两人赶忙离开电影院，只见城市的天空被七彩云彩所覆盖，场面十分壮观。然而，这美丽的景象背后却隐藏着一些不确定因素。

"我们得找个安全的地方躲避一下。"丝茜娜说着，带着傅凡吟走向了一个角落处。

女孩低头沉思，突然听到地面上传来一连串撞击的声音，声音异常响亮。观众们纷纷看向窗外，只见街道上一连串车辆相撞，引发了连锁车祸，路边的行人也被撞倒。一些车辆冒烟着，场面十分混乱。人们感到恐惧和敬畏，有人不由自主地捂住嘴巴，不断听到惊呼声："哦，我的天啊！"

突然，这里的气温开始逐渐升高，人们情绪变得烦躁，纷纷大声喊叫、争相奔逃。许多人昏倒在地上，幸好有其他人及时扶起他们。傅凡吟看到这情况，担心家人的安危，便决定施展魔法回家看看。

拉着丝茜娜的手，他们躲到后面的角落，发现一个两人身高的布告牌。傅凡吟从背包中取出水晶长角，两人一挥，就像魔术一样消失无踪。

下一刻，他们来到了傅凡吟的睡房，眼前出现了一张床和木书架衣橱。家里没有其他人。傅凡吟感到口渴，转头对丝茜娜说："我去拿饮料，随便拿一个给你。"丝茜娜点头示意。

他走向冰箱，打开冰箱门，发现里面的冷冻食品正在融化。试图按动电开关，但毫无反应。他又尝试启动风扇，同样没有反应。丝茜娜看着他焦急地来回尝试，心里也开始担忧，想开口叫他："阿凡……"

"看来这场太阳风暴影响着整个城市的电力。" 丝茜娜说着。"我们要等到电力恢复之前，找个安全的地方躲避。"

在此期间，两人听到'哒哒哒'的声音，好像有人在门口开门。两人转头一看，原来是傅凡吟的父母回来了。他们不停地对话，躁急地说："到处都没电，害我们要爬楼梯上来。"

两个年轻人听了他们这么一说，接着傅凡吟对女孩说："这事和丽都电影院所发生的一模一样，看来到处都同样发生这件事。"

丝茜娜拍了一下男孩的手，暗示他不要提那丽都电影院的事情。她微笑着看着傅凡吟的父母，叫了一声："安啼，安哥，你们好！" 两个大人也礼貌地回应，傅凡吟的父亲问两人："你们不是去看电影吗？这么快就回来了？"

傅凡吟平静地回答："买不到票。" 男孩的父亲只是说了一声"噢"。

男孩的母亲对两人说："今天电梯无法使用，你们知道吗？" 两人同时回答："到处都没有电。" "我们就是赶回来看你们没事。" 两个大人听了，笑了笑，母亲突然匆忙走去冰箱方向。

丝茜娜弯腰走到傅凡吟的身边，小声说："我们也帮忙安啼收拾食物或者去买两包冰块。" 两人一起去帮忙拿东西，傅凡吟问母亲："需要买大包的冰块还是什么吗？" 傅凡吟的父母也过来帮忙，手里还拿着两个黑色冷藏箱和保温包，接着说："你们可以去买两包冰块回来。" 于是两人下楼到便利店，他们买了两包冰块，丝茜娜又顺便去了面包店。因为便利店的顾客不多，傅凡吟很快就买到了两包冰块，在便利店门口等着丝茜娜。不一会儿，她出现在便利店门口，手里还拿着一袋包装的面包。

"可能明天不能上班了。我搭挡送一些面包给你们。" 丝茜娜解释着。于是两人急忙回到家。

回到家门口，屋外突然传来一个响亮的声音不断地重复："这不是演习！请大家保持冷静，留在家中！等待进一步指示！……这不是演习！……" 这通告声不断地回响。

傅凡吟皱起了眉头："这难道是全球性的危机吗？" 随着通告声越来越响，很多家庭都急急忙忙地出来门口向外张望。两个年轻人站在门口，看到两个穿着军服的人骑着脚踏车穿梭在街道上。有一个人喊着，另一个人则在踩脚踏车。群众都感到更加困惑，只有丝茜娜保持着冷静，静静地站在路边观察。

傅凡吟低下头开始疑惑，然后突然说："我出去看看发生了什么事。" 丝茜娜担忧地看着他，想阻止他，喊道："等等！" 当她抓住男孩的右臂时，他们两个突然消失了。

当傅凡吟使用魔法号角施法时，周围的环境从砖墙变成了开阔的田野。当他们站在一根长长的绿色金属栏杆前，抬头看到一片延伸到深蓝色大海的树木和许多高大的建筑物站在最右边。他转向左侧，发现三组望远镜指向外面的树木和大海。就在男孩还在看右边的时候，一个女声从左边传来："咳咳！"他转身回到发出声音的地方。傅凡吟震惊地看到丝茜娜站在他身后，双臂交叉，紧咬着嘴唇，平静地问："我们在哪里？"他傻笑着说："哦，我们在花柏山的山顶。"

丝茜娜轻轻呼了口气，道："或许先不要着急来这里。"

　　傅凡吟惊呼说："对不起，只是我意识到我们的家和这里，天空是蓝色的，这里没有北极光出现，甚至在两个小时后就要日落了。""这很不寻常。"

　　丝茜娜顿了顿，道："也许你把水晶角递给我，我们去看看另外两个地方。"男孩点点头，立即把水晶角递给了她。

　　丝茜娜拿着水晶角盯着它，傅凡吟握着她的右手，接下来的几分钟，他们都来到了人行道，他们可以听到旁边有水声。两人都认为它位于河边。周围非常黑暗和安静。在街道的前面，两个人都能在黑暗的阴影中看到建筑物，而月光则照在每个建筑物上。他从不眨眼看着这座城市里亮着灯的奇怪高层建筑，丝茜娜说："我们在'布里斯班，城市植物园河滨步道'！"傅凡吟和丝茜娜环顾四周，但此刻没有人在场，现在还是天晴的时候。接下来，丝茜娜再次举起水晶角，两人来到了屋顶，傅凡吟看到许多短楼都被水淹没，说："是威尼斯吗？"丝茜娜点点头。他们听到下面有许多人在当地语言中交谈。傅凡吟伸出脑袋往人行道上窥视，看到许多人聚集在一起，指着房子或挥动手臂，似乎在询问发生了什么事情。

　　然后，丝茜娜再次举起水晶角，他们从场景中消失，来到了一个高大的结构，整个身体都是钢制的。天空是天蓝。傅凡吟抬头看了看塔的结构，把塔的高度雾化了。他睁大眼睛说："这里是埃菲尔铁塔。"当他转过头看丝茜娜时，他看到女孩正与一对老夫妇面对面站着，一边指着一边移动着她的手。

　　下一刻，她转身离开那对老夫妻，朝傅凡吟的方向走去。丝茜娜一脸担忧，说道："这对夫妇提到，评估员因没有电力而停止服务，""他们强调许多零售商无法提供全方位服务，因为餐厅没有电。"

　　丝茜娜小声嘟囔了几句，又举起了水晶角。傅凡吟见她举起水晶角，立马搂住了她的腰。他们来到了房间，房间里有粉红色的墙壁，周围散发着薰衣草的味道。床和桌子在房间里，而傅凡吟看着被子整齐地折叠在床上，在桌子上的文具井井有条地放进小圆形盒子中。

丝茜娜打开门走出她的房间，喊道："莱桑德拉！"一个熟悉的声音回应了她的叫喊，似乎是柜台那位女士。傅凡吟走出房间，看到柜台前的那位女士穿着一件白色长裙，好像是一件极其波西米亚风的连衣裙，袖子细节合身，镀银腰带饰有黑色蕾丝，裙摆及膝。莱桑德拉转向丝茜娜说："你发现了什么？"

丝茜娜大声又很确定地说："在访问几个国家时，每个地方都没有电，但没有北极光出现。""我之前看到一些来自北极光的能量流过，但它已经消失了。"

莱桑德拉沉默了片刻，然后说："这不是自然界的由来，而是被伟大的魔法或魔法装置破坏了。""在我八岁的时候，我的老师告诉我有一个强大的设备可以干扰电子离子，叫做『离子化干扰魔器』，但这个设备不是来自这个世界，除非有人在这个世界上有个蓝图。"

傅凡吟睁大眼睛，有些不解，道："电离干扰器？""不是来自这个世界吧？"

莱桑德拉看着男孩说道："是的，情人男孩。"男孩的脸红了。

莱桑德拉笑了笑，又说："嗯，你知道丝茜娜也是来自另外的世界。"傅凡吟点点头。她继续说："我在做面包生意时遇到了丝茜娜，已经知道有一个充满魔法和魔法技术的世界。"随着好奇心的增长，傅凡吟迫不及待地问："这是一种可以摧毁我们的技术？"

莱桑德拉咬着手指，然后说："也许吧？"

莱桑德拉说："也许我需要向我的老师请教一些智慧。""我先打个电话。"她转身走向另一间卧室。

傅凡吟转向丝茜娜，压低了声调："『电离干扰器』来自异世界，它可能是你回家的路。"

丝茜娜深吸一口气说："这四年来我一直在寻找回家的方法，但没有任何魔法或技术能够做到这一点。"

傅凡吟觉得奇怪，问道："如果是这样，莱桑德拉怎么也知道来自未知世界的技术。"

丝茜娜看着他说："莱桑德拉的老师来自我的世界。""如果莱桑德拉带我们去见她的老师，那就好。"傅凡吟有些疑惑，但还是点了点头。

莱桑德拉着一根白色的木杆走出房间，低声说道："我联系不上我的老师。""昨天我和她谈话时，我有点担心他们。"她顿了顿，继续说道："之前老师想要见我们，我还是带大家去吧。"

丝茜娜回到她的房间，过了一会儿，她走出了房间，手里拿着一把银色的中世纪权杖，权杖之间夹着一个圆形金属球，腰间挂着一根白色的绳子。傅凡吟看到丝茜娜全副武装，确实说了一句话'美'。于是，三人站在一起，手牵着手，丝茜娜举起手中的水晶，念出咒语，来到两边的湖边，铺着一大片草地。

少年抬起头，发现强烈的月光正划过漆黑的天空。丝茜娜的声音响起，道："这边。"当丝茜娜和莱桑德拉站在前面带路时，突然间起浓浓的雾。三个人继续过了场地。走进树林时，浓浓的雾使到三人不能看到前面。男孩开始担心仅仅的跑向前，突然间三个陌生男子从树林中冲了出来。三个陌生男子站在男孩面前。面前三人中，最左边的一个矮矮而结实，下巴尖尖，手里拿着一双生锈的钢制锋利的锄头，而第二个身材高大的胖子，则拿着一把黑色的铁锹。第三个中等身材，脸色白皙，如果不是牙齿往外凸出，但他依然是一个英俊的身影，手里拿着一把全长的匕首和一把锤子。他们的脸上戴着面具，但能看到他们尖尖的耳朵。他们的皮肤像木炭一样黑。

一个人喘着粗气，用男子汉低沉的声音说道："你是从哪里来的？""是你造成的雾霾吗？"傅凡吟一动不动，眨着眼睛保持沉默。男孩左右看，发现原来他现在是一个人，想应该是跟两个女孩子离队了。男孩便用右手插在口袋里摸索着什么。

傅凡吟张开下巴，在心里想着说："天啊，我忘了水晶在丝茜娜还是莱桑德拉的手中。"

那人开始愤怒地喊道："小子，我在问你！"站在前面的那个长相怪异男人突然扔出一把匕首，却匕首弹了回来，击中那个长相怪异男人头部，接着他在傅凡吟面前倒在地上，一动不动。男孩已施了光芒的玻璃一般的墙面，来保护他自己任何伤害。这时候，其他人一边举起手中的武器，一边说："你这个死肉！"说完这句话，高大的怪人下令对男孩进行攻击，两根手指向男孩的方向挥了挥。十五黑衣人就拔腿追捕男孩。

傅凡吟觉得形势对他不利，他继续牢牢地高举着丝茜娜给的徽章，试图侧身跑，不断地高呼"『啊呐呢奥马哈安古斯呐塔伦叻哈格海德汉莫优赛道』"，咒语就好像回音播放，一样不停唱歌曲。高个怪人一惊，轻声道："牧师之圣歌！"大声喊道："他跑不了多久！我要他活着！"追了一会儿，男孩突然呼吸困难，想要呕吐，就在他失去平衡跌倒的时候，两个人用刀正劈男孩。

突然间光亮如聚光灯出现，一个女性身影站在明亮的灯光下。攻击者被光束弄瞎了。另一个女性身影用熟悉的声音喊道："傅凡吟。"一边跑向他，接下来女孩高喊『啊呐呢奥马哈安古斯呐塔伦叻哈格海德汉莫优赛道』。傅凡吟突然间晕过去。原来是丝茜娜、莱桑德拉和第三个人，似乎是三十岁的老妪，也从树林里出来，那个老妪手上射出两颗蓝光短波弹，两颗弹射向傅凡吟最近的方向，一个蓝光短波弹击中对方的胸口，另一个蓝光短波弹打到第二人的手上。剩下的十个人化作一尊冰雕，十人身边的草也结霜了。高大的怪人见了，掉头就跑了。

老妪环顾四周，接着说道："看来我们安全了！"说话间，丝茜娜抱着昏迷不醒的男孩，试图摇晃傅凡吟，说："你没事吧……回答我！"但他没有反应，发现男孩的脚已经被割伤了，流了些血。丝茜娜紧紧地抱住他，大声说某个咒语，[伟大的大地神，叻哳噶汝使嗒，哈釰呐啊阿日啊多]，他们的身体开始发出如同灯一样明亮的白光，在黑暗中再发光。

过了一会儿，田野和天空再次慢慢变暗，风在树林唱着树叶，月亮照在草地上。就在这时，一群人拿着猎枪或刀从草丛中走出来。其中一个人看到躺着的傅凡吟，便走近他，拿出一块大羊毛布盖住他。双手将他抬到大毛布前，拿着大毛布缓缓抬起男孩。丝茜娜、莱桑德拉、中年妇女和这群人把傅凡吟带到了森林里。在森林的中央，他们来到了灯火通明的大大小小的帐篷，大约三米高。然后他们慢慢地将傅凡吟放在床上，但男孩仍然处于昏迷状态。

天色渐渐暗了下来，风唱着两岸的树叶，月亮照着孤舟。就在这时，一群奇怪的蒙面人走进了一间木屋，原来是当晚袭击傅凡吟的高个子男人。他们看着傅凡吟躺在床上，扑向前拔刀，随后各个向他劈下去。突然之间，傅凡吟从床中跳了起来。人醒来之后，只觉心口一直在跳。他正在冷静下来，他正在微叶定神，后见到是躺在被褥之上，感觉这张绵被好温暖舒服。接着，他向门外一看，眼前是个花团锦簇的翠谷，红花绿树，交相掩映。他才知道自己做了一个噩梦。

一个熟悉的声音呼叫男孩："傅凡吟，你身体还不好，应该多休息。"

男孩转身看着金发白裙的女孩，一看便认得声音是丝茜娜， 男孩立刻问道："我们在哪里？"

在女孩的右边，还有一个身穿黄色衬衫，帽子上插着一根绿色羽毛的女孩，说："蒂蒂旺萨山脉。"她的头发随风飘动，美丽动人，看来她和傅凡吟长得一样年轻。而最右边的另一名男子，满是白色的裂口，皱纹众多，但看上去精力充沛。

丝茜娜将手伸向前面两人，说道："这是伊米尔西尔家族的首领西摩和她的女儿莉雅。"西摩语气彬彬有礼，语气温和，道："我很高兴你终于醒了！你昏迷了一天！""你应该在这里多休息，或者和我们一起吃早餐。"

听到西摩的话，傅凡吟心里感到温暖地安慰，他已经忘掉了对方奇怪的耳朵之事。因此，西摩引傅凡吟随前走，后同步回到西摩的房子。当他们在路上回去，人们看到傅凡吟，对着他微笑，还问他的情况如何。

傅凡吟心想："这里的人非常友善！"他一直恭恭敬敬地说："我挺好的，谢谢你们。"

随后，他们进了房子里，傅凡吟坐在木床上，篮子里有三块长形的面包，牛奶罐和篮子都放在方桌上。他的女莉雅把盘子和杯子放在他面前，然后倒牛奶到每个杯子里。

西摩很客气地说："年轻人！吃得多一点吧。"

傅凡吟边吃边说："谢谢您的款待。"

当傅凡吟正在吃面包时，傅凡吟问西摩："这里是哪里？"

西摩回答，说："这里是蒂迪旺沙山脉，这里是马来半岛的自然分隔线。"

小伙子只是唉声叹气，心里想："原来我还在北部半岛！"傅凡吟先擦了擦眼睛，然后看到桌子上的面包，便吃了一口。丝茜娜、莱桑德拉、中年妇女和边吃边聊。他们的谈话慷慨激昂，但他们的语调和语速有点沉重，说话也很快。傅凡吟开始了解，原来这群人属于天山北路的一个游牧部族。这个部族人数不多，只有三十多人。他的猜测没错，这个部族以游牧为生，过着自由快乐的生活。吃完早餐后，他感谢西摩，突然感觉身体不佳，想回房休息。接着女孩跟他一起回房。到了房，男孩便立刻躺下休息。

当夜幕降临，傅凡吟还是无法入睡。于是，他望着窗外发呆，开始想家。傅凡吟回想起老师教过的一首诗，"张九龄"的《望月怀远》：

『海上生明月，天涯共此时。

情人怨遥夜，竟夕起相思。

灭烛怜光满，披衣觉露滋。

不堪盈手赠，还寝梦佳期。』

当他在窗外发呆的时候，远处看到西摩弯下腰走到中间最大的木屋背后。里面点着两盏油灯，许多人坐在椅子上，有的人还站着，听到许多人大声交谈，似乎是之前遇到的牧人队。片刻后，一个清脆的声音响起，傅凡吟转过头去，看到说话的是黄衣少女莉雅。她的声音清脆动听，似乎在说："如果我找不到祸根，誓死不回故乡。"众人都响应她的宣誓。在昏暗的灯光下，他们的面容都显得坚定和愤慨。众人说完，低声议论着，似乎在商量着什么。傅凡吟开始感觉到这些人的图谋与自己无关，不愿再听下去，决定躺下继续睡觉。

第二天一早，他醒来了。起床后，他洗了脸，慢慢走出小屋。走着的时候，傅凡吟看到西摩正在检查他的猎枪。

他心里一动，问道："族长，您能教我如何使用猎枪吗？"

西摩点头，说："这是'春田步枪'，弹仓供弹容量五发子弹。"

男孩看到这支枪非常激动，因为他以前从未见过这样的武器。当他拿着枪时，感觉有点沉重。

傅凡吟非常感谢，然后他们开始一起练习射击。西摩教他一些基本的射击技巧和注意事项，傅凡吟一边听一边认真实践。渐渐地，他对枪械有了更深的了解。

经过与回族人共度的美好时光，傅凡吟决定回到自己的家乡。莱桑德拉有一些重要的事情要处理，所以她决定留在西摩家乡，与族人们待在一起。于是，第二天，丝茜娜穿着一件前打结的斜肩袖上衣，搭配着内搭的背心和有接缝细节的束腰运动裤，于是丝茜娜和傅凡吟一早准备出发，众人送行，群众都感到有些依依不舍。西摩祝福他们回家一切顺利，莉雅递给他一串精心编织的手链，希望它能给他带来好运和保护。傅凡吟感激地接过手链，戴在手腕上，然后跟众人道别，开始了丝茜娜和傅凡吟的归程。

过了村口，丝茜娜和傅凡吟脚踏草地，一转眼间，便在群众面前消失了。他施展神秘的魔法，回到了自己的房间。丝茜娜和傅凡吟环顾四周，发现家里没人，只看到一张纸条贴在墙上，上面写着："没有水和食物，政府派人到附近的学校供应食物和水给大家，请来小学校找我们。"

不到三分钟，丝茜娜和傅凡吟已经到达学校操场。操场上拥挤着许多人，长队排得山山川川，一片混乱。丝茜娜和傅凡吟试图在人群中分头寻找男孩的父母。经过一番辛苦，他终于听到有人叫他的名字，回头一看，原来是丝茜娜在呼唤他。他高兴地看到了那个女孩，朝着她的方向跑去，一边呼喊着她的名字，一边挥手示意。

然而，丝茜娜的脸色变得异常严肃，那个男孩立刻问道："发生了什么事？怎么了？"她只是轻轻地耸了耸肩，没有回答。傅凡吟感到有些担忧，焦急地向她道歉。

丝茜娜说："我们回去再说吧。"于是，他们决定一起回去见傅凡吟的父母。见面后，父母们立刻迫不及待地问傅凡吟这几天去了哪里。

傅凡吟和丝茜娜都忙着说："这里人太多了，不如先回家，我会向你们解释的。"

傅凡吟和丝茜娜回到了家。他们向傅凡吟的父母解释了在路上的奇遇，但没有说西摩和村落的事情，父母还是听得津津有味，同时也感到有些担忧，因为全球都没电。

父说："现在面对全球没电，世界陷入了混乱和困境。在这里，黑暗笼罩城市的每个角落，人们陷入恐慌和绝望。没有电力，交通瘫痪，通讯中断，基础设施瘫痪，人们陷入了无尽的黑夜。"听到这一番话，傅凡吟和丝茜娜也感受到了巨大的压力。

太阳慢慢下山，整个房间突然陷入黑暗，陷入了一片漆黑。母亲便说："别担心，我们可以找点蜡烛或手电筒。"傅凡吟点头，四人开始在黑暗中摸索着找到了一个蜡烛和打火机。

点燃蜡烛后，微弱的灯光照亮了房间，手持着蜡烛，相视一笑。在这样特殊的时刻，他们感到更加亲近和默契。虽然眼前是黑暗。只有父母两人点头赞同，他们决定在黑暗中坚守，

等待着城市电力的恢复。在这漫漫黑夜中，两个年轻人静静地坐着，蜡烛的微光映照出他们坚定的目光，

黑暗的时刻，傅凡吟和丝茜娜将面临更多神奇的冒险与挑战，故事才刚刚开始。

第三回 参战

　　日子在家乡继续流淌，丝茜娜重新融入了傅凡吟家庭和新社区无电力的生活。这个时候，父母对丝茜娜感到关心，担心女孩一个人在家有危险，于是决定让她留在他们家一晚。他们隔出一个房间给丝茜娜睡，对方也同意了。

　　到了深夜，傅凡吟在客厅翻来翻去睡不着。突然，他转身一看，发现门后面有一道很强的白光。好奇心驱使着他去查看，当他推开门口时，眼前出现的景象让他目瞪口呆。丝茜娜跪在窗口前，手掌合十，正在祈祷。她的身体开始散发出明亮的光芒，犹如星辰般耀眼。她的姿态优美，神情庄严，宛如一位神秘而神圣的女祭司。傅凡吟被这景象惊艳到了。他一直以为丝茜娜只是个普通的女孩，怎么会有如此神奇的一面？他蹑手蹑脚地走近，不想打扰她的祈祷。

　　丝茜娜似乎感受到了有人在靠近，缓缓睁开了眼睛。她看到了傅凡吟，微笑着说："你醒了啊，傅凡吟。"

　　傅凡吟有些尴尬地笑了笑，问道："这是……你在做什么？你身上的光芒好像……很不同。"

　　丝茜娜站起身来，神秘地笑着说："傅凡吟，我其实是一位大内阁圣教士。这光芒是我施展法术时散发出来的。"

　　傅凡吟吃惊地看着她，没想到丝茜娜居然有如此厉害的身份。他好奇地问道："那你为什么一直隐藏着？为什么不告诉我？"

　　丝茜娜轻轻地叹了口气，说："因为我知道，一旦我展现出真正的力量，我就会被看作异类。这个世界对于魔法的认知一直都不友好，很多人会害怕和排斥。我不想因为自己的力量而失去朋友和家人。"

　　傅凡吟听了她的话，感觉心里一阵暖流涌动。他走近丝茜娜，轻轻握住她的手说："你不用担心，我不会因为你的力量而离开你。相反，我觉得这很酷！我们可以一起面对这个世界的挑战，解决电力危机，帮助更多的人。"

　　丝茜娜眼中闪过感动的泪光，她紧紧握住傅凡吟的手，点头说："傅凡吟，谢谢你的理解和支持。我很高兴有你在我身边。"

　　"从刚才的祈祷，面对全球范围内的电力崩溃，我们需要更加大胆的行动。我回忆起在神庙中见到『离子化干扰魔器』的神秘水晶，相信它是解决这一问题的关键。"她接着说："神告诉我，要找到『离子化干扰魔器』所在，然后摧毁那个神秘水晶，全世界的电力才能部分恢复。"

　　丝茜娜开始回忆起西摩对她提到的传说，那个关于黑暗势力的谜一般的故事，接着对傅凡吟说："据说，在遥远的过去，曾经有一个强大的黑暗法师制造了『离子化干扰魔器』，将其隐藏在世界某个角落，以掌控全球的电力。这个魔器不仅能够干扰电力系统，还能吸取生命力量，让黑暗法师永葆不死之身。"

　　傅凡吟聚精会神地听着，对丝茜娜的话格外认真。他深知全球电力危机的严重性，决定与丝茜娜一同前往寻找『离子化干扰魔器』的所在地。

"我们可以去找西摩和他们商量，"傅凡吟提议道。女孩点点头，表示同意。于是，傅凡吟握着神秘水晶，紧紧握住丝茜娜的右手，转瞬间他们就来到了田野之中。

在田野里，他们远远地看到西摩弯着身子在一座最大的木屋背后忙碌。灯光昏暗的木屋里，许多人坐着或站着，其中还有白天遇到的牧人队成员。一阵清脆的声音响起，傅凡吟注意到是莉雅在说话。她手持一把闪亮的匕首，黄衫映衬下的她看起来英勇而坚决。莉雅的话让傅凡吟联想到她发誓的事情，但他并没听清楚全部内容。

莉雅继续说着一些话，声音逐渐高涨，似乎是在发表宣誓。其他人纷纷回应，似乎商议着什么计划。傅凡吟心头揣摩，看来这群人要开始行动了。突然间，一个中年人急匆匆地跑到他们面前，告诉西摩："有人来袭！"。

西摩坦然地向前面的人比手画脚，原来西摩组织了五对寻找队伍，每队五人，他们都背着步枪。傅凡吟和丝茜娜恰好站在窗外，西摩看到了，就连忙出门迎接两人。得知来袭的傅凡吟和丝茜娜后，其他人纷纷说出援手帮忙。西摩还交代每个人的任务后，每个人便从这里出发了。傅凡吟、丝茜娜和西摩是一组。

傅凡吟仰望天空，突然听到远处传来几声犬吠之声，声音越来越近，似乎有几头猛犬在追逐野兽。群众都向外张望，喊着"来了来了！"他们分开，走不同的路线，只有西摩和傅凡吟走一条小路。

西摩严肃地说："跟近一点。"傅凡吟点头示意。丝茜娜举手向天，说出奇怪的话，突然间周围的人身体突然发出光芒。

凝视着森林，他们看到前面的人在飞奔而来，然后站起来奋力奔跑。傅凡吟心中热血沸腾，决定出手相救。突然，三条大豺冲了出来，体长两百厘米左右，体毛灰棕色，杂有少量具黑褐色毛尖的针毛，腹色较浅。四肢较短。耳短，端部圆钝。尾较长，额部隆起，鼻长，吻部短而宽。全身被毛较短，尾毛略长，尾型粗大，尾端黑色。傅凡吟吃了一惊，说："好大只变种的豺！"

傅凡吟又接着跑向前，西摩也跟着后面，已拔起枪再瞄准其中一只豺。傅凡吟站在莉雅前面，想也不想，便怒叫："恶犬，到这儿来！"

那三条大豺好像听得人话，便飞身扑至，狂吠几声，扑向他去咬了。傅凡吟眼明手快，已牢牢地高举着丝茜娜给的徽章，不断地高呼"『啊呐呢奥马哈安古斯呐塔伦呦哈格海德汉莫优赛道』"，咒语就好像回音播放，一样不停唱歌曲，变出一片身大的玻璃墙。

莉雅一惊，轻声道："牧师之圣歌！" 她没想那么多，立刻翻转步枪，而使用枪托作为刀，勾挑是自下而上，曲撇是自右而左，直招前进，力大使劲，砍击八方，打地三头恶犬登时滚倒，西摩开了几枪，三头恶犬头和身体挨了几枪，立即毙命。傅凡吟奋起勇气，决定与它们战斗。他高举着丝茜娜给的徽章，不断地高呼着咒语，莉雅也展示出她出色的飞刀技巧，配合傅凡吟的保护墙，成功击败了几只野豺。西摩也开枪支援，最终将三只大豺击败。

随着，西摩和其他七人看到他们在草地，立刻跑前去看看两人无碍，随着十一二族民也跟上了，众人看了之后，心里松了一口气。

傅凡吟试试安慰她，一直说："没了！"

莉雅接着说："还没杀完。。。"

此刻，莉雅说了一半，三十几只野豺从灌木丛跳跃出来。各个野豺看来又凶猛又饥饿样子，尤其那一只红线条斑的大白豸，迫向前面群众开始乱咬一些人。族民身手敏捷，又闪避又出招挡驾豸袭击。傅凡吟看到眼前野兽渐渐越扑越近他，不断地高呼"『啊呐呢奥马哈安古斯呐塔伦叻哈格海德汉莫优赛道』"，两三只野豸所扑向他的方向，撞上『圣光道墙』不是撞伤脸面，不然就是撞伤鼻子。豸王突然飞身而起，飞天吠叫如雷。莉雅也毫不犹豫以剑相迎，运胁下肌肉之力，狠狠刺出去，刺中两野兽，凳倒在地上。两只野豸身未站起，莉雅又一刺过去另外一只野身体巨大的豸，以其他的豸长的不同，肯定是豸王。女孩右刀打空，左剑劈面，招术奇幻、变化无穷，数次傅凡吟看了目瞪口呆。微弯刀飞向豸王，可是它身子敏捷，避开了飞刀的偷袭，原来这把微弯刀是莉雅扔出去。此时，她已翻身摆起身上的小刀，挥刀劈向另一只攻击豸王，横劈过去它的脖子，当场一击致命。这时，候豸群层层包围了他们，虽然看来已站上风了，看到豸王被莉雅一刀劈死，大吃了一惊，豸群知竟不发动。族民又惊又喜，索性加力前冲，杀地它们措手不及。

当即纵上前去，残余的野豸转回头，逃之夭夭，跑回深森林里了，群众喊道："我们胜利了！"

傅凡吟看到莉雅，走向前，上气不接下气地说："谢谢你！"

莉雅同时气喘如牛地说："不，我们是同一条船的。"

傅凡吟说："说真的！你的飞刀技术很好，能以准确性和适当的时机救了我。精确瞄准我的位置把刀送过来，有或没有损伤那只野兽，还让我有机会接起刀子，与它接着战斗。"

其他人赶来支援，众人对傅凡吟和丝茜娜的表现表示赞赏和感谢。莉雅被称为"射手凤凰"，傅凡吟则被赞誉为能一人对抗十只野豸的勇士。丝茜娜也笑笑点点头。

回到村里，各个都回来向众人报平安。西摩也安排一切，莉雅便帮忙替伤人医治。西摩接着说："大家好好地回去休息，今晚我们举行庆祝盛宴。"群众听了，各个兴高采烈的。

就到天黑时，各个女子都忙着准备食品和饮料，有羊肉，酒和许多很好的盛宴。在夜间，每个人都再歌舞成群，众人都兴高采烈。接着，西摩站起来想发言，说："各位兄弟姐妹，今天我们在这，是要庆祝众人同心协力消灭了困扰我们这几个月来的野兽。于其今天这位武侠，年轻有为，助我们一倍之力，还以一人之力杀死野豺王，保持平安，给这个男人来个掌声！"

众人听了，向他都鼓掌。傅凡吟坐在西摩的隔壁，站起来向群众低头返回谢礼。

西摩接着又说："好！我们今天尽情地吃喝吧！"

同时，莉雅和其他女子把食物拿起来，分给群众吃，众人都欢快地吃喝。这时，一班人开始演奏乐器，有人开始去到人聚集的中间跳舞。

莉雅看到群众也在跳，便拉傅凡吟去跳舞。过来一阵子，两人已经精疲力竭，因此悄悄离开那里，到一个安静的地方聊天。两人便到后院的一颗树下，见树下一个木长凳，他们就一起坐下了。

傅凡吟便爽朗地说："我看你们的身手并非普通人能做到的，可以知道你们是谁吗？"

莉雅便笑了一下，接着又说："我们不是什么厉害的精灵，虽然我们冶金一族，平时大家练习剑术，射击什么的，我母亲就比较好学，研究法术和药品。"

傅凡吟心想："冶金一族？应该是家族名字。"

傅凡吟接着又说："听说你们的寿命很长，请问你今年几岁了？"

莉雅笑笑地说："我今年是一百五十二岁了！你不会不想和我交这'老'朋友吧？"

傅凡吟紧紧张张地说："不！不！你为人宽广温柔，不会对琐事钻牛角尖。你的美貌令人有印象深刻，吁。。。"

莉雅笑了又笑，他也嗤笑起来。两人看来聊地很开心，而加上今天的气氛很特别，那种温和的感觉让大众都觉得今晚的月色相当浪漫，他看着她的眼睛，心又想："她深棕色的头发和美好的绿色的眼睛。她的微笑使我的心软弱。"

莉雅见他望着自己蛮悠久，脸开始红了，自然闭眼睛，几乎莉雅轻轻地靠近，要亲吻嘴。

突然，有人呼唤，道："傅凡吟！"

他们两人搐动一下。转头一看，原来是丝茜娜气呼呼喊着，道："西摩再找你。"这时，男孩脸冒了冷汗，只是轻轻地点点头。

那男孩对两个女孩又道："我们回去吧！"只有莉雅点点头。

于是，众人齐聚人群中，沉静地坐在一起。她静静地坐在养父的旁边，而傅凡吟则坐在他们对面。西摩转过头来，面对傅凡吟，缓缓述说着那天天空出现北极光的事情，傅凡吟听得入神，但内心却涌起一股不安的感觉。

西摩的声音低沉而郁闷："这一切都是从一个小小的事件开始的。我们本来生活在'爱尔芙海姆'，那是一个美丽而遥远的地方。然而，两百年前，人类和妖兽之间爆发了一场战争。为了避免战火波及，我父亲和我们被迫离开了那里，借助『穿梭门仪器』来到地球。起初，我们觉得这里环境不错，便在此安顿下来。然而，随着时间的推移，人类社会不断扩张，我们为了保护自己的存在，只得隐匿在幕后。逐渐地，我们发现地球的气候日益恶化，气候变化严重影响了我们的生活。粮食不再丰收，河流被污染，每个精灵都感到深深的愤怒，因为这一切源自人类带来的环境污染。"

西摩稍作停顿，然后继续说道："我这位徒弟，莱桑德拉，从小就与我们生活在一起，深知环境危机的严重性。她努力地传达警示，不仅自己开设面包店，也在演讲中鼓励人们保护地球。但是，一位名为'珊娜菲亚．耐罗'的女精灵却认为人类是我们面临绝种危机的元凶。她掌握着精湛的精灵科技和武器制造技术，花费了十年时间研究各种力量，包括那个被称为『离子化干扰魔器』的致命装置。不仅如此，她还窃取了『穿梭门仪器』，让我们陷入了危险之中。"

"我们得知了'珊娜菲亚'的企图后，立刻采取行动阻止她。我们找到了一个偏僻的小屋，却只发现了她冷冷地躺在那里，身体已经僵硬。当我触摸她的身体时，才发现她离世已有三天之久，而周围的景象一片混乱。我们寻找线索，但收效甚微，只能放弃。然而，『穿梭门仪器』至今下落不明。"

西摩的目光渐渐变得沉重，他深吸了一口气："不久前，我们得知丝茜娜也是被带到这个世界，四年前就出现在这里。我相信她也与那个『穿梭门仪器』有关，只是可能那个『穿梭门仪器』出现了某些意外，把她带到一个小岛，叫什么'乌明岛'，还是'无宾岛'。后来通过我的徒弟，我们在这两年才正式见面的。"

傅凡吟感到自己也变得紧张起来，他犹豫了一下，然后开口问道："'珊娜菲亚．耐罗'，她是怎样的精灵？"

西摩的表情愈发沉重，他有些沮丧地摇了摇头，傅凡吟感到他的心情不好，便没有再追问。

这时，一位名叫莉雅'的女精灵走了进来，她低声对西摩说："我已经安排好了，他们同意了。"

西摩点了点头，然后继续说道："我们需要组建一个由勇敢的志愿者组成的队伍，迎接我们即将面临的危机。在这个旅程中，我们将会面临许多困难和危险，有野生动物的威胁，有自然灾害的考验。但只要我们坚持下去，一切都会变得更好。"

这时，莱桑德拉走了出来，她神情沮丧，声音有些无力："我调查了那些神秘人和我们的队伍，发现他们的尸体……"

丝茜娜接着说："我相信我们需要组织起一支特殊队伍，勇敢地面对这一切。我已经从神那里得到了一些指示，他告诉我，这个男孩可以使用『圣光道墙』，他和我配合的话，应该能够胜任。"

傅凡吟感到一些不好意思，他轻声对丝茜娜说："这样一来，他们就会轻易地相信我吗？"

西摩看着那位男孩，然后说："你昨天用了『圣光道墙』，看来你是一个圣教士的一员。"

男孩一听，有些诧异地看着西摩，随后嘴角微微上扬："怎么，有什么奇怪的吗？"他语气中透着自信。

丝茜娜凑近傅凡吟的耳边，轻声说道："我和他们相处了一两年，了解了我的过去和真实身份。"傅凡吟感到有些尴尬，但还是点了点头。

丝茜娜的目光转向西摩，继续说："我们需要召集一支队伍，一起迎接这场危机。我们在这个旅程中可能会遇到许多挑战，但只要我们齐心合力，一切都会变得更好。"

众人开始议论纷纷，心中充满了不安与期待。在这个紧张而充满挑战的时刻，众人决定迎接未知的未来，一同踏上了充满危险的旅程。随着他们的话语在空气中回响，一股决心弥漫在每个人的心头。

丝茜娜对西摩说："我们需要集借用你的船，可以吗"西摩点头同意。

这时候，莉雅进房，西摩看着那男孩，便说："我有一样东西想送你。"后来莉雅从房间走出来，只见到莉雅的手里拿着一把猎枪，西摩接着说："这是改型过的'春田步魔法枪'，又名

"春风神枪"，不需要装上子弹。""只需要注意弹匣的玻璃穹顶内的水位，一旦发完了，就要等半炷香再发。一次可以发两百发灵光子弹。只有你们会用体内的灵气才可以使用。"这个男孩看到这步枪非常激动，因为以前从来没见过。当莉雅双手提给男孩，他拿着猎枪，觉得这种步枪有点沉重。

西摩继续解释，说："这类枪机总重大约四公斤，长度一千九十八毫米，有效射程五百五十米。""当射手正确地握住握把之时，才压下连杆，解除禁制状态而能击发子弹，否则即使扣引扳机也无法击发。"他指着那个保险装置。

他最后解释说："当枪机关闭时，要从枪机前端平面到膛室中与弹壳接触受力点的距离。"西摩便示范如何使用瞄准目标和开枪发射。傅凡吟字字都听在耳朵，用心记住。西摩送他一支枪。这把枪，还附上一把钨锻造的武士剑刀片，听西摩所说这刀是可以销铁如泥。

突然间，傅凡吟感到好奇便对丝茜娜，说："不会我是其中一个勇敢自愿者吧？"丝茜娜感到纳闷，就对那男孩解释，小声地说："刚刚你是对村长说有什么事要帮忙吗？"又说："而且只有你和我会用『圣光保护墙』，所以除了你和我没人了。而且地球也是你的一个部分，所以你也得出力嗯。"

男孩张大眼睛静静，往心里想，说："怎么我感觉好像被坑了。"

傅凡吟靠近女孩的耳边，接着说："只有我们两个人去吗？""我怎么都不认为两个人可以能成大事。"

丝茜娜看着男孩说："嗯，你相信我吗？"他点点头。又接着说："这样就可以了。"男孩感到无言嗯只好默默地接受这个任务。

接着，西摩带着傅凡吟，丝茜娜和莉雅到村外。当群众到了村外汇合时，突然半空中传来一声声音，众人抬头一看，只见一艘三桅帆大飞船在半空中。傅凡吟看了惊叹不已。

这艘飞船慢慢垂直降落。群众瞧见左右后都有驱动旋翼在含旋翼和尾桨。当降落到地面后，有三壮年男子，中等身材，脸色青白，一个鼻子却冻得通红，脸孔几乎一模一样，好像是三胞胎，正搬一些杂货。

接着，三人便见有个青袍短须，一个身高膀阔，约莫四十来岁年纪，容貌清瘦，脸上隐隐有一层青气，一个人站在甲板上，显得威武，走下来说："欢迎你们加入！我的名叫萨米尔，是这艘'白桦尺燕'号的船长，你们可以叫我萨米尔船长或船长都行。""请上船吧！"

于是萨米尔船长带着傅凡吟，丝茜娜、莱桑德拉和莉雅到了甲板上，只见这里是大型空间房。到了甲板上时，有一个男精灵露出了一丝笑容，便立即彬彬有礼地去问好傅凡吟，丝茜娜和莉雅。

这时候里，莉雅叫一声'大哥'，后来得知他是'副船长里维斯'。接着，'里维斯'畅叙别情问候莉雅健康。傅凡吟看着这神奇的飞船和华丽的内室，有如神话一般，便说："哇！这艘飞船好雄伟，真的'没马跑'（福建发音）！"

萨米尔船长说："没马跑？"

傅凡吟迟钝了一下，接着又说："'没马跑'？这话用来形容某人或某物是这么特别好，不存在竞争的这样的比喻吧。"说完后微微一笑。

萨米尔笑笑地说："它高五十多米，长二百多米，是由重金属与白色金属混合而制成的合金制造的，速度在天空相当快，如你所说'没马跑'。"

在经过介绍后，于是萨米尔叫其他一个船员带着三人巡回有一番，同时也知道这个三胞胎之一叫'海安'，是打手，而另外两兄弟也叫'海安'，一个是航员，另外一个是厨师，能认出他们就是看工作服了。傅凡吟感到他们滑稽又可爱，因为三兄弟的名字一样，却岗位是不同的，又觉得他们一起做工比较有默契。

到一间房之间，'打手海安'便说："这是你们的休息室，依然在最上层，可以打开，透过玻璃看到漫天星空。右是女孩的睡房。除此之外，这里还分为八个房间，头等仓是往上层的控制室，前面第两间是船长和副船长的睡房，中间左右是小货舱是放食物和其他用品。而这两间是十二人式的睡房与大型客厅，供人吃饭之用。这里，也是所有船员休息的地方。驾驶室与小型厨房在最上层顶尖的位置，除此之外，最下层属于大型仓库，摆一辆卡车的空间集装，也就是你们刚刚登上飞船的地方。还有一件诊疗室和后甲板。大家注意每层都有五个出口，前后，中间左右每一个出口，下层的第五个在诊疗室底。上层也是一样，前后，中间左右每一个出口，可以通到人行道，而你们的睡房有一个出口在头窗上。大家有什么问题？"三人摇一摇头。

傅凡吟和三胞胎男子同一房，隔壁房间休息是莉雅和丝茜娜，同时莱桑德拉也已经在房间里头了。于是，傅凡吟在一间房间休息。原来房里有一个壮年男子，穿着蓝衣，弹着一垂直的前柱、三角形木制结构的琴身，认为是小吉他。壮年男子一见到傅凡吟，他便起身自我介绍，接着得知他叫'卢卡斯'，也是'白桦尺燕'号的船员，是火炮手。

这时，'白桦尺燕'号里的人听到有人传来声音，道："准备完毕！'白桦尺燕'号可以随时起飞了！"萨米尔便进驾驶室。接着，众人便听到萨米尔一声令下起航，又听一个人在广播："'白桦尺燕'号启动！终点是北纬51°10′43.84″、西纬1°49′34.28″！"

根据萨米尔的言辞，他们要前往黑暗之门的方向。当发动机一开动时，傅凡吟与在房间的人听到水在蒸发和机器推动旋转的噪声，又听见喷气充入飞船的气体，飞船便慢慢地浮升。海安就说："可能是锅炉内燃烧产生的热气经管线导入涡轮机内，使推动活塞或涡轮扇叶来产生推力，压力差产生的静浮力，好让飞船可以浮升。"

卢卡斯接着说："机体是加了八颗吕晶。这八颗吕晶使白金色的合金机体开始逐渐深化，飞船的机体就会变得轻，同时锅炉内燃烧产生热气，热气会排过管线导入涡轮机内，这使推动活塞和涡轮扇叶来产生推力，加上风帆控制风力来推进航行。"

"呼——！"傅凡吟轻吐一口气，睁开眼睛，心里想着："魔法科技果然不同凡响！" 桅帆一升起迎风时，'白桦尺燕'号尾部爆发出无数的火焰，就如同一颗准备发射的导弹，冲出森林了。

过了不到半个小时，又有人传来声音，道："请各位注意！这是您的船长在广播。我们刚刚飞达巡航高度八千英尺。我们会在明天临近中午降落到'伊斯特岛'。在这个逆风而定之中，我们将进入沉默和隐身模式，各位侦察队伍保持高度警惕……！"卢卡斯小声地说："请大家保持低声说话！"又说："因为人手不够，等一下，商船甲板长会安排你们负责的某些方面的工作。"傅凡吟想看外景，可是四面无窗户，只有一扇舱门。他便渐渐静静坐了下，闭目盘膝而坐，调整气息出入，手放在膝盖上，不去想任何事情。不知过了多少时间，在飞船内非常静，空气格外凝重。船沉静之中，突然外壳传来了"咔嚓"打声，在休息室响起，接着轰隆的雷声也响起来了，他心想："外面一定是下雨了！"

"呼！"傅凡吟的呼吸不由得急促。不到一分钟，有男声出现在广播中，道："卢卡斯，请到甲板上，也带一个帮手前来！"

又听到男声在广播："所有防卫队立刻到各自炮台的位置报道！米歇尔二副请到驾驶室指挥来！"

这时卢卡斯招傅凡吟，打算叫男孩和他一起跟去，同时也叫傅凡吟背着自己的的'春风神枪'。来到天台，傅凡吟见到前面是天空，而且一滴滴的水打在甲板上。这时候，天空正在下雨而且黑漆麻目。接着，卢卡斯叫傅凡吟坐甲板上，又叫男孩双手握住镭枪手柄。然后卢卡斯叫傅凡吟看着瞄射望远镜，教他如何瞄准一只老鹰。卢卡斯便说："教你如何射击。你尽量瞄准面前那只老鹰，你自己装上抢。然后我说开枪，你才开枪！明白吗？"傅凡吟说一声'哦'，便积极地前握把式保险，松开保险制时扳机，接着等待他的信号。傅凡吟说一声'哦'，便积极地握住把式，确认保险已解除，然后轻轻按下扳机，准备射击。他紧盯着望远镜，目标是那只正在翱翔的老鹰，是我施法的魔法投影。船上的空气静谧，只有他心跳的声音在耳边回响。

卢卡斯站在一旁，注视着傅凡吟的动作。傅凡吟深吸一口气，凝神定气，等待着射击的时机。老鹰在天空中自由翱翔，时而盘旋，时而俯冲，对于傅凡吟来说是个不容易的目标。

"注意，傅凡吟，保持稳定的呼吸，专心瞄准。"卢卡斯轻声提醒道。

傅凡吟集中注意力，试图与目标合为一体。他感受着手中武器的重量和平衡，感觉到风的微弱飘拂，身体和意念似乎与飞船融为一体。

片刻之后，他感觉到了那瞬间，正是老鹰俯冲的一刹那。他毫不犹豫地扣动了扳机。

砰！

一道闪光从枪口迸发而出，灵光子弹如流星般穿过天空，直奔目标。老鹰反应敏捷，闪避开来，但是傅凡吟并没有灰心，他知道这是一次练习，成功与否并不在于结果，而在于他的决心和专注。

"再来！"卢卡斯鼓励着他，傅凡吟抬起头，再次凝视着天空，准备进行下一次射击。

就这样，男孩就继续练习射击，而飞船继续缓缓前行，未知的冒险在前方等待着他们。傅凡吟明白，他们的航程刚刚开始，他会有很多机会磨练自己的技能和勇气，融入这支船员团队，一同迎接未知的挑战与奇遇。

在天空的彼端，一轮红日缓缓升起，给予了他们新的希望和勇气。这艘"白桦尺燕"号飞船，将带领他们穿越浩瀚的大陆，追寻着梦想和冒险的足迹。傅凡吟振作精神，再次调整姿势，准备开始新的射击练习。随着飞船驶向未知的天空，他心中涌动着一种坚定的决心：无论前方的旅程如何，他都会勇往直前，追逐自己的梦想。在飞船的船舱内，众人开始规划和准备新的旅程。傅凡吟继续进行射击练习，不断提高自己的战斗技巧。莉雅和莱桑德拉检查自己身上的法宝和武器，有刀、长枪、银色飞镖、透明水晶球，木法杖，灰色的防弹衣，女性盔甲和两个手铠，而丝茜娜静静在床头跪地祈祷。

"白桦尺燕"号飞船慢慢地进入了茫茫的天空，同时经历了风雨飘摇，真是遭遇奇异的天气。突然间，飞船陷入诡谲的天气漩涡，整个天空变成霞红，萨米尔看了皱起眉头说："我们好像来到一个领域的地方，可是感觉又不相识另外一个空间。"

这个时候，有人休息时间，不然有人再吃饭。傅凡吟开始向丝茜娜、莉雅和莱桑德拉聊着训练射枪的经历，当他说了一半时，四人突然感觉到周围在摇动，好像发生了地震，同时听到爆炸和火炮射击的噪声。众人赶紧走到窗外查看情况，只见烟雾四起，火光如同毁灭性的爆炸一般。大楼里的居民纷纷撤离建筑，许多人跑到便利店寻求避难。另外，还有一群人试图逃到大桥下躲避。

然而，突然出现了一个巨大的火球，摧毁了桥梁的中心，导致数百人丧生，有些被烧死，有些在混乱中被践踏而死。幸存者被迫返回自己的大楼寻找避难所。此时，还可以远远看到有五个未知生物出现在几个街区之外。一百士兵正在引导民众远离危险区域。其中一个士兵高声呼喊："有人被困在公寓里，无法移动，需要帮忙！"大众明白军队正在与怪物对抗，同时可以听到火炮的发射声。

然而，突然出现了一个巨大的火球，摧毁了桥梁的中心，导致数百人丧生，有些被烧死，有些在混乱中被践踏而死。幸存者被迫返回自己的大楼寻找避难所。此时，还可以远远看到有五个未知生物出现在几个街区之外。有一队的士兵正在引导民众远离危险区域。其中一个士兵高声呼喊："有人被困在公寓里，无法移动，需要帮忙！"众人明白军队正在与怪物对抗，同时可以听到火炮的发射声。

在数百人试图逃跑时，他们被卷入怪物和军队的交火中。火焰仍在肆虐，废墟遍布，倒塌的建筑和车辆散落在街道上，一片凄惨景象。灾难中幸存的人们正在四处搜寻求生的机会，而那五个未知生物似乎还在附近徘徊。这时候，傅凡吟，丝茜娜、莱桑德拉和莉雅已经都跑到控制室的船头看个究竟。傅凡吟看到了这个情况，立刻叫人放下船救人，可是在控制室的萨米尔一直摇头不愿意让船降落。同时丝茜娜转头以严肃的眼神对着船长说："那就放我们两个人下去。"莉雅连忙接着说："我也跟着去。"

面对突如其来的灾难和未知生物的威胁，丝茜娜、莉雅和傅凡吟决定主动前往地面，亲自帮助受困的人们并与怪物对抗。他们深知时间紧迫，每一秒都可能关系到更多人的生死，但在队长角度来看，他深知"白桦尺燕"号的飞船无法直接完全降落。

萨米尔虽然对此有所犹豫，但最终答应了丝茜娜和莉雅的请求，同意让她们下去，同时安排其他船员在飞船内提供支援。船员们给予丝茜娜、莉雅和傅凡吟最热烈的祝福和鼓励，他们深知这是一场生死关头，但也相信这三人的勇气和决心。

"我们会小心的！"丝茜娜向众人保证道。

"加油，我们在飞船上为你们祈祷！"萨米尔鼓励道。

丝茜娜、莉雅和傅凡吟一起到底层就跳下了飞船，同时打手'海安'施展法术，好让三人轻轻地降落地面，踏上了凄风苦雨的城市街道。当他们抵达灾难现场时，眼前的景象让所有人都感到震惊和心痛。火焰仍在肆虐，废墟遍布，倒塌的建筑和车辆散落在街道上，一片凄惨景象。灾难中幸存的人们正在四处搜寻求生的机会。丝茜娜、莉雅和莱桑德拉立即投入救援行动，帮助受伤的人们，给予他们安抚和支持。傅凡吟与丝茜娜一起协助引导人群撤离危险区域，确保大众的安全。

突然，一个庞大的未知生物出现在他们的面前。这是一只巨大的怪兽，覆盖着坚硬的鳞甲，宛如龙一般，散发着令人畏惧的气息。它向着人群咆哮，展现着凶猛的攻击姿态。傅凡吟迅速站到众人前面，准备迎战这个巨兽。他深吸一口气，振奋精神，用射击练习时的技巧瞄准怪兽的弱点。傅凡吟则面对着远处的未知生物，他的眼神坚定而冷静。他深知只有击败这些怪物，才能保护更多人的生命。傅凡吟动用他在射击训练中学到的技巧，稳稳地瞄准怪物的弱点，然后准确地发射子弹。男孩和怪物展开了激烈的战斗，一次又一次地攻击对方，试图寻找致命一击。丝茜娜、莉雅和傅凡吟的勇气和决心感动着周围的人们，他们也开始积极参与到自救中。

在战斗中，飞船的船长萨米尔也带着船员赶来支援。飞船飞到人群的前线，他们用飞船上的先进武器与怪兽展开火力压制，为地面上的人们争取宝贵的时间。这时候，地面的人以为是国家保卫队架起先进的直升飞机，同时每个人都在逃命，所以没人想这么多。

终于，随着一声巨响，怪兽发出震耳欲聋的咆哮，然后重重倒在地上，再无动静。傅凡吟与群众齐声欢呼，他们成功地击退了怪兽，并保护了更多人的生命。在飞船的支援下，灾难现场渐渐有序，被困者得以安全救出，怪物也逐渐被击退。然而，整个城市依然笼罩在混乱和危险之中，更多的怪物还在四处出没。丝茜娜、莉雅和傅凡吟决定不止于此，他们决定前往灾难源头，寻找真相和解决办法。这时候，飞船开动隐形模式。

"我们必须找到办法封印这里的异常能量！"莉雅说道，她对魔法有着特殊的感应力，能感知到异常的能量波动。莉雅站在对面的马路，刚好是站在隐形飞船底下，而丝茜娜和傅凡吟人她有一个距离。

"是的，只有这样才能制止更多的怪物出现。"丝茜娜补充大声喊道。

突然间，民防部队拉着傅凡吟，其中一个民防部队说："你们不能在这里，还有很多怪兽往这里冲来。"于是他们把傅凡吟等人移开了这个区域。但是，留下莉雅和飞船在后面，刚好莉雅和一个船员躲了起来，飞船也是隐形之中，所以没有注意到他们行中。匆忙民防部队带着担忧的傅凡吟和丝茜娜穿过隧道，来到了一间四面厚厚的水泥墙。他们看到里面有穿着白衣和红十字标志的医务人员正在移动药箱，原来这里建立了一所野战医院，还有一些青色的帐篷搭建着。

这时，一个军官站在帐篷外，一直说："任何车子都不能开动，大家赶紧撤离现场，这是最后一班马车将人们撤离地区，巴祖卡火箭筒的炮兵将会轰炸城市的高楼房子，利用倒塌的高楼房子阻挡怪物前进。"

丝茜娜对傅凡吟说："不用担心莉雅他们，他们会照顾自己的。"男孩点点头。

接着，丝茜娜、傅凡吟和其他市民被其他兵士带到临时安全区，然后坐上一辆马车，马便拉着四轮马车运搭客走了。当在马车行走时，他们看到在大中央车站，一支军队正在努力与六只四腿大怪虫战斗。他们看着军队如何与怪物战斗，都惊讶地发现四条腿的怪物嘴中喷出火焰，横扫着射向军队。有两只怪物不顾军方的火力，依然追逐军队与自走砲。

与此同时，他们听到了大炮的声音，紧接着有东西飞过他们，看起来像是发射的迫击炮弹。在迫击炮的轰击下，那些怪物似乎受到了影响，开始流血。其中一只生物直接坠落在中央公园的草地上，向右侧的士兵们冲去。他们不停地射击，直到将那只生物击倒在地。面对逆境，他们没有退缩，坚决决定继续战斗，全力保护自己和其他人。在接下来的时刻，人们的命运将被解开，冒险和挑战将塑造他们命运的篇章。

第四回 交战

回说三架战斗机轰炸那些怪物，丝茜娜和傅凡吟搭上馬車离轰炸区，前往一个军营。抵达时，他们看到孩子们哭着找母亲，还有一些小孩到处包着绷带。傅凡吟充满悲伤又愤怒。丝茜娜伸出手触碰受伤的小孩，女孩的手指发出微妙金光，小孩不再哭泣。下了馬車，两军官指引前往大厦休息。傅凡吟注意到身着军装、约三十岁的军官。丝茜娜和傅凡吟看着军官走来。

有人喊："这个小孩没伤，为何包着绷带。"两人未注意，军官已走近傅凡吟，问年龄。

傅凡吟自信回答："二十一岁。"

军官接着说："相信你已经当过国民服务兵了。我们人手已不够，所以你须加入军队，共同战斗。。。""现在每个人都要参加作战，才可以破墙而出。"

丝茜娜问："怎么说。"

军官接着说："你不知道全部手机和联络系统都无法与任何人联络，而且大家都被困于此地。"

丝茜娜问："被困？"

军官解释："这里人不能离开，有红色墙阻止。我们需全力抵抗，都无法救援突破。"

傅凡吟急忙说："我们有任务无法参加队伍。"

士兵嘲笑傅凡吟背玩具枪、瘦弱拖累全队，傅凡吟听了这些话，愤怒地说："来试试打一打我！"

那位士兵看着傅凡吟挑衅的姿态，怒气上涌，举起拳头向他的脸打去。傅凡吟眼疾手快，挥动手中的『圣光道墙』挡住了对方的一拳。那位士兵的拳头重重地打在墙上，痛得他把手缩了回去，并摇了一下。

军官惊讶地问："这种神奇力量从何而来？"

傅凡吟缓慢而稳定地解释道："我是机缘巧合，拥有了这种奇异的力量。"

军官默不作声，招手示意那士兵停手，然后介绍自己："我是郭自豪，这位士兵叫下士张傲。"

他接着说："你加入队伍吧！"傅凡吟看丝茜娜，她点头。

丝茜娜对郭自豪说需找废弃实验室制止怪物，同时指向前前面说"往北方"。郭自豪奇怪，便说：" 你怎么知道有这个实验室是存在的，而且这实验室的地方在北呢？"

丝茜娜称神旨意。郭自豪某某笑一下，但张傲听了哈哈大笑。接着，女孩举起自己手中的铁棒敲下地面，突然间丝茜娜发出神秘光芒，犹如星辰般耀眼，她的样貌仿佛得到了神圣的庇佑。郭自豪和张傲感到惊讶，觉得这男女是神的使者。两人一时说不出口。

过一阵子，郭自豪慢慢问道："这是……，你身上的光芒好像……很不同。"

丝茜娜笑着说："我其实是一位大内阁圣教士。这光芒是我施展法术时散发出来的。"郭自豪和张傲吃惊地看着她。

丝茜娜轻轻地叹了口气，说："因为我知道，一旦我展现出真正的力量，我就会被看作异类。这个世界对于魔法的认知一直都不友好，很多人会害怕和排斥。我不想失去朋友和家人。"

郭自豪听了她的话，感觉心里一阵暖流涌动。他走近丝茜娜，轻轻握住她的手说："我们应该怎么做？"

丝茜娜对他们，说："世界电力危机是由于一股邪恶力量的干扰所致，这股邪恶力量源自于魔法世界的黑暗一角。他们需要寻找并摧毁那里的黑暗核心，才能彻底解决电力危机。首先我们要往北就对了。"

郭自豪听了，沉思了一会儿，便点头说："我们无法嗯上级联络，又有奇奇怪怪的事情发生，我也开始相信你的说法。"又说："好，我正被派带小队明天往北。""你们去休息，明天我会招你们一起上路。"

丝茜娜眼中闪过感动的泪光，说："谢谢你的理解和支持。"随之而后，另外两名兵员替丝茜娜引路，带到帐篷里休息。回到帐篷，傅凡吟看着丝茜娜，微笑，她亲吻他的脸颊，祝他好梦。傅凡吟害羞入睡。

第二天，天还没亮，郭自豪召集他的队伍，包括傅凡吟在内，吩咐每个人都做好准备和作简报。同时，傅凡吟和郭自豪与团队集合。傅凡吟和丝茜娜环视左右，见队伍共有九个男子，每个人都分配了武器、手榴弹和背包，背包里已装了三件衣服和露营用品。郭自豪向他的队伍进行简报，然后介绍傅凡吟和丝茜娜给众人认识。其中一名面容多疙瘩、身体魁梧的士兵说："欢迎加入第九步陆战队。"然而，其他人都以瞧不起的眼神看着傅凡吟和丝茜娜，认为他们很年轻，缺乏经验。介绍之后，队伍解散，然后每个人都骑着脚踏车，继续前进。

过了半小时，他们来到了一片大田野上，中士烈运聪催促每个人放下脚踏车，然后迅速追向已经走远的团队，形成一条线。郭自豪与团队开始步行。走了十余里后，只见一群乌鸦在空中盘旋飞翔。骑着脚踏车有郭自豪、中士烈运聪、下士卡比尔、艾哈迈德、下士张傲、小兵士司马颜烈、包铁心、陆成帆、丝茜娜和傅凡吟，前面也有一个小兵名叫'阿三'跟着。

当他们进入城市时，已经是早上十点了。他们悄悄地横过街道，躲藏在一条街道的掩蔽处，准备伏击。郭自豪与他的团队看到一只四腿的怪物正在咬着一个垂死的市民。于是，郭自豪用手势带领团队分为三组，两组分散注意，而另一组进行袭击。下士卡比尔用轻型机枪激烈射击怪物，艾哈迈德则从右侧喷射火焰直接打在怪物脸上，将其逼退。怪物开始咆哮，这时候中士烈运聪抓住机会，使用火箭筒对准它的嘴。当场的人各个欢呼怪物被击败了，但另一只怪物从其他地方突然出现，咬住了司马颜烈，将他甩来甩去。所有人都朝着怪物开枪，但却没有成功伤害到它。

张傲拿出一个深青色、像手掌大小的圆球，拔出一只针，然后扔小圆球出去，落在怪物面前，大喊："手榴弹！"郭自豪立刻让团队散开，周围的人挽回后退步，远离手榴弹引爆的距离，接着趴在地上。随后"嘭"的一声，手榴弹引爆，可是怪物仍然冲向前方。这时，傅凡吟的眼睛闪烁着亮光，迅速站在张傲和司马颜烈的身前，念起咒语，打开了『圣光道墙』，同时丝茜娜也来到男孩的身边，她的手指挥动，发出微妙的金光，并唱着奇怪的语言圣歌。怪物冲向他们的时候，一道猛烈的光芒从天而降，突然间，怪物被金光吞噬了。当光芒收回地面时，只剩下一团热乎乎的烤肉。众人都目睹了这一幕，感到惊讶。

过了一会儿，傅凡吟的身后，远方也传来喊声："这里也有一团热乎乎的烤肉。" 他们回头一看，发现周围还有七八团热乎乎的烤肉团。傅凡吟轻声对丝茜娜说："原来你这么厉害！"丝茜娜转头对那个男孩微笑，突然传来群众的欢呼声。众人都为她欢呼"好样的"。

郭自豪远远地站着，既惊又喜，点点头表示认可。但欢喜只是那一秒钟，因为他转头看到倒下的士兵感到悲伤。接着，郭自豪走向死去的士兵，一腿跪下，默默地为他做了一个简短的祷告。

丝茜娜也感伤地看着死去的士兵，说："对不起，没有保护好您。"然后她双手合十，作出祷告的姿势："伟大的神啊，我们今天聚集在这里，来缅怀和送别我们深爱的亲人或者朋友。在这个悲伤的时刻，我们向您祈祷，希望您的慈爱和力量陪伴我们。我们感谢您赐给我们与勇士相伴的宝贵时光。这两位勇士在世间留下了无数美好的回忆，带给我们欢笑和温暖。我们感激您将他带到我们生命中，让我们成为彼此的见证者和伙伴。

主啊，我们也感谢您赐予，司马颜烈和阿三，在这个世界上的特殊使命。这两位勇士的存在为我们带来启示，让我们认识到生命的价值和意义。在他离开我们之际，愿我们懂得珍惜每一个与他人相遇的瞬间，学会用爱与关怀去温暖彼此。同时，我们承认在离别的时刻，我们内心感到痛苦和无助。但求您赐予我们力量和安慰，让我们在悲伤中寻找到坚强与希望。愿您抚平我们伤痛的心灵，使我们懂得接受逝者离开的事实，并在回忆中感受到您的安抚。

主啊，我们祈求您赐予逝者的灵魂永恒的安宁和归宿。愿您的慈悲宽广如天空，接纳这两位勇士到您的怀抱，让他在天堂得享永恒的喜乐和平安。我们也祈求您赐福于我们在世的人。让我们在悲伤中团结一致，相互扶持，共同度过难关。愿您引导我们走向正确的道路，让我们在逆境中学会坚韧，面对生命的挑战。今天的葬礼不仅是告别，更是对逝者生命的颂扬。愿我们在这个特殊的时刻，学会感恩生命的奇迹，珍惜每一个与亲人和朋友相聚的时刻。最后，我们以虔诚的心向您祈祷。愿您接受我们的祷告和感恩之情。愿您赐福于逝者，赐福于我们，赐福于这个世界的每一个生命。阿门。"

郭自豪从死者的脖子拉出一条狗牌，然后盖上毛毯。同时群众也闭上眼睛，并保持肃静，以表示对死者的尊重。

接着，郭自豪站了起来，头看着丝茜娜，说："既然你的法力这么强，为什么你不会一次过用在整个地方？"

女孩吸了一口气便回答，说："『神助之光』只能一天用一次，而且攻击力只有三百平方米的范围。而且三分钟维持的『圣光道墙』一天用三次，但我的『圣光医疗』，『圣光净化』和『祝福加持』可以无限的用，但体力稍微一变弱，我就不能用任何祝福之法帮助大家，所以我还是需要好好休息的。"郭自豪和傅凡吟听了，点点头。

丝茜娜又说："现在我们还可以继续前进。"接着，郭自豪命令烈运聪催促着张傲等人集合，检查枪支和装备。然后，郭自豪与他的团队独自离开此地，继续前进。他们快速前进，已经穿越了一些建筑地段，但周围仍然没有任何响动。当他们停下前进时，众人看到地面上出现了一个巨大的影子飞过他们的头顶。他们目不转睛地往天空一看，注意到那黑色的野兽拥有两支宛如蝙蝠翅膀般的特殊翅膀，翅膀展开时激烈摆动，尖锐的眼睛和鳄鱼般的尖利长嘴。突然众人听到了狮子般咆哮的声音，于是小兵士艾哈迈德激动地说："那是一条龙！"指挥官并不慌张，他立即招手喊叫一句话'掩护'。突然间后面有枪声响起，他们纷纷趴地或者找墙壁遮挡自己，接着往左右一看，只见那条龙倒在地上，接着地面剧烈震动和一声"嘭"。那兽龙再也没有动静，于是他们走向前，每个人都将枪对准它的脸，同时也东张西望，看哪里发来的枪声。

这时，有两人站在三层楼的屋顶，其中一个人持续喊着："郭长官！"接着一会儿，他们看到两人从三层楼的屋里出来，迎向郭自豪的队伍，距离郭自豪等人有大约五六百米。

当郭自豪等人走近，与两人见面时，其中一个人友好地问道："你们好？"那两人都身着粗麻衣，脸上满是污垢，一个手里拿着望远镜而后面背着一把枪，另外一个人拿着一支大口径猎枪，两人显得有些疲倦。郭自豪看了两人一会儿，眼睛一亮就说："郑瑞安！"郭自豪介绍对方之后，众人才知道原来他是郭自豪的老战友，名叫郑瑞安。这时候，郭自豪的团队立正着对郑瑞安说一声"长官！你好！"郑瑞安回话说一声"兵士！你好！"

接着郑瑞安便说明自己两人都是第十二队的陆战队狙击手，同时介绍隔壁那个人。经过一番介绍，众人知道另外一位叫'许曾华'。许曾华看着郭自豪，立正地说一声"长官！你好！"郭自豪回话说一声"兵士！你好！"

听到郭自豪说一声'稍息'之后，傅凡吟就看见那支大枪，同时听到烈运聪说："这是'巴雷特M82狙击步枪'，美国生产。它能打穿许多墙壁的力量。它能超过一千五百米有效射程。"群众听了那人用的枪，都感到惊愕。

经过短暂的交谈，郭自豪介绍每队员，跟众人握一握手。郑瑞安看着傅凡吟和丝茜娜，心里感到奇怪丝茜娜的服装和法杖，接着郭自豪一番解释和目睹丝茜娜的魔法之事，首先郑瑞安和许曾华对两人感到好奇但并没有想多，便再继续和郭自豪交谈。这么交谈，众人才明白郑瑞安和许曾华一直想干掉那条龙一直呆着在屋里等了一天，也是保护任何人给那群龙袭击。群众都是以郑瑞安和许曾华的英勇行为而感到骄傲。郭自豪问郑瑞安是否加入他们，郑瑞安立即同意了。丝茜娜看了这一幕，只轻轻点点头微笑一下。

随之而后，众人一起往北面去。于是，郭自豪与团队采用一条狭窄泥泞的道路进入，开始赶紧向前跑了。郭自豪与团队沿着一条狭窄泥泞的小道继续朝着北面的目标前进。

一旦郭自豪和他的团队来到一条路的尽头，他们看到许多建筑崩塌，瓦砾压扁了车辆，大部分道路都被瓦砾堵住了。

于是，他们沿着这些碎石走过一条街道，看到尽头是一座倒塌的医院。众人环顾四周，发现满地都是建筑物崩裂的尘土和泥土，还有很多人提着担架或毛毯，护送着他们的亲人。郭自豪等人继续前进，发现到处都是尸体，有些男女老少仍然紧抱着躺着僵硬的死者。郭自豪与团队走过一位成年人，他抱着一个垂死的孩子，一再哭喊着："心爱的孩儿！"他怀抱着垂死的孩子，眼泪流淌，好像不知道去哪里寻求帮助。他跑到郭自豪和其他团队成员面前，对着陆成帆说："帮帮我的孩子！"陆成帆只能摇摇头，用左手拍拍那人的背来安慰他。

此时，傅凡吟看到到处都是尸体和一部完好无损的无线电话机落在地上，便问中士运聪："我们可以用无线电话呼叫支援吗？"烈运聪露出茫然的表情回答道："通讯系统已经失灵好几天了。"傅凡吟听后眼睛一亮，才明白军队的通讯系统已经失灵多日，而整个海岛已经无法通讯。

突然间，郭自豪和其他人听到迫击炮、火炮和沉重的机枪射击声，周围的人都被吓坏了。听到这些声音，群众纷纷离开这个地方，而郭自豪的部队加快了脚步，朝着噪音传来的方向前进。随着他们越来越接近炮击的声音，火炮和机枪射击声也变得越来越响亮。于是，团队们放慢脚步，靠着建筑物的墙壁。队长窥视外面的情况，只见广阔的草原被炮击引起大火，产生浓烟。他们透过浓烟看到登陆部队被遮蔽，而军队勇敢地向前推进，不停地射击浓浓的烟雾，火力十足。在一片混乱中，他们看到许多吉普车和汽车不是被火烧着，就是翻车了。

在浓烟中，传来一阵阵咆哮声，他们往右边望去，看到一双大爪子正在抓着一辆汽车，好像要丢向那一群兵士。抬头望去，他们大吃一惊，看到一个庞大的长躯体、重尾巴以及强大的后肢，那是一条黑龙。紧接着，另外四条黑龙从天空中降落，翅膀展开环绕着身体，横冲直撞，释放着火焰，横扫着千军，把战场变成一片混乱。

这时，郭自豪呼叫烈运聪、卡比尔、张傲、艾哈迈德、包铁心、陆成帆、郑瑞安、许曾华、丝茜娜和傅凡吟，试图吸引一只龙兽的注意。郭自豪同时对一个临时指挥官，一个中尉，进行了分组，分成三队。每一队也试图吸引其中一只龙兽的注意，分散火力，好让这些小军队集中兵力对付一只龙兽。这些军队勇敢地使用小型武器，作出最后的抵抗。郭自豪命令张傲发射一个火信号弹。他按照指令执行，跑出大路，朝其中一只黑龙发射。

随着火信号弹射向天空，火信号弹爆炸，刚好在其中一只黑龙的眼前闪烁。那只黑龙停在半空中，寻找着烟火的发射者，在空中停留着，东看西看，见张傲正举起手中的信号弹枪，便马上冲下来攻击他。张傲连忙掉头逃跑，那只龙也开始追击他。张傲跑向一座四层楼的住房，黑龙紧随其后。他们越来越接近那住房，黑龙的飞行高度也越来越低。当它张开口要咬他时，头顶忽然喷出鲜血，全身摔落在地上，滚动了几次，然后躺在地上不动了。张傲已经趴在地上，之后站起身，向郑瑞安在二楼打个手势，郑瑞安挥一挥手回应。

郭自豪称赞两人："你们两个都表现得很好！"众人也走到张傲前面称赞。

当傅凡吟看着那个死去的黑龙，心里充满了疑问，看着丝茜娜，问道："为什么这些龙一直攻击我们？还有，这些龙是从哪里来的？"

女孩自信地回答："我们应该离目标越来越近了。"

与此同时，郭自豪皱了皱眉，继续说："它们似乎在进攻时是想切断我们的防线，好像有人在操控这群龙。"

突然之间，第二只黑龙飞向众人了。它吸了一口气，接着喷出一道火焰，火焰像排山倒海一样向郭自豪的部队喷去。大众都看到火焰，急忙地左右躲避。接着，又来一只龙，它从烈运聪的右边出现，开始在空中盘旋着，协调地攻击着这些小军队。

就在这时，右边的黑龙的翅膀伸展开来，然后直冲而下。而左边的黑龙逼近傅凡吟的前面，男孩同时也看到那只黑龙冲向他这里，开始感到紧张。傅凡吟一慌之下，忘了念咒语来施展防护罩。这时，女孩站在傅凡吟的前面，突然间她的右手掌出现一道明亮的光，刺眼无比。在光芒闪烁的一瞬间，周围任何被光芒笼罩的生物都暂时失明，接着拉着男孩往一旁跑。那只黑龙立刻冲突到地面，发出一声"啪"地响，然后翻滚在地上，撞到一堆堆的建筑物，发出裂骨的声音，看来那只黑龙被击落摔死的。

就在这时，女孩拉着傅凡吟的手，把他拉到她的身后。同时，右边的黑龙飞向那女孩的方向。当它展开翼端攻击，爪子暴露出来，每一只爪子都像尖锐的削皮刀一样锋利，气势汹汹地冲向丝茜娜和傅凡吟。黑龙张开嘴巴，喷出火焰。热熔的火焰击中两人，但火焰被弹开。周围的人看到丝茜娜已伸出右手掌，面前三公分处出现一道半透明的金色护盾，上下围绕着他们两人。这样的火焰根本无法接触到他们，毫发无损。这时候，丝茜娜叫众人射击这些龙。

接着，丝茜娜开始唱奇怪的语言，突然间说起可以听懂的语言，说："伟大的神啊，赐予我们力量，毁灭这一切黑暗的魔物。"她这样一说，每个人手中的枪和发射的子弹，突然间变成明亮的白光，就像拔出斩铁剑一样飞出去，以飞旋的方式绕着直线前进。锐利的子弹击中那只黑龙。后面也来了三只黑龙，但只有两只黑龙被锐利的子弹击中，一个接一个地倒下不动。这时，男孩也举起枪，正站丝茜娜的身旁，开始瞄准怪兽。当男孩发出第一枪，一枪能击中那只躲过子弹的唯一一只飞龙，证明他的枪法比以前更准了。而且男孩手中的枪是特别精灵制造的，所以发出去的单发子弹可以射穿厚厚的铁甲，如魔法一般。锐利子弹击中那只黑龙，斩掉它的右翼，黑龙失去平稳，接着俯身从丝茜娜和傅凡吟身上飞过，并坠毁在地上，当场命丧。全场的人无声地看着，惊叹不已，不停地拍手，称赞："好呀！好漂亮的一招。"

傅凡吟把枪收在背上，谦虚地说："运气好而已！运气好而已！"

接着，郭自豪和其他部队的队长解释一番，坦克部队和另外部队各自分路。这时候，郭自豪叫众人休息，重整兵器。于是女孩拉着傅凡吟的手，拉他到她的身后。然后两人一起坐在大石头上。丝茜娜的手里拿着四个提袋，打开提袋，里面有一瓶水和一盒鲊肉饭，她提手一块鲊肉想喂食傅凡吟。

傅凡吟感到有点尴尬，因为周围的人都在看着两人。男孩说："谢谢你！我可以自己来。"丝茜娜点头表示同意，接着女孩把水和一盒鲊肉饭交给他。丝茜娜坐在他身旁，望向外面。于是，傅凡吟和众人休息了一个小时，然后准备继续出发。他们继续前行，直到日落时分。众人来到无人工厂外面，郭自豪便说："今天我们就在这扎营，今晚我们轮流守卫。"他指派烈运聪和卡比尔守第一轮。

深夜时分，丝茜娜走到一些树园，藏在一棵大树后面祈祷。隔了很久很久，丝茜娜回来工厂里面，她左手伸过来拉住傅凡吟的手祈祷一会儿，然后她躺下就一起进入梦乡。

第二天早上，众人一起集合，郭自豪呼叫烈运聪、卡比尔、张傲、艾哈迈德、包铁心、陆成帆、郑瑞安和许曾华也都准备好了。丝茜娜和傅凡吟一起出现在众人面前。众人看到这对情侣，纷纷喜笑颜开。郭自豪吹了口哨，吸引了众人的注意。他解释了下一个任务，众人听后都知道他们要直小镇做为集结点，于是众人迅速收拾好行装和武器，准备出发。

在途中，天气十分炎热，众人走了一段路程，已经满身汗水，空气中还弥漫着尘土。众人稍作休息，歇了五分钟。丝茜娜突然向傅凡吟指了指对岸，说那里好像没什么动静。众人听到她的话，都立刻警觉地观察周围。郭自豪也感觉到周围一片静寂，没有其他人的迹象。队伍继续向前走，看到前面的大厦已经有一半被火烧毁。他们绕过火灾地区，进入办公室。桌椅倒地，纸张乱七八糟，一片混乱。他们小心翼翼地探进大厦，四处搜寻，保持警惕。

来到一间废弃的室间，空间里有闪耀着科学光芒的设备和仪器。墙壁上的涂鸦和裂缝透露着岁月的无情痕迹，让人不禁联想起这里曾经进行的神秘实验和探索的故事，看来这是一间试验室内。郭自豪和丝茜娜感觉这里就是他们要找的试验室。众人看来这里的一切都像是被突然抛下，药品瓶子散落在地上，尘封的书籍摆在角落里，化学试剂瓶中的液体干涸成了陈迹斑斑的痕迹。实验台上堆满了废弃的玻璃器皿，昔日灵活运用的机械臂和仪器如今静止不动，失去了生气。随风飘来的微弱的味道，令人联想到过去浓烈的化学气味和实验过程中的一切。墙壁上贴满了实验过程中的记录，不知所踪的实验者的手迹仍然可见。

搜查之后发现没有什么有用的线索，于是停止搜查，郭自豪命令众人在原地休息。丝茜娜给傅凡吟倒了一杯水，让他喝。

正在休息时，郭自豪突然对中士烈运聪说："需要两个人去对面的大厦看看情况。"丝茜娜和傅凡吟一听，女孩环顾看每一户窗外，只见到许多三楼建筑物，一些房屋坍塌。三楼建筑物周围还有一些树木和一个小型停车场，大约可以停十多数的车。四五棵树木已经倒塌，而且那个停车场出现了土壤液化现象。丝茜娜和傅凡吟目光投向前方，看到一条街道，街道前面有一间毫无污损的古庙。然后丝茜娜对傅凡吟，说："我们过去看看吧！"男孩点点头表示同意。

丝茜娜立刻向郭自豪请示："我们一起过去吧。"郭自豪感到好奇，本来是要去对面的大厦，现在却要去一个小庙查看情况。

女孩丝茜娜诚挚地对郭自豪解释道："郭队长，我们刚刚看到了'前面一座奇怪的古庙，我有一种奇怪的感觉，好像那里蕴藏着某种重要信息。也许我们可以在庙里找到有关这片区域的线索或者了解更多情况。毕竟那是一个异常安静的地方，我们可以冒险一试，说不定会有意外的收获。"

丝茜娜的语气坚定而又充满了直觉，她的眼神透露出一种坚信不移的自信。郭自豪虽然有些疑惑，但看着丝茜娜那份坚定和决心，也开始动摇自己原本的计划。

不过，中士烈运聪和下士卡比尔对于去这个古庙也表现出浓厚的兴趣，他们附和道："对，郭队长，我们去那里看看吧，说不定真的会有些线索。"

郭自豪思索了一下，虽然心里有点犹豫，但最终还是决定暂时放弃原定计划，采纳丝茜娜的建议。他对众人说："好吧，既然大家都有兴趣，那我们就先去『五门奇宫』看看。但要保持警惕，不可掉以轻心。"

队伍便朝着『五门奇宫』走去。在路上，郭自豪和中士烈运聪纷纷对丝茜娜解释说："这座古庙叫做『五门奇宫』，相传古代曾是一位著名道士修炼的地方，传说他在此修行领悟到了一门神秘的法术。也有人说这里隐藏着古老的秘密和宝藏，但是并没有确凿的证据。"

众人对丝茜娜的解释产生了浓厚的兴趣，一路上众人谈论着各种可能性。终于，他们来到了"五门奇宫"前。庙门虽然古旧，但十分庄严肃穆，门上刻有精美的花纹，给人一种神秘感。郭自豪指挥众人小心进入庙内，众人悄悄地踏入这个古老的庙宇。一进去，众人顿时感受到一种肃穆和宁静的氛围，仿佛置身于另一个世界。丝茜娜和傅凡吟引领众人在庙中寻找线索，众人小心翼翼地走过每个角落，仔细观察着墙壁、柱子和雕像。突然，丝茜娜注意到墙壁上的一幅壁画，上面描绘着几个人手持神器，似乎在施展某种法术。她凝视着壁画，有一种奇妙的感觉在心头涌动，她似乎从中获得了一些启示。

"快来看！也许这就是庙宇隐藏的秘密。"丝茜娜喊道，众人都走过去仔细观看。

傅凡吟便问女孩，说："这幅壁画似乎在描述什么，"

其他人看了一会儿，就摇摇头，说："没什么特别。"说完便转身寻找其他的周围。

傅凡吟对丝茜娜说："也许我们可以继续探寻，看看是否有其他线索。"女孩听了点点头。

众人继续在庙宇内搜索，随着深入。正当他们观察的时候，忽然嗅到了香喷喷的味道。他们用嗅鼻追着味道走去，在庙后找到源头。只见桌上有一盘热乎乎的烧鸡肉。

这时，两人听到前面房间里传来一个苍老的妇人的声音，大惊之下她问道："你们是谁？"

丝茜娜看着这位脸色惊慌的妇人从房间出来，急忙说道："我们没有恶意！如果你不希望我们在这里的话，我们可以离开。"丝茜娜伸出左手拉住了傅凡吟的手，准备转身离去。但就在此时，她听到傅凡吟的肚子发出了咕噜咕噜的声音。

那位苍老的妇人笑了笑，说道："看来你的情郎饿了，可以多给你们些吃的。"于是她把食物分给了两人，同时也招手烈运聪等人坐下来。众人看到桌上的美食，也开始感觉肚子饿了。中士烈运聪、下士卡比尔、艾哈迈德、包铁心和陆成帆便坐在桌边的椅子上，众人同时看着桌上的烧鸡肉，鸡肉看来都油而不腻，于是傅凡吟拿起一块鸡腿尝试着。就在他要放进嘴里的时候，丝茜娜突然问道："你在干吗？"丝茜娜仔细地盯着傅凡吟。接着，傅凡吟明白了自己的失态，他停下动作，回答说："我只是饿了，想尝尝这些美食。"

丝茜娜警惕地扫视着四周，她开始怀疑这些食物的真实性。她注意到墙壁上有一些古老的符文和图案，似乎有些奇怪。她低声对傅凡吟说："这里可能是个陷阱或者迷宫，而且那些墙壁上的符文和图案好古怪。"

傅凡吟也感觉到事情的不对劲。傅凡吟等人虽然饿了，但并不敢贸然吃下这些食物。那位苍老的妇人看了傅凡吟，不禁笑了出来，说道："你这位情郎很可爱，让我想起了我的老伴。"

丝茜娜听了她的话，便问道："这里怎么只留下你一个人孤零零的呢？"

妇人唉声叹气地说："那天一群怪物来袭击，大家四处逃窜，只有我和老头子躲进地下室避难，待了几天的时间。"

这时，丝茜娜倒了一杯水给妇人喝，妇人喝了一口，继续说道："有一天，一到天亮，清晨的阳光透过小窗，我们陆续醒来。老头子说要到外面看看，叫我待在这里，不要离开庙宇。于是我就去厨房准备饭菜，在把饭菜拿下去地下室，同时等老头子回来。等了好久，但看老头子出去后很久都没回来，我也不知道他去了哪里，我想走出去看看，跟着你们也出现了。"

傅凡吟和丝茜娜看到妇人的泪水缓缓从面颊上滑落，女孩赶紧递上面巾安慰她，并坚定地说："我相信你的老伴一定安然无恙，我们可以一起去找他！"

妇人看着丝茜娜充满信心的面容，感动地向她们表示感谢。老妇人说："好的，我们一起去找他，相信老头子应该不会离得太远。"傅凡吟和郭自豪的部队点头表示同意。

当众人三人走到前门，准备外出寻找老伯踪迹时，郭自豪等人也跟随着。踏入庙门，突然传来外面的呼声："他在这里！"这声音让众人都吓了一跳，郭自豪低声交流着："有人来了。"他迅速示意队员分成两组。

丝茜娜牵着妇人的手，郭自豪带着中士烈运聪、下士张傲、小兵陆成帆和包铁心走在前面。而郑瑞安则带着中士许曾华、下士卡比尔、艾哈迈德、傅凡吟跟随在后。他们悄悄地藏在庙门口的一角，丝毫不敢轻举妄动，只能听到前方传来的脚步声。

两位队长朝上看，只见两个矮小的身影侧对着郭自豪等人，眼神凶狠。接着，又出现了七八个同样模样的小矮人，他们紧随其后。其中一个手中握着狼牙棒，另一个则拿着奇怪的夹克琳枪。其他的小矮人手持小铁刀和枪支。

那把奇怪的夹克琳枪，犹如一件神秘的古物，外形与普通的笔记本电脑大小相仿，但却散发出令人神往的魔幻气息。青铜制成的枪身上刻满了奇异的符文和神秘的图案，让人联想到遥远的魔法时代。枪口附近镶嵌着一颗晶莹剔透的宝石，似乎蕴含着无穷的力量。这把枪完全不同寻常，它们的存在让人感受到了强大的神秘力量。

七八个小矮人手持的枪看起来像是二战时期的枪支，但又融合了奇幻的设计元素，呈现出独特的魔幻风格。枪身以青铜打造，散发出神秘的光芒，刻满了奇异的符文和图案，仿佛记录着遥远的魔法传承。枪管细长而优雅，仿佛一道银色的闪电，瞄准镜上雕刻着妖兽和魔法符号，给人一种神秘莫测的感觉。整体设计融合了古老与未来，充满了魅力和威严。

郭自豪和郑瑞安等人紧紧盯着小矮人们，看到其中一个持着夹克琳枪，另一个手持狼牙棒。众人深感不妙，紧紧握住手中的武器，准备应对随时可能爆发的危机。

小矮人们转身背对着众人，开始围绕着卡车，卡车后面装满了沙包，从沙包中走出一个老者，看上去疲惫但坚定。郭自豪迅速下令包铁心和陆成帆留在庙中保护老妇人，然后与郑瑞安一道安排队员分工。

傅凡吟则和丝茜娜紧随队伍，保持警惕。小矮人们渐渐察觉到了众人的存在，立刻转身，准备朝他们开火。郭自豪和他的队伍瞄准了小矮人的体部，子弹飞射而出，小矮人们一个个倒在地上。

丝茜娜和傅凡吟也施展出『圣光道墙』，为队友提供坚固的屏障，将小矮人们的攻击尽数挡住。这面光墙散发出耀眼的光芒，几乎无法被击穿，即使对方的夹克琳枪也无法对其造成丝毫损害。郭自豪等人趁机进行反击，子弹横飞，击中小矮人们的要害部位，他们一个个倒地不起。

当『圣光道墙』消失后，老者感激地对丝茜娜和傅凡吟道谢。郭自豪也表达了对他们的感激，承认没有他们的帮助，这次行动可能会更加困难。

"多亏了你们的及时相助，我才能脱困。"老者感慨地说。

"救人本是我们的使命，不用客气。"郭自豪谦虚地回应。

老者的目光转向傅凡吟和丝茜娜，轻声问道："你们究竟是何人？怎么会掌握这样的法术？"

丝茜娜微笑回答："我们是神圣的教士，获得了上天的赐予，希望借此力量助人。"她继续询问："老伯，您是在这座庙里居住吗？"

老者点头示意，他的声音中充满了岁月的沉淀和智慧。他自我介绍说："陈老伯，这座寺庙的守护者，我与伴侣一直在此守护着这片土地。"众人都感到敬畏和尊重，对于老者的身份和使命充满了好奇。

感激之情溢于言表，众人齐声道谢。陈老伯亲切地笑着说："你们可以在这里歇脚几天，这里虽然简陋，但希望能让你们稍事休息。"

在妇人的热情款待下，一桌丰盛的饭菜摆在眼前。大家围坐在桌旁，既分享美味佳肴，又互相交流彼此的经历和故事，渐渐地拉近了彼此的距离。

郭自豪眼中闪过一抹思索，他建议道："为了避免危险，也许你们应该暂时离开这里。外面的世界虽然危险，但总比留在这里更安全。"老伯和妇人对视一眼，老伯的脸上露出了犹豫，但最终他摇了摇头，似乎有着坚定的理由。郭自豪没有再继续劝说，他明白老者心中必定有着深刻的考虑。大家随即进入房屋休息，疲惫的身体很快进入了梦乡。

第二天清晨，阳光透过窗户洒在地面上，一丝清寒扑面而来。傅凡吟早早地起床，刚好看到老伯已站在庙外。他不禁对老者的行为感到好奇，走了出去，准备与老伯交流一番。

傅凡吟走到老伯身边，看着老者站在大地上，宛如一位融入自然的智者。傅凡吟突然心生敬意，他知道老者必定是个武学高手，才能拥有如此深厚的内力和气息。老伯似乎感受到了傅凡吟的目光，微微一笑，对他点头示意。傅凡吟心头一震，瞬间明白老者的意图。他毫不犹豫地将内力集中到掌心，一道掌力轰向一旁的石壁。石壁被这一掌撞得微微颤动，仿佛随时都可能崩塌。傅凡吟心中不禁惊叹，内力的威力远超他的预料。

老伯望着石壁，点评道："你的内力不错，但还需在调息、调身、调心上下功夫。练气功的关键在于入静，将心沉静下来，排除杂念，达到'清心寡欲'的境界。"

傅凡吟虽然年幼，但却有着过人的悟性，他虚心接受老者的指导，开始按照老者的教导，调整呼吸，用心感受内力的流动。老者引导着傅凡吟，教他调息调身，让他感受内力的微妙变化。随着老者的指引，傅凡吟逐渐进入了一种平静的状态，内外呼吸渐行渐合，仿佛与天地间融为一体。

过了一段时间，老者示意傅凡吟站起身，他展示了一系列流畅而又有力的擒拿手动作。每个动作都显示出老者对技术的深刻理解和熟练掌握。傅凡吟认真观摩，不时点头示意，他明白这些技巧在实际战斗中将会有巨大的帮助。老者示范结束后，傅凡吟迫不及待地请教和练习。他虽然年幼，但充满了对武学的热忱，他认真模仿老者的动作，一遍遍练习，努力将这些技巧融入到自己的搏击技能中。

时间渐渐流逝，傅凡吟的动作越来越流畅，内力的运用也越发娴熟。老者鼓励他不要急于求成，要持之以恒地练习，将这些技巧融入到日常生活中。

晚餐时，大家围坐在一起，享受着老妇人亲手制作的美食。郭自豪等人一边品尝美味，一边愉快地交流。丝茜娜和老伯也在一旁轻声交谈，分享着彼此的经历和感悟。

老伯微微一笑，他的眼神中透露出坚定和自豪："这座寺庙承载着百年的历史和传承，我们肩负着守护的使命。而且，庙内的文物，'匾额'，传说中有着辟邪的力量。这里并不像表面看起来那么危险。"丝茜娜随即问道："这件宝物有何作用？为何会拥有如此强大的法力？"陈老伯微微一笑，没有立刻回答。

傅凡吟听到他提到『匾额』，便转身看向前面大门上的那块匾额。傅凡吟的眉头微微皱起，然后说："这个匾额……"

随着老者的刚才话语，庙宇中弥漫着一股神秘的氛围，仿佛隐藏着更多未被揭开的秘密。众人的好奇心被勾起，他们对庙宇和这件文物充满了兴趣。

看来这件宝物的神秘力量将会带众人踏上新的征程，为了正义而战斗，继续书写着属于他们的传奇。

第五回　脱身（上）

回说陈老伯提及那个宝物，即『匾额』。郭自豪和众人闻言心头一震，那件宝物的重要性显然超越了他们的想象。

这时候，陈老伯深深地看着众人，稍稍低下头，眼神闪烁着，突然说："啊，我突然记起一件事……"众人听到这句话，全部目光都集中在老人身上。

老伯在一旁一直重复着："『匾额』……潜藏自有光明日……一旦十一勇者来……！"陈老伯的话让众人感到吃惊。

众人纷纷询问老伯："老伯，为何不断重复『匾额』……潜藏自有光明日……什么一旦十一勇者来……？你没事吧？"

老伯反过来问丝茜娜："你们今天来了多少人？"

丝茜娜一边计数，一边回答："我、傅凡吟、队长郭自豪、队长郑瑞安、烈运聪、张傲、卡比尔、艾哈迈德、陆成帆、包铁心和许曾华……总共十一人。"

老伯兴奋地说："原来你们就是那位盲汉提及的'十一勇者来'。。。"

老人说话到一半突然停顿，然后继续说："一个月前，有一个老盲者曾来到此地，恰好站在这块匾额下，他抬头对着匾额说着：『匾额啊！匾额啊！潜藏自有光明日，一旦十一勇者来，守耐无如待丙丁，龙虎相争生定数，春风一转渐飞惊。』我当时也在门口，听到他这番话。他说完后便离开了。当时我觉得此人异常怪异，因此并未过多关注……"

丝茜娜和傅凡吟突然紧张地问道："他长什么样子？"

老伯回答："我记得他是一个红面老盲者，白发披散，戴着墨镜。他并没有什么特别之处。"

傅凡吟向丝茜娜靠近，询问："会不会就是他？"

丝茜娜肯定地点头："肯定是他！"

老伯看着两人私下交流，问："你们认识这个人吗？"

丝茜娜答道："是的。我们曾与他对话过。""在交谈时，感觉他拥有非凡的能力，仿佛能预测未来的事情。"其他人陷入沉思，而老伯听了则感到惊讶。

这时，傅凡吟自言自语道："原来他是位预言家！那天他还说我将提升功力之类的。不知他现在如何了。"

丝茜娜的听觉极其敏锐，看着傅凡吟，说："我觉得我们与他的偶然相遇是有缘的。"傅凡吟点点头，表示同意。

老伯听到丝茜娜和傅凡吟，眼中充满了期待和祝福，又说："年轻的勇士们，我希望你们能继续前行，将这两个宝物安全地带回圣地，恢复圣剑的力量。你们的使命非同小可，但我相信你们能够胜任。"

陈老伯继续解释："『匾额』和『铜钟』都曾经是强大圣剑的组成部分，为避免力量过于集中而被分割成碎片。它们的存在使得这座庙宇成为一个神圣之地，充溢法力。多年以来，我们守护这两个宝物，以确保它们不会落入邪恶之手。"

众人听感觉惊讶，原来这看似平凡座的庙宇隐藏了两个宝物，竟然是圣剑的碎片，且具有保护庙宇法力的功能。丝茜娜忍不住问："这两个宝物是否与我们刚刚遇到的妖怪有关？"

陈老伯点头，神情凝重地说："没错，妖怪们一直试图夺取这两个宝物，以获得圣剑的力量。这几天来，我们一直在抵御他们的袭击，但近来他们行动更加猖獗。或许，你们的出现正是上天的引导，也可能是时候将这两个碎片重新汇聚，恢复圣剑的力量，以对抗邪恶。"

郭自豪和众人默默点头，使命感更加坚定。这座庙宇，这两个宝物，似乎与他们的命运紧密相连。他们下定决心，绝不辜负使命，保护好宝物，恢复圣剑的力量，抵御妖怪的侵袭。就在这时，远处一名矮小的兽人窥视着庙宇内的人群，喃喃道："一定要向『甫斯』领袖报告。"说完，他施展法术，消失在阴影中。

回说庙里的人，陈老伯的目光在众人身上扫过，然后缓缓开口："年轻的勇士们，你们要知道，这座神庙还隐藏着更多的秘密，与圣剑的故事紧密相联。"

他指向庙宇内的大堂，声音庄重，说："在大堂的密室之中，封存着第二个宝物，『铜钟』。这是另一块圣剑碎片，同样具有强大的法力。『匾额』和『铜钟』都曾是圣剑的组成部分，恢复它们的力量，才能让圣剑再次完整。"众人对陈老伯的话语感到震撼，他们明白自己的任务远比他们想象中的更加重大。

丝茜娜问道："那么，第二个宝物『铜钟』在神庙的密室里面。我们如何进入那个密室？"

老伯微笑着回答："这座神庙的密室是由古老的机关所保护，唯有十一勇士才能打开。这正是你们的使命所在。"

傅凡吟和丝茜娜交换了一眼，似乎已经有了一些想法。老伯继续说道："而在神庙的壁上，有一幅古老的壁画，描绘了如何打开密室的方法。壁画中的图案与神庙内部的机关相互呼应，只有解开了壁画之谜，才能找到通往密室的途径。"众人的注意力被吸引，他们开始思考，壁画或许是他们踏上寻找『铜钟』之旅的线索。

丝茜娜问道："请问，这幅壁画在哪里？我们该如何找到它？"

老伯指向庙堂的一侧，说："壁画就在那边的墙上，但它被古老的魔法保护着，一般人无法轻易启动和打开密室。然而，你们身上拥有的神圣力量应该足够触发这层保护。"

丝茜娜看着郭自豪，心中生出一股决然之意，两人便点头，接着对老伯说："我们会竭尽全力，寻找到这幅壁画，解开其中的谜团，找到通往密室的方法，将『铜钟』取回，恢复圣剑的力量。"

老伯点头表示赞同："年轻的勇士们，前方的道路并不容易，但我相信你们拥有足够的勇气和智慧。在你们的身上，我看到了希望。"众人肃然起敬，决心坚定。他们明白，这是一场更加艰难的冒险，但他们已经走到了这一步，绝不会退缩。

丝茜娜和傅凡吟抬头看向那神庙门上的『匾额』，心中充满了决意。他知道，只有找到『铜钟』，恢复圣剑的力量，才能抵御妖怪的侵袭，守护这片土地的和平与安宁。丝茜娜则轻声祈祷，祈愿上天保佑他们，引导他们找到壁画的线索，解开谜团，寻找到『铜钟』的下落。众人便往神庙的大堂方向去。

来到大堂里，众人的目光转向庙堂的一侧，那里就是一块巨大的石壁。石壁上的图案非常复杂，描绘着几个人手持神器，宛如在施展某种神秘的法术。这些人的表情凝重，仿佛在默默地诉说着一个古老的故事。他们走近壁画，仔细观察。图案非常复杂，包含着许多奇异的几何形状和神秘的符号。郭自豪轻轻抚摸着石壁，似乎可以感受不到壁画中有什么蕴含的能量。众人静静地凝视着壁画，试图解读其中蕴含的信息。

图案中的人物各自持有不同的神器，似乎代表着不同的能力和角色。其中一个人手持着闪烁着圣光的剑，似乎是象征着正义和勇气。另一个人手持一枚闪耀的宝石，周围环绕着神秘的符文，似乎是在引导着某种能量。还有一个人手持一本古老的卷轴，上面写满了奇异的文字，似乎蕴含着智慧和知识。

丝茜娜走近壁画，轻轻抚摸着石壁，似乎可以感受到壁画中蕴含的能量。他闭上眼睛，试图与图案中的人物产生一种奇妙的共鸣。片刻后，她睁开眼睛，神情坚定地说道："这幅壁画似乎在向我们传递着信息，我们需要理解其中的奥秘，方能找到通往密室的途径。"

众人开始仔细观察图案，试图理解其中的含义。图案中的几何形状和神秘符号似乎蕴含着某种密码，他们开始尝试着将这些元素组合起来，寻找线索。

郭自豪等人沉思着说："这些神器代表着不同的力量，也许我们需要模仿这些人物的动作，才能触发机关，打开密室。"

傅凡吟点头附和道："也许，这是一种测试，只有真正具备相应能力的人，才能进入密室。"

丝茜娜深吸一口气，目光重新投向壁画，他开始仔细研究每个人物的动作和神器。突然，女孩注意到一个人手持着一面看似普通的镜子，镜子的边缘刻满了精细的纹路。

"或许，这个镜子也有着重要的意义。"丝茜娜低声自言自语，然后伸手触摸了壁画上镜子的图案。

在女孩的触摸下，壁画突然发出微弱的光芒，周围的空气开始波动，似乎出现了微妙的变化。众人都紧紧盯着石壁，期待着神秘的反应。突然间，壁画上的镜子开始闪烁，璀璨的光芒逐渐扩散开来，将整个庙堂照耀得明亮如白昼。随着光芒的扩散，一道模糊的能量通道渐渐显现，似乎通向了庙宇深处。

丝茜娜惊喜地说道："看来我们找到了进入密室的方法！这道能量通道应该会引导我们到达『铜钟』的所在地。"

傅凡吟鼓舞地补充道："正是时候，我们将会面对更多的考验和挑战，但我们必须坚持下去。"

众人默契地点了点头，他们站在能量通道前，准备踏上寻找『铜钟』的旅程。听了老者的描述，感觉似乎有些古老而神秘，可能与眼前的情况有所关联。丝茜娜要求郭自豪给她三人带领，郭自豪就决定叫陆成帆、艾哈迈德和包铁心跟着女孩、同时陈老伯也要求跟着，因为他可以认路。丝茜娜和郭自豪同意便同意深入探索庙宇深处，而其他人留下看守庙和保护女妇人。

接着陈老伯吩咐郭自豪，说："你们可以拿下那个『匾额』，厨房后面有长梯和绳子。""这里我交给你们了。"郭自豪点头。

在另一边，傅凡吟担心着丝茜娜的安危。他提『幻移之晶』交在女孩手中，接着说："如果什么事你可以用这个传输回来这里。"女孩点点头。

于是，丝茜娜带艾哈迈德、包铁心、陆成帆和陈老伯一起深入研究这些线索，希望能够找到『铜钟』。在古庙内的深处，他们必须穿越一条狭窄幽暗的通道，通道两旁陈列着祖辈们的祭祀器物和文物，令人感受到岁月的沧桑和神秘的氛围。通道中的吊灯发出微弱的光亮，似乎揭示着过去的辉煌。道前行中，众人脚步渐渐放慢，因为周围的气氛变得异常凝重。他们感觉到古庙内隐藏着神秘的力量，似乎在试图守护着珍贵的文物。丝茜娜领头，她眉头微皱，不禁提高了警惕。

第一道机关陷阱出现在一座看似普通的石桥上。当众人踏上石桥时，突然桥下传来隐隐的咆哮声，原本平静的水面瞬间掀起狂风巨浪。石桥开始摇晃，似乎随时都会崩塌，让人不敢轻举妄动。丝茜娜凝视着前方，她察觉到了一丝微妙的能量波动。她喊道："大家不要惊慌，这是一道水之陷阱，我们需要找到解开它的方法。" 她开始思考，观察水流的流向和规律，希望能找出正确的突破口。在她的指引下，众人终于发现了问题所在。原来石桥下有一个隐藏的开关，只要在正确的时机踩下去，就可以解除陷阱。他们需要耐心等待水流形成特定的图案，然后准确踩下开关，才能顺利通过石桥。当五人踏上石桥时，突然桥下传来隐隐的咆哮声，原本平静的水面瞬间掀起狂风巨浪，水流呈现出翻滚的暗红色，散发着一股神秘的气息。石桥开始摇晃，摇摆不定，似乎随时都会崩塌，使得众人心生惊恐。桥面上细微的裂缝不断延伸，宛如蛛网般纵横交错，让人不敢贸然迈步。

丝茜娜领头站在石桥上，她蹙起眉头，细心观察着水流的流向和气息的变化。她察觉到桥下蕴含着某种元素力量的流动，形成了一种水之结界，试图考验着前来寻找宝物的挑战者。

"这是一道水之陷阱！" 丝茜娜压低声音警告道。她示意众人不要惊慌，必须冷静面对。

众人紧紧围在丝茜娜身旁，他们可以感受到水流中隐藏着强大而复杂的魔法能量。这并不是一道普通的陷阱，而是古庙里蕴藏的神秘力量所构建的试炼之门。

"我们需要找到解开它的方法。" 丝茜娜说着，目光扫视桥面，寻找蛛丝马迹。

艾哈迈德个子高，手又长，于是他便伸手探索桥下水流的规律，有的沉思着可能的解法。水流中涌动的红色元素愈发剧烈，石桥也在不断颤动，仿佛随时都会把众人推入冰冷的水中。

"等等！"陈老伯突然大喝一声，他的目光停留在桥边的一处凹陷上。他发现在那里有一颗明亮的红宝石，似乎与水流中的能量相连。

陈老伯说："或许是那颗宝石在支撑着水之结界！"陆成帆眼睛比较犀利，好像看到突破的线索。

"对，很可能是它！" 丝茜娜和陆成帆也发现了陈老伯所指的红宝石。她目光坚定，知道这或许是解开陷阱的关键。

丝茜娜、艾哈迈德、包铁心、陆成帆和陈老伯迅速商讨，决定试图摧毁那颗红石。然而，要在水流的冲击下精确攻击宝石并非易事。

"我来试试！" 包铁心站出来，他手握着长枪，打算用长枪攻击红石，然而，要在水流的冲击下精确攻击宝石并非易事。

于是，包铁心拿起枪枪口对着红石一发，打中那个红石。击中红石之时，发出明亮的闪光，石头散发出的红色能量开始动摇。一时之间，桥上水火交织，能量激荡，场面异常激烈。

然而，水流似乎感知到了攻击，愈发汹涌，狂风也变得更加狂暴。众人必须集中全力，保持平衡，以免被水流卷走。

"再来一次！" 包铁心咬紧牙关，再次发多一次枪弹，攻击宝石，试图摧毁它，但没事发生。

陈老伯开始思考，观察水流的流向和规律，往下左看右看，终于发现了问题所在。原来石桥下有一个隐藏的开关，心想："只要在正确的时机踩下去，就可以解除陷阱。"

陈老伯叫住他们说："需要耐心等待水流形成特定的图案，然后准确踩下开关，顺利通过石桥。"众人听了，便跟着陈老伯的指示，他们等待时机，踩下正确图案，接着水就开始慢慢地停留了。突然间，前面第二道门就打开了。第一道机关陷阱虽然成功解除，但众人都清楚接下来的考验只会变得更加棘手。他们继续向着古庙深处前进，心中都充满着紧张与期待。

接着，来到古庙底的中央广场，丝茜娜、艾哈迈德、包铁心、陆成帆和陈老伯发现在广场的中心有一个巨大的石台，上面摆放着一张看似普通的古老羊皮地图。地图上标注着古庙的布局和各个区域的名称，包括祭坛、长廊、佛殿等，但最引人注目的是一处标记为"宝藏之门"的位置，显然那才是他们要找的『铜钟』的原始位置。

然而，众人并没有立即前往"宝藏之门"，因为在地图上，前往目的地的路线却是一片空白，完全没有标注路径。陈老伯沉吟片刻后推测道："这里似乎是另一道考验，我们需要凭借自己的智慧找出通往目的地的路线。"众人开始环视四周，希望找到线索或提示。就在这时，丝茜娜发现广场四周的石墙上刻着一些文字，似乎是某种谜题。

"大家快来看！"丝茜娜。众人走到他身边，仔细观察着石墙上的文字。

文字写着：

> 春日绽放花如海，步入花海须谨慎。

> 夏日炎炎心火动，避火之路需智慧。

> 秋日落叶径成径，迷径岂能找到真。

> 冬日寒冰封道路，先知方能通途径。

"这应该是关于每个季节所代表的考验。" 陈老伯说道。"我们需要按照提示找到正确的标志才能继续前进。"

"春、夏、秋、冬，各自代表着什么？"丝茜娜、艾哈迈德、包铁心和陆成帆皱眉思索。"也许我们需要在各个地方找找线索。"

陈老伯点头赞同，众人开始分头寻找代表春、夏、秋、冬的地点标志。他们在石墙、石墙上刻着地文字、地面、石墙角落，但并没有立刻找到解谜之处。在广场边缘的一个角落，丝茜娜发现了一个隐藏在灌木丛中的小门。门上雕刻着一个盛开的花朵，正是春季的象征。

"这里有一个线索！" 丝茜娜兴奋地呼叫众人。他们赶紧聚拢过去，推开了那扇小门。

门后是一条春意盎然的小径，两旁开满了绚丽多彩的花朵。小径蜿蜒前行，似乎通往未知的深处。

"我们应该走这条路。"陈老伯肯定地说道。众人齐心合力，走上了春季之路。然而，他们也清楚，接下来的考验和机关陷阱将会更加艰难，只有智慧和团队的力量才能让他们继续前行。

当众人继续前进，春意盎然的小径最终引导他们来到一间宽敞的大厅。大厅内没有其他的门或出口，只有四周墙壁上密密麻麻刻满了复杂的符文，每个符文都散发着神秘的气息。

"这些符文看起来非常古老而且强大，" 丝茜娜低声说道。 "我感觉这里充满了魔法的能量，我们必须小心行事。"

艾哈迈德、包铁心和陆成帆也认真地审视着符文，陈老伯便说："这些符文似乎是古庙用来保护『铜钟』的一种结界，我们要进一步前进，必须解开这些符文的谜题。"

丝茜娜、艾哈迈德、包铁心和陆成帆好奇地问道："那我们该怎么解开这些符文的谜题呢？"

陈老伯回答，说："这个地窖我来过一次而已，而且我只是将『匾额』和『铜钟』运来庙里，...事情已经过去许久了。当时这里只是一个普通的地窖，后来我一位朋友和前庙主前来设计了这些机关和谜题，但我也忘记了这些符文的谜题怎么解了。请给我一些时间思考。"众人听了，睁大眼睛。

陈老伯皱着眉头思考着，突然灵光一闪，陈老伯指着墙壁上的一个符文说："看，这个符文上似乎有一些不同于其他的纹路，它可能是谜题的关键。"众人仔细观察，果然发现那个符文与其他符文有些微妙的不同。包铁心试着用手指按压该符文上的几个特定纹路，然而毫无反应。

"这肯定不是这样解开的，" 陈老伯皱着眉头说道。"我们需要更多的线索。"丝茜娜环顾四周，忽然陈老伯注意到大厅中央有一块石台，上面放着一本古老的书籍。他上前将书籍拿起，仔细研究其中的内容。

"这本书是关于符文的解密和魔法之道。" 陈老伯兴奋地说道。"或许其中包含着解开这些符文谜题的线索。"众人围拢过来，陈老伯将书中的内容讲述给他们听。原来，这些符文代表着四种元素：土、水、火、风。大厅中的结界是通过激活相应元素的力量来解开的。

"我们需要找到代表土、水、火、风的四个物品，然后将它们摆放在对应的位置上，这样或许能解开结界。"陈老伯解释道。

众人立刻开始寻找这些物品。经过一番搜寻，他们发现没有找到类似的物品。丝茜娜一直盯着墙壁上的四个不同凹槽，似乎是要将某种物品放入正确的位置，但又感觉不太对劲。突然，女孩的眼睛一亮，她往前凑过去，轻轻地对着凹槽吹了一口气，符文开始散发出微弱的光芒。

丝茜娜叫住其他人，示意他们一起过来看。她解释道："我明白我们应该怎么做了。我们需要利用周围的环境或者身上的物品将它们放入正确的符文位置，从而启动机关。土归土，水归水，火归火。"众人点了点头，然后分别朝着对应的符文位置走去。

"我们必须小心行事，一步错可能会触发其他陷阱。" 陈老伯和丝茜娜提醒众人要谨慎。

丝茜娜来到土的符文位置。他弯下腰，捡起地上的一些沙土，然后将它们扔向符文。在沙土落在符文上的瞬间，符文开始发光。

接着，陆成帆走到火的符文位置。他拿出自己的打火机，点燃了一小块纸，然后将火焰对准了那个符文。随着火焰接触符文，符文也开始发光。

艾哈迈德和包铁心来到水的符文位置，他们立刻用双手抓住湿裤子上的水，琳在符文。但是，不管他们双手怎么用力抓住湿裤子上的水，水却始终没有出现许多，那个符文依然没有启动。两人陷入了沉思，艾哈迈德突然眼睛一亮，他靠近了包铁心，轻声对他说了几句。包铁心听后皱了皱眉，然后高声说："为什么非得是我？"听到这里，周围的人都转向艾哈迈德和包铁心，催促他们继续快点行动，有人说："别在那里闲逛，快点行动。"

艾哈迈德对周围的人耸了耸肩："嘿，你们能不能不要偷瞄我们？我们在尝试制造水，好吗？"众人恍然大悟，都转过头去，不再打扰他们。

艾哈迈德急不可耐地催促包铁心加快步伐，说："兄弟、快点，在这放水来！"他说话的声音虽然不大，但足以引起其他人的注意，包括陈老伯和丝茜娜。陈老伯微微挑起眉毛，有些不好意思地咳嗽了一声，而丝茜娜则不禁脸红了一下。

瑞安一听到包铁心的话，脸上顿时涨得通红，他有些尴尬地回应道："嘘，别那么大声，好吗？"然后，他开始尽量放松，尽可能快地完成任务。

艾哈迈德笑了起来包铁心的表情更加捧腹。他回应道："好好好，我保持安静，你快一点就是。"

艾哈迈德和包铁心焦急地试图尽快完成'任务'，而陈老伯和丝茜娜则轻轻咳嗽一声，然后转过身去，装作没有看见。其他人则忍不住笑了出来，这突如其来的滑稽场景实在是太有趣了。终于，在包铁心的"鼓励"下，两人完成了任务。他拉好裤链，有些尴尬地看着大家，笑了笑，然后扭头问包铁心："好了吧，满意了吗？"

包铁心哈哈大笑，拍拍艾哈迈德的肩膀，说："非常满意！你刚刚展现了不怕困难，勇往直前的精神！"

众人都哈哈笑了起来，尴尬的气氛瞬间化解。陈老伯开口说："很好，现在机关已经启动了。"他指着墙壁上的凹槽，可以看到凹槽里开始涌现出微弱的水流，随即，土和火的符文也开始散发出相应的光芒。

然而，符文散发出光芒的瞬间，大厅内突然传来隆隆声，地板开始颤抖，墙壁上的符文散发出更强烈的光芒。"是不是你的尿尿不符合，影响到其他符文的力量。"包铁心急忙说道。艾哈迈德和包铁心看着他没有回话。一会儿，大厅陡然恢复了平静。墙壁上的符文逐渐淡化，而大厅中央的结界也消失了。众人松了一口气，他们成功解开了第二道机关陷阱。前面第二道门也跟着打开，众人往前方去。

来到了一座神秘的大殿。来到神秘的大殿后，众人不禁被眼前的景象所吸引。大殿中充满了神圣而神秘的氛围，让人感到一种敬畏之情。在大殿的中央，悬浮着一个华丽的宝箱，宝箱散发着微弱而动人的能量光芒，宛如星辰闪耀。

丝茜娜的眼中闪烁着兴奋的光芒，她感受到这个宝箱中蕴藏着非同寻常的宝物。然而，她也深知这其中必然隐藏着一道又一道的机关陷阱，用来保护宝箱内的宝物。众人都聚集在宝箱周围，紧张而又兴奋地等待着下一步的发展。

陈老伯走到众人面前，目光凝视着宝箱，沉声说道："宝箱乃是神庙的最终试炼，其中蕴藏着圣剑碎片之一的『铜钟』。然而，要得到它，必须通过一系列的考验。"

丝茜娜点点头，她早已做好了准备，准备应对接下来的挑战。陈老伯继续解释道："只要你可以运用自己的能量，宝箱才会敞开，『铜钟』就在其中等待着。"

陈老伯沉声说道："这是最后一个机关。"

众人面对着宝箱，目光坚定而又充满信心。丝茜娜走到宝箱前，她的眼中闪烁着坚定的光芒。她深吸一口气，将手掌贴在宝箱上，闭上双眼，默念着祈祷的咒语。

随着丝茜娜的祈祷声，宝箱周围突然出现了奇异的能量涟漪，宛如一道神秘的光幕笼罩住了宝箱。众人紧张地注视着，心中期待着宝箱中的秘密被揭开。突然间，宝箱散发出耀眼的光芒，众人不由得眯起了眼睛，感受着这股强大的能量。光芒逐渐褪去，宝箱缓缓地打开，显露出宝物的真正面貌。

在宝箱之中，众人惊喜地发现了一枚古老的铜钟。这铜钟通体呈铜色，上面雕刻着复杂而又神秘的符文，散发出一股古老而神圣的气息。众人感受到铜钟蕴含着强大的力量，就像是一个沉睡的巨兽，等待着被唤醒。

"我们成功了！"丝茜娜喜悦地说道，眼中满是兴奋和满足。其他人也纷纷松了口气，他们一同走近铜钟，感受着它的力量，仿佛整个密室都弥漫着一种神秘的能量。

陈老伯走到众人中间，饶有兴致地看着铜钟，点头称赞道："年轻的勇士们，你们成功地通过了神庙的考验，获得了『铜钟』。这是圣剑的碎片，将会在你们的手中发挥强大的作用。"

众人互相交换了一瞥，感受着内心的自豪和喜悦。他们虽然不懂法术，但凭借智慧、勇气和团队的力量，成功地解开了一个又一个机关，完成了神庙的试炼。

"现在，我们可以走出这个密室了。"丝茜娜欣然说道。

众人齐聚一堂，迈出了密室的门槛，丝茜娜带着小『铜钟』与陈老伯等人踏上了通往外界的道路。他们身后的门缓缓关闭，仿佛这座神秘的密室在向他们告别。众人走出神庙，阳光洒在他们身上，映照出胜利的光芒。众人周围看了一下，原来在庙的右旁， 右旁有一道墙面，而墙后就是食堂了。

突然，前方传来激烈的枪声和刀剑交错的声音。丝茜娜艾哈迈德、包铁心、陆成帆和陈老伯瞪大双眼，只见傅凡吟等人正与五十个半兽人激战，而傅凡吟身旁还有六名大人和一个小女孩。

　　正当他们探索之际，一阵奇异的低鸣声传来，又有一群妖怪巡逻队现身。陈老伯迅速示意众人躲入墙角，避免被察觉。这些妖怪身形矮小，相貌扭曲，手持可怖武器，正朝傅凡吟等人的方向前进，试图包抄傅凡吟一行。陆成帆和丝茜娜默契地配合，通过眼神交流，快速制定对策。这时，丝茜娜小心地施展了『圣光道墙』法术，为陈老伯等人筑起保护屏障。妖怪巡逻队逐渐靠近，却未察觉丝茜娜等人的存在。妖怪接近时，丝茜娜迅速催动法术，光芒爆闪，『圣光道墙』的坚实屏障在妖怪身后显现。艾哈迈德、包铁心和陆成帆迅速把握机会，挥动短刀，精准地刺中妖怪头颅。同时，郭自豪见到丝茜娜等人的出现，郭自豪和郑瑞安命令中士烈运聪、下士张傲、下士卡比尔、中士许曾华出击。在刀光剑影中，他们打倒了八九个妖怪，与此同时，傅凡吟迅速催发『圣光道墙』，阻止了妖怪的反击。丝茜娜和郭自豪等人交换了一个意味深长的眼神，深知这只是众多困难之一环。

　　突然，郭自豪一组人面前出现了一个庞大的妖怪，那妖怪的凶狠目光和弥漫的邪恶气息让每个人感到前所未有的威胁，令人心生寒意。但郭自豪的目光坚定无比，他带领着其他士兵毫不畏惧地冲向妖怪，因为他知道有丝茜娜一组人在后方提供支援。丝茜娜握紧法杖，准备施展强大的圣术术，为队友提供有力的帮助，召唤出神圣的光明能量，准备施展『圣光治愈』来维护战友的状态。整个局势充满了紧张而沉重的氛围，一个身穿黑袍的老妖怪冷笑一声，仿佛对众人的信心不以为然。突然间，他高举手中的红水晶，两只小妖兽跃至水晶上，这水晶显然可以召唤恶魔。

　　那身穿黑袍的老妖怪阴冷地嘀咕着，突然怒喝一声："恶魔，吞噬他们的血肉吧！"

顿时，四大金刚妖兽出现在妖怪头目身旁，猛虎、饿狼、尖牙猛兽，它们向众人扑来，凶狠而恶毒。郭自豪紧握枪扫射，然而这些妖兽表现出异常的坚韧，即便中弹，也依然充满斗志，似乎伤害对它们无效。丝茜娜毫不犹豫，紧握法杖，法力涌动，一个个光明圣剑在空中凝聚，将金光灿烂的剑锋对准妖兽。

女孩深吸一口气，声音响彻战场："伟大的神啊，呼唤天使们挥舞祂们手中的神圣之剑，净化这片领域的一切黑暗和恶魔！"

话音刚落，光明圣剑划破天空，如星光闪烁，瞬间击中妖兽，发出震耳欲聋的嘶吼声。四大金刚妖兽惨叫着后退，其中一只双目被刺瞎，另一只四肢被刺穿，瞬间倒地。与此同时，丝茜娜突然放下法杖，跪倒在地，老人夫妇连忙扶住女孩，检查她的情况，只见女孩脸色苍白，显然非常疲惫。傅凡吟急忙转过头去，继续维持『圣光道墙』，以保护队友和七个村民不受伤害。他内心不断担忧丝茜娜的状况。

这时，那个身穿黑袍的老人缓缓走出，黑袍在风中飘动，他气息强大而阴冷，正是妖怪的首领。他的眼神冰冷，手中握着一柄黑色长杖，周围弥漫着令人毛骨悚然的黑暗气息，他大声喊道："停！"妖怪们说一声"是！'甫斯'大人"，就退后几步，但仍将郭自豪一行包围。

然后他说："看来你们两个的召唤圣术也已经耗尽了。要不是我派手下带着七个人质将你们逐个引出来，你们也不会中计，是吧？""还有你，这个伊甸世界的女孩！在三四年前，我们曾在这里试验场见过一面，本以为你只是个妖怪小偷，误闯了我们的领域。我命令手下抓捕你，不料你竟然在我们面前消失，成功逃脱了。没想到今天我们又在此相遇，原来你是一名圣教士。不过没关系！你的精气神也将在短时间内耗尽。哈哈哈！"

丝茜娜皱起秀眉，这位妖怪头领让她感觉非常熟悉。丝茜娜冷笑道："只要我还有一口气，就能够摧毁你们。"正在此时，她感受到身后涌来的强大黑暗气息，她猛地转身，惊呼一声。与此同时，她的身体散发出耀眼的金光，众人退后，因为光芒愈发明亮，而'甫斯'也睁大了眼睛，露出惊愕之色。丝茜娜用力地呼唤："圣灵元气光！"

刹那间，'甫斯'的模样发生了巨大变化，他化作一条血红色的龙，身形庞大，然后扭头逃离，同时围绕在他身旁的妖怪也纷纷溃散。

"不要让他逃！"郭自豪大声叫喊，众人举起枪，朝着敌人方向射击，但没有追击。随后，队长下令停火。突然间，周围变得宁静下来。这时，傅凡吟突然倒地，郭自豪赶紧扶住男孩，询问他的情况，但男孩没有回答，脸色苍白。每个人的目光都集中在傅凡吟和丝茜娜身上，他们显然陷入了昏迷之中。

郭自豪叫来烈运聪和卡比尔扶起傅凡吟，同时，老夫妇前来帮助女孩，小心翼翼地为丝茜娜和傅凡吟盖上被子。第二天一大早，阳光洒在大地，寒风刺骨。丝茜娜和傅凡吟早早醒来，却见皱纹老人和郭自豪已经站在前面交谈。郭自豪和皱纹老人的交谈逐渐结束，大家开始集合在一起。

丝茜娜和傅凡吟缓缓坐起，虽然他们仍然有些虚弱，但显然已经恢复了一些体力。大家的脸上都带着几分疲惫，毕竟刚刚的战斗异常激烈，消耗了许多力量。老妇人细心地为丝茜娜和傅凡吟准备了一些温暖的食物，众人围坐在一起，开始享用着早餐。

"我们的情况不容乐观，"陈老伯严肃地说道，"那位妖怪头领逃走了，虽然我们暂时解决了眼前的危机，但危险并没有完全消除。"

郭自豪点了点头，他深知眼前的困难，这个领域中的妖怪势力似乎异常强大，而且他们居然拥有如此强大的黑暗魔法。这让郭自豪对他们的真正目的感到更加忧虑。

"丝茜娜，你能感知到妖怪头领的气息吗？"郭自豪问道。

丝茜娜微微皱眉，感应着周围的气息，然后点了点头："是的，我能感受到他的气息，他似乎并没有离开很远。"

"那我们应该如何应对？"郭自豪问道。

陈老伯思索了一下，然后说道："我们首先需要休息和恢复体力，然后集思广益，制定一个有效的计划。"众人纷纷点头，大家都明白，现在不是冒然行动的时候，他们需要冷静思考，并采取明智的行动。

"我们不能坐以待毙，"丝茜娜坚定地说道，"我们要寻找办法削弱他们的力量，争取时间，等待援助。"

于是，丝茜娜继续思考，拿出了『幻移之晶』，将其递给傅凡吟。然后她对那个男孩说道："你能把郭自豪中尉带回营地吗？"傅凡吟点了点头。

丝茜娜便以众人解释搬救兵远离战斗区域，大家才松了口气。他们的表情充满了感激。这时候，有一对母女走向丝茜娜的方走来，接着感谢她

丝茜娜蹲起来，温柔地问小女孩道："你叫什么名字？"

小女孩抬起头，眼中闪烁着泪光，颤抖地回答："我...我叫艾莉亚。"

那小女孩，手捧着两朵'卓锦万黛兰'，提起花朵送给丝茜娜。丝茜娜感激地接过花朵，她几乎忍不住掉下了激动的眼泪。

这时候，众人再次集结，陈老伯说："队长郭自豪会带难民离开这里。"同时他去找队长郑瑞安解释。

听到这个，郭自豪中尉把大家都召集起来，傅凡吟便指示每个人彼此牵手。大家都照着指示做了，傅凡吟立刻抓住了郭自豪中尉的胳膊。突然间，陈老伯、他的妻子、丝茜娜、郭自豪中尉、士兵们和七名平民在空气的雾中消失了。突如其来的环境变化让郭自豪中尉、士兵们和七名平民都吓了一跳。

在疏散过程中，在返回的路途中，丝茜娜温柔地对艾莉亚说："你一定要好好照顾自己和你的父母，好吗？"艾莉亚点了点头，给予了她的保证。

随后，傅凡吟、丝茜娜、陈老伯和他的妻子被救援队伍带到了建筑物那里。艾莉亚看着傅凡吟和丝茜娜离开。挥着手，她说："仙人哥哥！仙人姐姐！打倒怪物！加油！"

傅凡吟和丝茜娜微笑着回应，向艾莉亚挥手，直到他们逐渐离开了那个区域，那个女孩最终消失在视线之外。大家都安全离开了那个地方。

这时候，老妇女把『匾额』交给傅凡吟，觉得男孩更有能力保护好『匾额』。傅凡吟看着『匾额』有一点像一个中世纪花纹文字的长方型盾牌，盾牌前面是『五门奇宫』字文，竖看又好像是奇怪的咒文，盾牌后面有手握，刚好男孩伸手抓住，便答应两个老夫妇会保护好的，兴兴奋奋看着盾牌。

故事将在众人积极准备的氛围中继续，他们将如何应对妖怪势力的挑战，以及他们是否能够成功保卫自己的家园，这一切都将在接下来的章节中揭晓。

第六回 脱身（下）

回到安全区，天色已渐暗。郭自豪遇到一个长官，便告诉他："那些难民需要医疗援助。"长官看到了难民，随即叫来白衣人，指示他们带难民去医疗站。

当傅凡吟和丝茜娜正往难民休息的地方前去，途中有一个年老的声音呼叫他们。两人转头看着右边发现在一颗树下有一个人拿着拐杖，傅凡吟和丝茜娜清楚一看，便认出是那盲汉。两人露出笑容，便往前以那盲汉'以西结'相会。接着，两人就聊起所发生的事情。

这时候，'以西结'说："你们这途中经历不同的挑战，但拿到了圣剑的碎片。现在你们一定要拿着这剩余碎片去一个乡村。你们得相信自己的直觉，就对了，尤其是你，身为圣教士有上天的指导。"丝茜娜点点头，但傅凡吟和丝茜娜想开口问对方，'以西结'又接着说："我只是一个普通人，但有未知能力，也能卜卦算命。。。，让我送你们一句话，你们一定要切记记住这一句话。"

傅凡吟和丝茜娜感到好奇地问，说："哪一句？"

'以西结'点点头说："可以转移，可以了结；只恨运命屯邅，故此一得一失。""释义解释就好像老虎横在路途之上打瞌睡，对人本是极爲凶险之事，因它一醒觉便会噬人。但只要行人小心谨慎，不惊呼狂叫，把睡着的老虎弄醒。这样，你慢慢的从它旁边经过，也是有惊无险，不会发生灾祸的，故平心息气，爲此签的重大启示。"傅凡吟和丝茜娜听了一知半解，又想开口问对方。

'以西结'说："我已经开始想睡觉，你们可不可以带我回房。"两人点点头，便扶'以西结'往前面的大建筑去。当两人送'以西结'到床前，盲汉便躺下就睡着了。两个人也不敢多问或者打扰他的睡眠。便转身去找陈老伯。当他们找到陈老伯，便和他说刚才所知道的事情和盲汉之事。这时候，丝茜娜抬起头，似乎好像感觉到什么东西，便叫男孩和他去找郭志豪。

月圆之夜，明亮的月光照射下地面。突然间，三只飞龙停在大厦前，喷出熔熔火焰，将大厦烧毁。两千敌军在大厦外集结，月光映照着他们丑恶的容貌，其中一位高大的兽人兴奋地喊道："我的同胞兽人魔和巨魔，我们要好好地消灭人类！"他们哈哈大笑，准备发动攻击。

突然，飞龙的左眼爆出黑漆漆的血，其中一只飞龙从空中跌落，接着另外两只飞龙也头部中弹，降落在地面，兽人震惊地望着。就在他们还没反应过来时，几千枪炮声响起，他们防不胜防，承受了无数的攻击。敌方兵力瞬间溃败，只见五六个残余兵士急匆匆逃跑。

众人当场欢呼雀跃。丝茜娜见郭自豪时，他问道："厉害啊！你把人藏在大厦地下，用法术保护他们，真是高明！"然后他又问："你是怎么知道敌人会从西方而不是东方袭击？"

丝茜娜谦虚地回答："只是凭直觉和运气，希望大家平安无事。"

郭自豪明白女孩的意思，同时周围有五人，四人各肩膀上都有三条杠，其只有一个人有花章在肩膀上，看来那人是高级长官。五人见到丝茜娜有如此厉害的能力，也微微一笑，感到安慰和充满信心与信任。那人是高级长官随即下令郭自豪和其他四人去做好准备，各自便敬礼，然后转身回到自己的岗位。郭自豪也敬礼，转身带着傅凡吟和丝茜娜往大门前去。

过了一段时间，一名士兵急匆匆从西方赶来，径直向长官帐篷跑去。片刻后，十名士兵从帐篷中奔出，分别站在东南西北四方，吹起号角。傅凡吟知道这是紧急集合的信号，立刻听到有人喊："集合！"丝茜娜与男孩不多说，急忙奔向集合地点。

当时，士兵们纷纷聚集一阵子接着解散部队。众人见到车体由厚实的木材和金属构成，而车身上配备有坚固的金属围栏，以确保货物不受损害并保持稳定。车轮采用加固设计，以应对复杂的地形和不平坦的道路。车顶通常配备有可以打开和关闭的护盖，以保护货物免受恶劣天气条件的影响。车辆后部通常配备有牵引机构，以便将马匹或其他牲畜拴在车辆上，用于牵引和移动。男孩们再想哪里找出来的马车。

这时候，每个人都赶到军用准备的马车，丝茜娜和傅凡吟已经坐在马车座位上。马车载满了十人，郭自豪迅速点名，然后喊："出发！"马车缓缓驶离此地，穿过桥道来到对岸。

他们正往国际会议中心赶去。一到了国际会议中心，敌方南北两路大军夹攻国际会议中心的围墙，在攻打之下与国内军队开战数次，互有胜败，情势十分紧急。郭自豪心下担忧，说道："妖怪猛攻这里，咱们须得急速赶去，为了人类的安危，我们一起和国内军队同心协力，斩妖除魔。"众人齐声称是。

郭自豪旌旗招展，军队奔驰来去，有人大声喊叫，道："开炮！"众人见了郭自豪，无不骇然，其中妖怪说："我们后面有伏兵！"这时中士烈运聪当先领路，闯入敌阵。在之前，妖魔在国际会议中心已损兵折将，郭自豪的军队又重重叠叠往后地闯来。

有一个食人魔说："不是有五十只飞龙和三十只魔界鬣蜥属在后面对岸挺着吗？"再仔细想着时，瘦身的食人魔看到丝茜娜再挥她的白法杖，轻轻打他的手臂，说："快看右，那女人也在这！"

食人魔说："快撤！我们回去必报这件事情给君主！"他奔得迅捷，头一低，高举火把，摇晃两下，顷刻之间妖怪见到火把，知道撤退的信号，二千人马，杀出重围，那个食人魔念咒施法，突然一道红光出现，那道红光速速吞进二千妖怪，他们便消失无影无踪了。

郭自豪看到了，群众人喊叫，道："大家停火！"

郭自豪的一些兵士们受伤甚是不轻。郑瑞安和包铁心也均受了伤，只是所受伤不在要害，幸好有军医在场，看了二人的伤势后，都是愁眉不展，半晌说不出话来。同时郭自豪、其他长官和内地指挥官一起见了面，傅凡吟远远望着他们再聊了几个话，便一起进中心了。这时，老伯和婆婆感谢傅凡吟和旁边的人，就和其他的难民一起进屋了，但陈老伯往郭自豪的方向去，好像有事想找郭自豪与那群人。

这时候，中士烈运聪过来傅凡吟身旁，便说："我们在中心外坐下，他们等下会分点吃的给大家，你们在这里停歇着，等后法令。"傅凡吟说一声'是，中士！'

兵士们停歇和吃之后，郭自豪就走了出来，只是说："众人装载好你的武器，但把枪放到安全模式下。"两国兵士们就各自上自己的马车了。傅凡吟突然看到一个人好像是陈老伯身影在后面第二辆马车。后来男孩的旁人大声催促他赶紧上马车，男孩就急忙上马车。而上了马车之后，郭自豪和丝茜娜都在吩咐马车上的人应该怎么做，如果有人来袭。傅凡吟忙着听指令，就没有提到陈老伯身影之事了。

在这个旅程中，道路又上又下的不停行动，众人都不知去哪里，便这样就过了一天了。在第二天晚上，来到了风城，地处山区，地处城郊山腰上，突然每个马车跑动缓慢，并速度也逐渐变慢，接着停了下来。坐在马车后头里的人开始纷纷问身旁的人，群众都不知道什么回事，但丝茜娜本来柔情似水的表情，突然变得异常锐利，心神不安，身子转移对着傅凡吟，严肃地说："小心！"

在这时候，队长令士兵们下马车拔起枪做戒备。一瞬之间，那群兵士都下马车，他们的速度极快，群众人拿着步枪指向平原外，做出一副备战的姿态。兵士们都盯着野外的花草树木，心内疑惑重重。陡然，一个人从泥地里迸发出来，还抓住士兵们其中之一，正咬他的脸，咬下一块肉。

那兵士又恐慌又一直在喊着："救救我呀！"

接着一个又一个怪物也从泥地里钻出来，纷纷见人就咬，被咬死或刺死的兵士，他们慢慢死里爬起来，再咬隔壁的人。他们见到越来越多丧尸出现，心里又恐又慌，并到处乱发射，有个兵士扔出手榴弹到队友面前，队友们被手榴弹炸而身亡，四面一片混乱。傅凡吟看到那些人的模样，充满腐尸味，中形如死人而能够活动的怪物，纷纷扑了上来，他们冲上前几米，而几十多只丧尸已团团围住傅凡吟等人了。丝茜娜对着傅凡吟，跟着连忙地说："你替我护甲，好让我有时间集中精神施法术来对抗这些丧尸，"又说："劈下它们的头可行了。"一听她这样说，那男孩立刻拔刀装上枪头，便一手挥来挥去，另外一手拿着『五门奇宫』字文的盾牌。男孩的刺刀是精灵所特别打造，削铁如泥，所以轻轻松松劈着跟进的丧尸。两人见越来越多丧尸杀来，两人一脚跳上马车，丧尸们也爬上马车，傅凡吟也当仁不让，在他的挥舞刀剑招之间，周围各个丧尸的头、手和脚像豆腐一样被切，丧尸断成四五片，掉下去地面了。

在这一刻，丝茜娜正在诵经咒语时，三只镇定剂飞镖打中她的脖子和肩膀。她吓了一跳，但整身开始倒下。

他一看到她昏倒，喊："丝茜娜！！"同时男孩一手拿着『五门奇宫』字文的盾牌挡前面任何攻击。

一瞬惊呼，男孩心痛不已，立刻赶上并按住她在他的怀抱里。因有人在此刻冷洌地发起命令来，道："丧尸们！妖怪们！男的杀，女的和那奇怪字文的盾牌带走！"一听到有人发号施令之时，丧尸们团体步步紧逼傅凡吟等人。

逼得傅凡吟躲闪不及，只能坐在那里一手迎敌，一手用盾牌保护丝茜娜。他一直紧紧保护躺着男孩大腿的丝茜娜，眼光八方，左右斩劈。这时候，丧尸们越来越多扑过去傅凡吟，突然之间丝茜娜背带里的小『铜钟』瞬间发一道金光，金光间瞬就不见了，同时周围的丧尸一瞬间灰飞烟灭。男孩看着前面丧尸化成灰，懵了一下。这时候，身后竟有个丧尸向男孩袭来，傅凡吟一时没注意，丧尸就扑过去咬男孩，突然刀光剑影，丧尸的头部落地了。不知从哪里冲出来，三个身形矫健、衣衫整洁，并未有打斗过的痕迹，显然是冲着傅凡吟而支援。训练有素的他们，速度极快，步伐一致极有章法。三个帮手各个拿着刀招架。

转头一看，那群人的步调手法一致，且个个身怀绝技，一看便知不是普通的人。一个尖长的耳朵，绿色礼服，红头带，白手套和丝袜的女孩抛出三叶型的飞旋镖，转轴绕着直线旋转，劈下团围的怪物，她背向着飞旋镖，伸着手接回它。傅凡吟再看那女孩的面容，脸上带着笑容，立刻叫那女孩，道："莉雅！原来是你呀！" 莉雅转头看他，对他微笑一下。冷不防，有个丧尸从莉雅后面跳出来，傅凡吟喊了一声："你后面有。。。"

话还没说完，莉雅已向那丧尸刺去，从头到下将其切成两半。又来两三个丧尸袭击了。莉雅马上转身，横劈向丧尸，接着跑前再劈倒其他的丧尸，设法打退敌人。一个又一个丧尸向莉雅等人冲过来，瞬时之间，莉雅拿出一个太阳的标志制作的徽章，便抬起手中的徽章在半空中，开始念奇怪的语言。突然，又有飞镖飞来，这时，听到'乒乓'两声，幸好那飞镖已有人用剑挡去。'嘭'了一声，有人已开枪，射中发镖的地方，敌方狙击手立即从一棵大树掉下来倒在地上死去。

莉雅大声叫道："大哥！二哥！"

有一个穿着金色战甲的人，手里拿着长枪，转头急忙地说："赶快继续念咒语！"同时有多一个人出现，耳朵异常尖行，黑发雪白肤色，穿着金色战甲，一看上去就认得是'萨米尔'。

时不待言，莉雅连忙抬起徽章在半空中，开始口中念奇怪的语言。当她一直在念之时，突然徽章发出明亮的光芒，照亮整个森林。周围的丧尸因为这一道辉煌的光芒，像蜡烛一样融化成泥。群众都很高兴地叫喊起来。原本人数是大约两千人，现在伤亡只剩下几十多人，包括郭自豪等人，其中多数兵士受伤。'萨米尔'迅速拿出一瓶药水，并试图帮助受伤的士兵。那穿着金色战甲的人严肃地说："还没有结束...！"

话还没说完，三个人苍白的皮肤，乌鸦黑头发，穿着黑色腿铠甲、胸甲、护腕、长袍，戴着面具和头面具，来到他们面前，那三个人翻身下马，依旧风度翩翩，一举一动都透着神将般的英姿。其中有一个女人眯眼笑着。莉雅和两个哥哥看着对方，摆好备战的姿态。

那女人说："不在十招之内就将你们打倒了。"

但听在莉雅耳中，却令她愤怒难当，大声叫道："谁说我哥不能胜过你们了？来来来，咱们比试一下！"

傅凡吟心想此人武功非同小可，还悄悄地自语：“他们的耳朵和莉雅一样尖长，她们一定是精灵。”

那女人用奇怪的语言再说话，便有个矮小的男人站出来，手上已亮出刀了。现在的场面非常安静，莉雅三人已降低武器，对方面对面站着，群众看着一方。

那位穿着金色战甲的人，就是莉雅的大哥，‘里维斯’，他就说：“安娜斯崔娜，那你来呀。”那个女人就叫‘安娜斯崔娜’。

接着，‘安娜斯崔娜’喊一声‘斯奎’，一个人奔飞如闪电一般，出现在群众眼前，剑上发出嗖嗖声响，里维斯已挺身而出上纵横。两人战斗了五十招，还没分胜负。这时候，有八个黑衣人，趁群众再注意搏斗，跨越一群人，想要向傅凡吟的后面袭击，但等剑尖将要触及背心之时，莉雅迅速转身，用左手一挥，‘当’了一声。

莉雅转头一看，有一个是高个子的黑精灵，其他七个黑衣人已接近傅凡吟，莉雅转身去傅凡吟的前面，但高个子的黑精灵的剑挥上挡了女孩去路，两方便挥着手中的剑你来我往，挥剑成风，剑光闪闪，莉雅以一人步步逼近高个子的黑精灵。七人就拿起刀子往下去傅凡吟。男孩只能不断地高呼“『啊呐呢奥马哈安古斯呐塔伦叻哈格海德汉莫优赛道』”，一手握着『五门奇宫』字文的盾牌，咒语就好像回音播放，一样不停唱歌曲。七人和高个子的精灵一惊，大声道：“又是牧师之圣歌！斯布林看了都烦！”

七人大声喊道：“看你承多久！”亲人包围着男孩和丝茜娜，手中握着刀等待。

莉雅的剑尖向那高个子的精灵，说：“斯布林，是吗？”斯布林一点都没有看着莉雅的剑刺过来，但还是躲过女孩的剑。他们继续比剑。卢卡斯这时候也插进来与莉雅助架。斯布林还是不忙不慌接招。卢卡斯便逼对方往右退步，抓住机会远离傅凡吟的范围。莉雅知道二哥的用意便转身扑向那七人，一剑秒杀那七人，七人便倒地在地上不动了。

突然间，又有一百名妖怪从他们右侧赶来。里维斯看了情势不妙，便放出信号弹，郭自豪也看到局势不妙，急忙呼叫他的团队一起撤退向山上逃去。一百名妖怪没打算轻易放过他们，不一会儿就追上了。里维斯还阻挡敌人的攻击，可是那些敌人仍然个个精炼有素，招数依旧狠毒致命，甚至断开了傅凡吟、丝茜娜和莉雅与里维斯会面。傅凡吟惊恐万状，一手划着盾牌去身背，便抱起丝茜娜，拼命不断地高呼『圣光道墙』歌，连退几步。傅凡吟担心身边的人，手脚颤抖，一直抱着她和扛着盾牌。

这时不知从哪里冒出来两匹马，有人大喊：“傅凡吟！”那个男孩停止唱歌，便转头一看，原来是莉雅。她示意他们骑马走。岂料有一个妖怪暗中绕过并靠近莉雅的身后，在她不经意之间擒住了她，双手一振一压，莉雅顿时感到力气不济，当下无法多言，只能一脚踢开那人，让他摔倒在地。莉雅立刻牵着马跑向傅凡吟两人，正好骑到傅凡吟两人身旁，他抱着丝茜娜，准备上马，但马自己却突然跑掉了。莉雅好奇地看着，然后转过头关切地看着傅凡吟抱着的女人，正准备开口说话。然而此时，敌人逼近，莉雅不得不下马，拍了一下马，马自己跑开了。莉雅招手让傅凡吟往前奔跑，他毫不犹豫地按照她说的做。男孩饱着丝茜娜往前面树林去，莉雅在后面护着，斩杀了十多名小精灵，正在追着三人。

局面一片混乱，莉雅等人和里维斯与兵士们已分散了。这时候，小妖魔狠狠逼杀，莉雅、傅凡吟和晕倒的丝茜娜来到了山崖，山崖过后已是断崖了。两人往断崖看下，见溪水湍急，此处又居于高处，坚石颇多，重重落于水中，众人心想：“跌下去，后果不堪设想。即便侥幸不撞在坚石上也会因湍急的水流而直冲山腰的瀑布！”莉雅拉着傅凡吟一脚用力跳，三人就半空中飞翔，飞进溪水，男孩紧紧抱着丝茜娜网，人竖着往下水去。敌人感到很惊讶，也不能前进，因为这里已是坚石边沿了。三四个小妖魔只好向傅凡吟等人开枪，其他小妖魔握着长矛，东张西望下面的溪水，可是天色黑暗，看不清楚对方，打不中，又看不到三人。

这时候，傅溪水带着莉雅，男孩和被抱着的昏迷丝茜娜三人漂流到一个岸前，幸好有身后的『五门奇宫』长方型盾牌相助，不知为什么这个盾牌反而能浮在水像一个小船一样浮在水里漂，携带傅凡吟和丝茜娜，而莉雅抓住盾牌旁边，让浪水带着他们飘着，水也慢慢的开始不会急流，两人看到前面右岸，便傅凡吟和莉雅慢慢游向前，拉着昏迷的女孩游上岸。莉雅发现了有个隐秘的树林，叫着傅凡吟，还指着那个方向。他一看到前面有树林，立刻往森林前去，同时两人用长方型盾牌扛着昏迷的丝茜娜。来到了树林里之后，傅凡吟慢慢放下丝茜娜躺在地下，不停地呼吸，上气不接下气地说："这里是那里？"

莉雅回头一看，马上拔起刀子来，一手拉开傅凡吟，离丝茜娜身旁，刀子指向丝茜娜，便大喊，道："她是一个妖怪！"

那男孩转头看着丝茜娜，发现女孩下半身变成一条白蟒蛇的下体和尾巴，　　惊讶地说："她。。。她是妖。不对嘛！她。。。她一直没害人！而且心地很善良！"

莉雅对傅凡吟轻声说："奇怪！为什么她没有妖气？她到底是什么妖怪？"

傅凡吟说："不然等她醒过来，再问她吧！"

莉雅咬着牙，后说："如果她一攻击我们的话，我们未必能打倒她。"

那男孩深一口气对莉雅说："放心！我相信她不会攻击我们！" 于是，他留丝茜娜在一边，脱掉自己外套，覆盖她身体，好让她可以舒适地休息。

接着，那男孩到处看地上，找有什么东西可以燃烧，莉雅便拿起一瓶会发光的小瓶子照一照周围。在昏暗的灯光下，莉雅查过周围树林后，便帮忙傅凡吟钻木取火。傅凡吟拾起一块燧石，用平剑击打，登时爆出几星火花，飞上了绳丝，试了三次，莉雅打扰他，说："我来起火吧。"莉雅伸手去那堆积的柴草，拿出一个精致的小竹，小竹上有一个小缺口，女孩一吹手中小竹的小缺口，便产生火种，便点火在柴草，柴草就有火种，便把火种点燃堆木。堆木燃烧之后，两人就坐在燃烧堆木休息，同时丝茜娜也是躺在燃烧堆木附近。

这时已是深夜时候，两人可以看到明亮的月亮，傅凡吟感觉很闷，也睡不着，转头一看，见到莉雅现在坐在石头上，抬头望着天边初升的明月。看着莉雅之间，他心想："在浪漫的月光下，女孩看起来美丽动人，我从来没有见过如此生命天使一般的女孩。"

莉雅转头，甜美的声音叫他，道："凡吟！"她便走到男孩身边。

傅凡吟低头一笑，一时说不出口，同时眼看着丝茜娜，不禁长长叹了口气，莉雅好奇地说："咦，你为什么叹气？"

傅凡吟迟疑地说："没什么……"

莉雅也吞吞吐吐地说："对了！你跟丝茜娜是怎样认识的？"

傅凡吟看着莉雅，说："我们认识大概有两三年了。"

莉雅听到他们依然一起很久，心里感到酸溜溜，一时没说话。傅凡吟小声地道："怎么了！"

莉雅笑了一下，问："我们只是有一段时间没有见面，你现在有点不同。我感觉到你散发出一股强气，就是看到你可以抵抗八个妖怪围攻！你是怎么做到的？"

傅凡吟迟疑地回答，道："丝茜娜训练我的成果吧。"

莉雅又一而再三听到他提到那女人的名字，心里不舒服，淡淡地道："噢……！"

傅凡吟道："我看过她使用了几次法术，都好像是借用神力的。"

莉雅接着说"我认识这个女孩的时候，是从我父母亲的学生认识的，也就是莱桑德拉。但我不知道丝茜娜的真正身份。"

男孩变激动地回答，说："哦！原来是那个面包店的老板娘。"莉雅点点头。

莉雅眼睛一亮，道："奇怪的是，今天的敌人侵袭好像有些特别。我和哥哥一直跟踪他们来到你们这里。"

傅凡吟心里一动，听莉雅的语气，知道她在说什么。莉雅心里犹豫，继续说道："现在我想起来，看来他们是为了这个女人而来的！他们用麻醉药将这女人携带过来，还说只放一个，其他人一一都杀掉。"

刚好说到这里时，听到有人在旁边打了哈欠，原来丝茜娜从昏睡状态中醒来了。傅凡吟看她一醒来，立刻起身，过去她身旁问丝茜娜，道："你好多了吗？"

丝茜娜点点头，说："我还是感到疲劳。"

傅凡吟对丝茜娜说，道："好吧！你休息吧！"

同时，两人也感到疲倦，便躺在草地上沉沉入睡。三人在森林大地上睡了一晚，次日清晨，一缕阳光从山顶射出，照得很明亮，傅凡吟一起身，四处看看，突然打了个哈欠，转头一看，发现莉雅不见了，便大声喊道："莉雅！"

突然间，前面一个小秘密的树林，发出一声'我在这！'傅凡吟眼前一看。莉雅站在前面招手，顿时感到高兴，便走了过去。

莉雅走来男孩的前面，说："我是想找点食物来做早餐可是没有收获嗯。"这时候丝茜娜也起身，正坐着再看着两人。

傅凡吟坐下后，莉雅问道："下一步我们要怎么办？"

莉雅稍微思考，然后说："说实话！我想去找一找我的哥哥们。"

傅凡吟点点头，道："好的！"傅凡吟望向丝茜娜看。

莉雅和傅凡吟看着丝茜娜和她下半身，丝茜娜跟着两人眼光的方向往下看，摸摸自己耳朵，伸出手摸地上，然后伸手回去摸自己耳朵，手里好像抓着什么东西。两个人见女孩好像在戴上一个右耳环。突然间女孩又变回人样了。丝茜娜一时身体僵住，没说出话来，傅凡吟看着这一幕感觉女孩担心自己的真正身份被揭穿。

男孩立刻说："相信你不会害大家。我们也相信你是好人。"丝茜娜听了眼泪一滴一滴流下来。

莉雅对丝茜娜说："我只知道你是从外界过来了，但没人知道你是……"

丝茜娜用手抹干眼泪，接着说："只有莱桑德拉知道我真正的身份，而且是她送给我这一对风雅幻耳环，它可以让我变成人样，别人看到就不害怕了。"两个人点点头。

丝茜娜转向两人看着对方，说："在我的世界有人类，精灵，妖怪，半兽人，人马，美人鱼，人猫，半人蛇。虽然各族拥有不同技能和法术，但大家在那个地方都和平相处。"又说："因为我是孤儿，幸运的是祭司和圣教士收留了我，从小就在神殿长大，学习武功和善法。从小到大，我都没有一个知心的朋友，因为每个人都嫌弃我是半身妖怪，只有圣教士对我非常好，愿意教我圣术和哲学伦理。我一直努力学习和帮助周围的人，接着神殿里的祭司和法师都认同我，决定让我升级成大阁圣教士。""有一天，神殿的高级祭司派我出差，也就是那四年前的事。当时我乔装为平民，又坐上马车里，一路上前往一个城市。突然间一路上出现龙卷风，我就这样被龙卷风带走，以为自己会丧命，然后发现自己来到了这个新世界。那天我和'凡吟'在那间庙附近遇到那个黑袍老怪，他不是说我试验场逃了出来，因为我用水晶逃离，但我对这个世界的地形不熟，所以导致水晶吸取了我很多能量，将我送到了那个"乌宾岛"。结果我就晕倒在那个洞坑的旁边，同时掉了手上的水晶。后来我醒来的时候，路过的人看到我后非常害怕，以为看到妖怪，于是纷纷逃离现场。那时候我也感到害怕，担心村民人会来袭击我，我便跑去森林躲起来。在一个巧合之下，我遇到了莱桑德拉，之前我们两人是在遇到就斗法。：当我的圣术与莱桑德拉的魔法对抗时，我们两人的反复法术撞击，产生磁铁相斥能量，两人被这股能量震开了后退几步。后来她才明白我的能量是属于圣术的。经过一番理解。她才接受我的。因为莱桑德拉给了我食物和地方睡觉，同时也帮了我很多忙，后来我就在她的面包店工作。"

　　傅凡吟好奇地转向莉雅说："你们是不是同样的地方来的？怎么你不知道有半人蛇的事情？"

　　莉雅回答说："我是在这个地球出生的，只有我父亲和老一辈的人才知道这些事情。"傅凡吟'哦'了一声，点点头。

　　接着，傅凡吟和莉雅了解到丝茜娜的来龙去脉。于是，三人起身，将篝火熄灭，然后开始攀爬山路。一到山顶，向北延伸，不知尽头，走出二十余里，只见一片浓密的丛林，老树参天，阴森森地遮天蔽日。傅凡吟有意进林，那两个女孩胆怯起来，说道："林中有什么古怪，我们要小心。"

　　丝茜娜疑惑地说："我们走这里吧！"

　　莉雅感到惊讶，便问："为什么？"

　　丝茜娜沉重地说："狭窄的门和道路，意味着生命，少数人才能发现它。"

　　傅凡吟和莉雅看着对方，然后两人同意丝茜娜的看法，齐声说："好的！"于是，他们朝着右边的小路走去。

　　这时候，他们继续步行穿过丛林，一边砍掉挡住通道的树枝，一边炎热的太阳照着他们的面颊，脸和身体都已出汗不尽。微风轻轻穿过树林，树开始摇晃，但风并不算大，傅凡吟环顾四周，心里有些担心，自问："这没关系吧？树是有人控制的吗？"心里又想："我们快点走！"

　　林中隐隐传来呼叱喝骂之声。他心中微惊，侧耳倾听，三人也停下脚步，四面留意周围情况。忽然看到前面出现十多个身高马壮的士兵，排列整齐，各个身穿全身的护甲，手持双狼棒和重型装甲盾牌。盾牌上还刻着一幅骷髅头，看来都是强大的战士。装甲魔兵向前推进，双脚离地，离地约有一尺高，仿佛施展了"草上飞"的武功，朝傅凡吟和他们的方向飞来。

傅凡吟和莉雅对此感到不解，莉雅毫不犹豫地拔起猎枪，瞄准其中一个装甲魔兵，连续发射了一颗子弹，击中了它的头部和眼睛，但它仍继续前进。接着，莉雅伸出手，张开掌心，喊道："高温火焰将它们溶化！"火焰从她的手中喷出，接触到装甲魔兵，立刻点燃了整片草地。傅凡吟和丝茜娜感受到热浪如同煮沸水一般。火越烧越旺，但装甲魔兵仍然继续前进，莉雅着急地说："奇怪！我的幻觉术对它们无效！"

在听到莉雅宣布幻觉术无效后，傅凡吟拿起手中的徽章，然后念起『圣光道墙』来保护三个人。丝茜娜就拿起自己的法杖，口中咏唱着古老的咒语。突然，莉雅的枪和剑也开始发出明亮的白光，仿佛与丝茜娜的法术产生了奇妙的共鸣。莉雅毫不犹豫，又挥起枪射向装甲魔兵，她的动作精准而果断。然而，装甲魔兵却躲避得很快，几个急速的闪避，让它们成功躲开了莉雅的攻击。

跟随着丝茜娜的法术，左右躲闪，让装甲魔兵陷入了混乱。随着时间的推移，莉雅，她时而冲刺，时而瞬移，展现出高超的战斗技巧。

傅凡吟站在一旁，眼神专注地观察着，心中暗自思索。莉雅不愿示弱，逐渐摸索出装甲魔兵的移动规律。当莉雅眼睛突然变得锐利起来，枪声一响，她的子弹刺入了一个装甲魔兵的胸膛，穿透了它的护甲。与此同时，莉雅又拔起自己长剑迅速出击，击中了另一个装甲魔兵的头部，将它的头盔打飞。

莉雅的攻击如行云流水，迅猛准确，几个呼吸间，她已将装甲魔兵斩倒一片。而丝茜娜则持续施展着法术，控制着战局的节奏。装甲魔兵纷纷倒下，碎片横飞，仿佛在剑光和法术的交织中，它们失去了战斗的力量。不久，最后一个装甲魔兵也被击倒，莉雅的剑停在它的面前，而丝茜娜的法术也渐渐散去。莉雅松了口气，大汗淋漓地望着众人，她们终于战胜了这些装甲魔兵的考验。

"太棒了！"傅凡吟兴奋地赞叹道，"你们真是厉害。"

丝茜娜微笑着说："这都是大家的努力，团队合作的结果。"

莉雅则回头看向战场，发现装甲魔兵的碎片竟然在重新组合，她们的身体恢复了原状。她吃惊地说："原来是金咒术！"

傅凡吟疑惑地问："冶金术是什么？"

丝茜娜解释道："冶金术是一种控制金属的法术，可以在金属上施放咒语和安装特别的机件，然后使其服从命令。"

傅凡吟思考片刻，然后问道："我们该怎么破解这个法术？难道要找施展金咒术的人吗？"

丝茜娜摇了摇头："恐怕没这么简单。"

莉雅突然有了主意，她示意两人退到树林中，然后展示出分身迷魂术，制造了虚假的动向。装甲魔兵们被莉雅的伎俩迷惑，左右追逐，却始终没有找到真正的目标。丝茜娜无心硬架，招手叫傅凡吟和莉雅进树林。在树林之後一缩，装甲魔兵也跟后进了树林。进了树林之间，它们没见到三个人踪影，停步看看前面一方，突然看到左面正是傅凡吟、莉雅和丝茜娜三人再次拔脚逃跑，便加速追逐。其中一个装甲魔兵又停步，又看到三人在右面出现，它们又往右面追逐。傅凡吟、莉雅和丝茜娜三人又是左面出现了，装甲魔兵又停步在往左面追逐。他们三人的行踪左右不停地在装甲魔兵出现，弄地它们乱树外转来转去，横冲直撞，竟然追不到他们身前。

装甲魔兵就开始远远地绕圈子，眼见傅凡吟、莉雅和丝茜娜站在树下，一直笑着又叫喊道："哈哈哈！追不到我们！"

　　装甲魔兵们看到他们站在树下，又加速追逐，冲过去擒获三人。大踏步闯过三人身子，前面的地面突然变成空面，下面便是十丈深的漯河，一个又一个装甲魔兵飞出断崖一二丈远方，就飞去对面的断崖，撞到崖壁，便往落下去的漯河中坠落。这时傅凡吟、莉雅和丝茜娜跟着化影后消失了。这时三人已经躲到了另一个大树的后面。傅凡吟、莉雅和丝茜娜三人也依赖树林避难。这次三人真得哈哈大笑地说着，道："你们这些笨蛋！现在全军覆没了吧！"

　　傅凡吟便问："你们怎么知道这里有断崖漯河？"

　　丝茜娜说："当你再和它们搏斗，我听到不远有水流的声音，所以叫莉雅看看后面八方里是否有河流，她用'天眼通'之法，看到有一条断崖漯河，接着想一了计。反正这些装甲魔兵没思想。我就来一个'分身迷魂术'，他们不会分便真假的。"

　　傅凡吟便问："你们又来一招虚则实之实则虚之的布局！"于是，傅凡吟、莉雅和丝茜娜走到了一处合适的地方，搭起了帐篷露营。随着时间的推移，风雨交加，他们竭尽全力保护着帐篷，担心帐篷遭受风雨摧毁。在漫长的夜晚中，他们紧紧依靠，默默忍受着风雨的袭击。丝茜娜静坐一隅，祷告着，她的双手散发着微光，似乎在与自然力量对话。

　　不知何时，风雨逐渐停息，天色渐亮。傅凡吟微笑着对两位女孩说："看来我们已经度过难关了。"

　　丝茜娜点头同意，环境恢复了平静。莉雅站了起来，感受到新的一天的到来，她充满信心地说："我们会走出这片森林的。"

　　傅凡吟也跟着笑了起来："对，我们会一起克服困难，走向胜利！"

众人紧握着彼此的手，朝着新的一天迈进，带着希望和决心，继续前行。到了下午，太阳终于出来了，三人爬出了帐篷。丝茜娜和莉雅向四周察看了一番，发现他们不远处还有一块大石块。于是，莉雅借助大石块小心地登上去。站在大石块上，莉雅清楚地看到山谷的前面有一条河流。莉雅便指向那一条河流，傅凡吟和丝茜娜站起来看，见右边有一处地方闪着银色的光芒，那条河流离他们有一里路，傅凡吟等人快快挪动着步子。

不久，他们来到了一条清澈见底的小河旁边。水流缓缓流淌，映照着阳光，宛如一幅美丽的画卷。三人顿时松了口气，这里似乎是一个好地方，可以稍作休息，喝口水，补充精力。

然而，就在这时，突然从树林中走出了一群装甲魔兵。他们眼神冷漠，手持兵器，显然是来阻止傅凡吟一行人继续前进的。莉雅的心情变得紧张，这次他们不仅要面对装甲魔兵，还得应对水面的限制，他们无法像之前那样灵活地躲闪。装甲魔兵趁机发动攻击，他们的铁棒和利剑在空中划出冷酷的弧线，威胁着傅凡吟一行人的生命。三人站在前方，目光坚定。莉雅紧紧握住长剑，准备随时迎战。丝茜娜则开始快速地咏唱法术，准备在关键时刻施展强力的圣术。

装甲魔兵们逼近，傅凡吟已拿出盾牌和枪与刺刀，站在两个女孩的面前，迎接装甲魔兵到来。突然间盾牌发出微妙的光，装甲魔兵便停止前进，反而它们后退几步，接着立正在原地，互相呼应，装甲魔兵便速速地离开傅凡吟等人。

此时装甲魔兵一一撤退，三人感到好奇。丝茜娜转头看着男孩手中的盾牌，便意识到傅凡吟的『匾额』可以扭转局势。

丝茜娜轻松地说："看来你成功地摆脱了这些装甲魔兵。"

　　傅凡吟感到一头雾水但点了点头，说："是吗？我找到破解金咒术的方法吗？"

　　丝茜娜轻轻拍了拍他们的肩膀，指着男孩手中的盾牌，说："看来这些装甲魔兵只认此物，不认人，可能和陈老伯有关系。我看我们去前面找找看没有什么线索吧。"

　　这时候，莉雅便说："此时，莉雅便说："食物渐渐地少了，只能再坚持多两天。我们要节约一些了！"两人点点头。

　　三人继续往前走。过了那座石景山之后，天也开始暗淡了。两人便在一个平地扎营休息睡觉。丝茜娜就在扎营外跪地祈祷。这时候，女孩身体发出亮光，然后身体发的光又淡淡地暗下来。接着，女孩抬头看月光，用手指算一算，心想，说："我们已在山里过了两天。"然后她便回去扎营睡觉。

　　经过了一个晚上充足的睡眠后，傅凡吟等人恢复了体力，一早就动身继续赶路，他们决定在天黑以前过了『达蒂迪旺沙』山脉。刚开始时，三人走得还很顺利，但随着山势的不断升高，脚下唯一的一条陡峭的岩石路，像板块上下断裂而成。莉雅拉着傅凡吟的手，男孩便拉着丝茜娜一起爬山路。接下来这三人会遇到什么挑战，请看下一局。

第七回　神兵

　　下午，莉雅、傅凡吟和丝茜娜登上了山脊的顶部，找了个舒适的地方坐下休息。傅凡吟心里思索着："从这个山脊上看，南北方向大约有十八公里，四周都是环山和盆地。"

　　就在这时，莉雅突然叫道："你们听！那边好像有瀑布声！"莉雅兴奋地跑向声音传来的方向，傅凡吟和丝茜娜紧随其后。不久，他们听到了激流的声音，他们加快脚步，很快就来到了一个壮观的瀑布前。

　　这个瀑布高度约有两至三百英尺，水势汹涌，流水从高处奔流而下，溅起水花四溅。两个女孩兴奋地看着流水的美丽景象，然后继续往下坡走。然而，当她们走到河边时，她们停下了脚步，略微有些犹豫。

　　傅凡吟注意到她们的表情，走到她们身边，问道："怎么了？你们为什么不进去玩水呢？"

　　丝茜娜有些羞涩地回答道："我们没有穿游泳衣，只能泡脚了。"

　　傅凡吟笑了笑，然后把自己的衣服褪掉，只留下内裤，毫不犹豫地跳进水中。他感受着冰凉的水流，畅快地游了几圈。而丝茜娜和莉雅则脱下鞋子，坐在河边，将双脚浸在水中。她们还拿出一条小毛巾，把它浸湿后，开始擦拭自己的身体和脸部。

在愉快的玩水和休息后，三人感到有些疲倦，于是找了个地方坐下，静静地欣赏着瀑布的美景。就在这时，他们突然注意到河水中有一群小鱼游来游去，其中不乏一些鳟鱼。大家兴奋地开始捕捉鱼儿，丝茜娜灵活地伸手一抓，捉住了一条鱼。莉雅则拿出小刀，轻巧地投掷出去，准确地击中了两条鱼。

傅凡吟也想加入，但似乎运气不佳，一时间未能捕获。他感到有些失落，但莉雅走到他身边，拿着捕获的鱼，笑着把它们递给了他。丝茜娜也加入劝说，催促他一起品尝这次的收获。于是，三人围坐在一起，享受着自己亲手捕获的烤鱼，笑声和欢乐弥漫在空气中。他们分享食物，分享故事，渐渐地建立起更深厚的友情。三人尽情地享受着这难得的时光，仿佛时间在这片宁静的山林中变得静谧而悠长。吃完烤鱼后，三人在瀑布旁边的草地上坐下，静静地感受着大自然的美妙。莉雅的目光突然投向远处的地面，她发现了一些大象的粪便和被夷为平地的树木，心中猜测："这些大象的踪迹表明附近可能有大象存在。"她决定查看一下大象的踪迹，随后她开始跟着踪迹悄悄前进。傅凡吟也意识到了这些踪迹的重要性，他紧随莉雅的步伐，一同前行。丝茜娜则静静地走在后面，时不时看向周围的环境，保持警惕。

走了大约两个小时，三人来到了一个茂密的树林。眼前出现了一片翠绿的树木，树干高大笔直，树叶繁茂，仿佛一个植物的仙境。在树林边缘，他们看到了三个年龄相仿的女孩，她们手持砍刀，背着竹篮，站在一颗万寿果树下。其中一个小女孩向他们走来，用自己的语言与傅凡吟、丝茜娜、莉雅交流。尽管语言不通，但傅凡吟尝试着用手势和表情回应她。经过一番交流，他们明白了这些女孩正在寻找食物。

为了表示友好，傅凡吟、丝茜娜和莉雅拿出包里的食物，分享给了这些小女孩。小女孩们看到食物，欣喜地接过，开始享用起来。傅凡吟通过肢体语言告诉她们，他们也是来自远方，正在寻找冒险和新的经历。在一段简单的交流后，他们决定跟随这些小女孩，一同前往她们的村庄。穿越茂密的树林，他们终于来到了一个隐藏在山林深处的小村庄。村庄虽小，却充满了宁静和生机。村庄的居民热情地欢迎三人的到来，他们分享食物，交流经验，尽管语言不通，但友谊和善意能够跨越语言障碍。村庄的村长出现了，他是一个身材威猛的中年男子，表达出诚挚的欢迎。三人尊敬地行了一礼，表示对村庄的尊重。

村长带领着他们进入一个宽敞的木屋，屋内摆放着朴素的家具，墙壁上挂着村民们的手工艺品，展现着村庄的生活。在大屋的一侧，坐着一位白发苍苍的老者，这位智者显然在村庄中地位崇高。村长请三人坐下，通过简单的手势和肢体语言询问他们的来意，同时三人也得知村长叫陈斯一。傅凡吟坦诚地向村长讲述了他们的冒险旅程，以及面对邪恶势力的使命。村长的脸色变得严肃，他指向了傅凡吟身后的『五门奇宫』盾牌，似乎在询问他怎么得来的。男孩便一五一十的解释当时在庙的情形和救陈老伯的事情。

村长听了，便开始讲述一个关于英雄传奇的故事，通过生动的表情和肢体语言，向三人传达了很久以前，妖怪横行的时代，一位神秘的战士出现，用圣剑的力量驱逐了妖怪，带来了和平的故事。这位战士曾经守护着这片土地，如今的留下了圣剑来和符号对抗即将到来的威胁。村长的讲述引起了三人的共鸣，他们能够感受到那个时代的艰辛与荣耀。村长指向墙上的一块石板，上面刻满了神秘的图案和符号，这是关于那位战士事迹的见证。傅凡吟明白，这些图案可能是与英雄传承和力量有关，村长通过肢体语言表示自己愿意尽力理解和承担这份责任。村长随后提到自己的父亲曾是圣剑的守护者，而现在需要寻找圣剑的碎片，以准备迎战邪恶势力。村长听后脸色变得认真，他指向了一块图案，似乎在与傅凡吟交流。傅凡吟理解这可能是关于圣剑的图案，他点头表示同意。

村长开始在地上画图，试图传达更多的信息。在交流的过程中，傅凡吟渐渐明白，这些图案似乎是在告诉他如何寻找圣剑碎片，以及如何将它们重新拼合。他感受到村长的诚意和帮助，决定将"五门奇宫"盾牌交还给村长，作为展示他们决心的象征。傅凡吟站起身，走到村长前，轻轻地将盾牌递给了村长。村长接过盾牌，目光中充满了赞赏和认可。

接下来，村长继续在地上画图，他似乎在告诉傅凡吟，圣剑的碎片散布在不同的地方，而拼合圣剑的过程需要经历一系列的考验和冒险。傅凡吟用肢体语言表示理解，他决定全力以赴，完成这个使命，将圣剑修复完整。男孩立刻点头答应了村长的要求，表示会全力协助村庄抵抗即将来临的邪恶势力。两个女孩在那里抓着自己的头，看着男孩一直点头。

但村长看了傅凡吟立刻点头答应之事，十分高兴。为了表达感激，村长陈斯一邀请傅凡吟一行人留在村庄中休息一晚。这时候，村民们热情地为他们准备了美味的食物和充足的水源，还为他们提供了圣剑碎片的画。两个女孩看着对方，感到莫名其妙。

接着，村长陈斯一为傅凡吟一行人准备了一张古老而精美的地图，上面标注着藏宝之处。他同时拿出一张圣剑碎片的画，画上绘制着碎片的形状和符文，这是由村庄的智者们根据祖传记载绘制而成。傅凡吟、丝茜娜和莉雅一同仔细观察圣剑碎片的画面。就在此时，丝茜娜忽然眉头一皱，想起了背包里收藏的宝物，『铜钟』。这件宝物是她和其他几个人在上次去神秘庙的迷宫中找到的，当时他们并没有意识到这两件宝物与圣剑碎片有关。现在，她突然联想到了『匾额』上的古老符文和『铜钟』上的奇特图案，与眼前的圣剑碎片画面相似。

丝茜娜急忙打开背包，将小『铜钟』取了出来，对比着与地图上和圣剑碎片画中的符文和图案。她震惊地发现，它们竟然完美地吻合在一起，似乎是属于同一套谜题。

"这是太神奇了！"丝茜娜喃喃自语。她向傅凡吟和莉雅展示了小『铜钟』，三人都陷入了深思。

村长陈斯一也露出了震惊的表情。村长对三人比手画脚郑重一直说，两个女孩看着对方，感到莫名其妙。于是，丝茜娜掏出身上的项链牌，随口一念，项链牌就发光，便说："你可以在重复说一次吗?"傅凡吟感动脸红，感到尴尬，因为他一直和村长聊得太起劲，没注意到两个女孩完全听不明白，因为村长说的是方言，虽然傅凡吟的方言不是好溜，但还是能听懂一点。突然间村长明白丝茜娜的对话，也感到很惊讶，觉得这女孩很特别，便说，"圣女！"村长陈斯一对着丝茜娜跪拜，同时也叫周围的村民人也做同样动作。

丝茜娜感到不好意思，连忙叫众人快快起身。接着，村长解释他知道神秘庙的迷宫极为隐秘，一般人很难找到其中的秘密。没想到丝茜娜和她的同伴竟然在那里找到了全部圣剑碎片。这样一来，他们就有了完整的圣剑，而且也有了解开谜团的关键。

"这些宝物的连接绝不是偶然。"村长沉思着说道。他看着傅凡吟和两个女孩，认识到这是命运的安排，他们是被选中来守护圣剑的人。

"丝茜娜，你们找到了全部圣剑碎片，这是上天的旨意。"村长比手画脚郑重地说道。"这两件宝物和圣剑碎片必定有着深刻的联系。我相信你们是注定要成为圣剑的守护者。"

三人对于圣剑碎片的来历产生了好奇和疑惑。在他们准备再次出发之前，三人决定向村长陈斯一询问有关圣剑碎片的更多信息。

女孩接着开口问道："村长，我们知道圣剑碎片对于村庄来说至关重要。但我们很好奇，为什么这些碎片会流落到陈老伯的里庙呢？难道他是守护者的后人吗？"傅凡吟和莉雅也同样对这个问题感兴趣，期待村长能够给出答案。

村长陈斯一点了点头，就说："回圣女！在1942开始，这片土地上曾发生过一场大战，那时候我们的祖先还拥有一把完整的圣剑。后来，有一个年轻人，他的全真名叫陈长寿，是一位我们乡村里头的人，他害怕流落到敌人手中，便他和护卫者带着此剑离开乡村。可是他留下了地图上的地址。近年来那护卫者送来了圣剑的剑柄和这幅画，就是『匾额』和『铜钟』样本，同时叫我们好好保管，便匆匆离开了。首先我不知为什么他把圣剑分为三件，又打造了两个宝物，后来听你们说妖怪袭击之事，我才明白分圣剑为三件碎片。"村长注视着莉雅，莉雅感到不是之味。村长便解释，说："村庄中也住了一位精灵，也就是陈长寿的护卫者，但这名精灵却曾经教我们制造武器和帮助村庄的居民建造机关来保护敌人侵犯。在森林里面他放了迷阵术，十二装甲铁人阵和风雨阵法，所以在那一年的战争并没人找到这里来。后来，那一位男精灵就在近年回来安装了一个特别的解除法就是拥有圣剑的人和村民的密语就能来到我们的乡村了。"傅凡吟和丝茜娜感到惊讶，而莉雅感到惊喜有同乡在。

这时候，莉雅感受到村长的目光，心中有些紧张，但她也能感觉到村长的善意和理解。她明白，这个村庄或许与精灵有着某种特殊的联系，而她的存在可能引起了村长的注意。村长用肢体语言示意莉雅坐过来，他询问莉雅关于她的来历和使命，同时丝茜娜做他们的翻译人。

村长说："我们的守护者曾经在我们这里居住了有一百年了，可是样子没有苍老过。听他说他是来自另外一个角落的乡村，因为帮助我爷爷打退了一群强盗和坏人。为了不给强盗和坏人来侵犯和欺负，他便留在我们的乡村，教我们如何保护自己，也愿意做这里的守护者。他和我说过他的年纪应该有三百多岁了。"莉雅感到好奇本想问他是属于哪一个家族，但村长这一点就不明白了。于是村长给众人看那精灵画像，便说："我们都叫他'护者莱昂纳多'。"

丝茜娜、莉雅和傅凡吟瞧往着画像，只见他的身形高大挺拔，宛如一座不动摇的山峰。他的肌肤如白玉般洁净，透露出一股淡淡的光芒。虽然面容间透露出岁月的痕迹，但这些皱纹仿佛是智慧的印记，让他更显沧桑而不失尊贵。他的眼睛是最引人注目的地方，深邃的双眸仿佛能穿透时空，透露出一种无尽的智慧和镇定。眼神之中蕴含的情感丰富而深邃，仿佛能洞察人心。他的发丝银白如雪，从额头上向后梳理，透露出一种庄严和威严。头发的光泽仿佛是岁月的见证，也是他作为长者的象征。穿着方面，他身披一袭深蓝色的长袍，袍身上绣着精美的银白花纹，流动间仿佛是星空在闪烁。袍子下垂至地，给人一种庄严而又神秘的感觉。他手中执着一柄古老的武剑，剑身上刻满了精美的纹饰，剑柄上雕刻着神秘的符文。这把剑似乎是一部记载了岁月和传承的历史篇章，也是他作为守护者的象征。

女孩低头想一想，猜对方可能是和莉雅同一族的，只是没有听过父亲说过有两个精灵失踪还是离开。莉雅和她的伙伴们听完故事，心中充满了同情和决心。她们能够感受到村长的诚意和希望，希望他们能够帮助这个村庄，同时想把邪恶势力消灭。

"多年过去了，陈长寿一直默默守护着这两件宝物，直到他年老体衰，我相信他将他所知道的一切和宝物记载下来，并藏在了他的庙里。他希望有一天，有人能够继续他的使命，找到全部的圣剑碎片并将它重新合成。"

"我们村庄的智者们一直守护着这份记载，代代相传。直到你们出现，你们的到来似乎是上天的旨意，你们在迷宫中找到了陈长寿所藏的全部圣剑碎片。我相信这是宿命之事。"

丝茜娜、傅凡吟和莉雅听了村长的讲述，感受到了使命的重大和历史的厚重。他们深深地明白，自己不仅仅是偶然成为圣剑守护者，更是承载着历史的传承和责任。

"谢谢您的解答，村长。"丝茜娜说道，"我们将不负众望，一定会守护好这把圣剑，将大陆从邪恶势力中解救出来。"

"是的，我们一定会完成这个使命。"傅凡吟和莉雅也齐声表示。

村长陈斯一满意地点头，相信着这三位年轻人的决心和勇气。丝茜娜、傅凡吟和莉雅心中充满了震撼和激动。他们终于理解了为何在前方的冒险中总是感受到神秘力量的引导。现在，一切都揭开了面纱，他们成为了守护圣剑的使者，也是守护家园光明的战士。

在村庄中，他们召集了村里的智者和工匠，共同商议将圣剑还原的方法。智者们借助圣剑碎片的形状和『匾额』、『铜钟』上的图案进行推演和研究，得出一个神秘的咒语和仪式。根据古老的传承和神秘的法则，他们知道只有在特定的时刻和地点，进行特定的祭祀仪式，才能将圣剑还原。

经过精心准备，当一轮明月高悬于夜空，丝茜娜、傅凡吟和莉雅站在神秘庙的祭坛前，身旁是村民们和智者们的祈祷和加护。在智者的指导下，他们按照咒语和仪式的步骤，将圣剑碎片和『匾额』、『铜钟』放置在祭坛上。

随着仪式的进行，神秘的力量弥漫在神秘庙中。碎片和宝物开始发出微光，逐渐彼此吸引，最终奇迹般地融为一体。在圣剑的主体上，出现了古老的符文和图案，散发出强大的能量。终于，在这神秘而又庄严的仪式下，一把崭新的、流光溢彩的长剑完整地出现在丝茜娜、傅凡吟和莉雅的面前。这就是完整的圣剑，它凝聚着世代守护家园的使命和希望。丝茜娜、傅凡吟和莉雅深深地看着眼前的圣剑，他们感受到圣剑的力量和神圣。这把剑不仅是武器，更是象征着正义和光明的象征。

"这是真正的圣剑！"村长感慨地说道。"你们是它的守护者，也是我们村庄的守护者。"

村长陈斯一骄傲地看着这三位年轻人，他们已经成为了圣剑的守护者。这是一份伟大的使命，也是一种祝福。他相信，有了这三位勇敢而智慧的守护者，村庄和大陆将会迎来一个光明的未来。丝茜娜、傅凡吟和莉雅肃穆地点头，他们知道自己的使命，是要用这把圣剑捍卫正义、抵抗邪恶，守护家园的和平与安宁。他们向村长和村民们郑重宣誓，愿意为了大家的幸福，勇敢面对一切艰难险阻。

此后，丝茜娜、傅凡吟和莉雅在陈斯一村庄留下了几天，进行着必要的训练和准备。三人知道自己将面临更加艰巨的任务，需要不断提高实力和团队合作。

首先，丝茜娜作为圣教士，专注于提升自己的神圣力量和治愈技能。在修行过程中，她深入研究圣剑的历史和使命，以及守护者应该具备的品质，就是祈祷，还需要坚定的信念和善良的心。同时，她帮助村庄祈祷和治愈。丝茜娜渐渐领悟到，守护者应该需要的强大力量。

傅凡吟则将专注于进一步熟练掌握自己的『圣光道墙』法。丝茜娜作为男孩的指导，不断在战斗中锤炼自己的技巧。傅凡吟也加强了对神秘力量的理解，努力探索更多关于『圣光道墙』法的奥秘。他明白，在面对邪恶的势力时，自己的战斗技巧将起到至关重要的作用。村庄的人天天四面攻击男孩，来训练他的反应能力和忍耐力

莉雅则在村庄中的剑术大师的指导下，不断精进自己的剑法。她操控剑的技艺越发娴熟，同时她还开始学习如何运用

迷幻术在战斗中迷惑敌人。莉雅发现自己的剑术和迷幻术的结合，能够在战斗中起到出奇制胜的效果。

除了个人修炼，丝茜娜、傅凡吟和莉雅还进行了团队合作的训练。丝茜娜、傅凡吟和莉雅明白，在面对强大的邪恶势力和妖魔鬼怪时，单靠个人实力是不够的。为了更好地团结合作，他们开始练习团队合作阵法，以便在战斗中能够发挥出更大的威力。

在陈斯一村庄，他们遇到了一位擅长阵法的智者。这位智者年老有智，经验丰富，曾经为村庄提供过宝贵的阵法指导。他自愿成为他们的导师，教授他们团队合作阵法的精髓。

首先，他们学习了一种基础的防御阵型，称为"三盾阵"。丝茜娜将神圣力量注入阵型，包括使用了他的『圣光道墙』。傅凡吟用他的步枪为莉雅和丝茜娜提供掩护射击，而莉雅则利用幻术魔法在圣剑的表面制造幻象，分散敌人的注意力。通过这个阵型，他们能够在战斗中有效地保护自己和盟友，抵御邪恶势力的攻击。

接下来，他们学习了一种攻击性的阵型，名为"三势阵"。丝茜娜集中神圣力量在治疗和祝福加持上，然后使用『神助之光』和『圣光净化』。傅凡吟释放他的『圣光道墙』技巧来形成保护层，而莉雅则运用她的剑术和幻术魔法制造幻象来分散敌人的注意力并攻击前方的敌人。

随着不断的练习，丝茜娜、傅凡吟和莉雅的团队合作越发默契。他们能够在短时间内迅速组成各种阵法，并且灵活应对战斗中的变化。他们的信任和默契使得阵法威力更上一层台。

除了阵法练习，他们还进行了模拟战斗，不断磨砺战斗技巧和团队配合。在模拟战中，他们分别担任不同的角色，轮流领导团队并制定战术。这样的练习让他们更好地理解彼此的优势和特长，并且增进了彼此之间的信任和默契。他们也学会了有效地进行沟通和协商。在面对战斗中的困难和挑战时，他们不再是独自作战，而是相互支持，共同解决问题。团队合作的力量让他们感受到无限的可能性。

在经过数日的努力练习和训练后，丝茜娜、傅凡吟和莉雅的团队合作达到了一个新的高度。他们的阵法威力大大增强，战斗中的配合更加默契。村庄的村民们看到了他们的成长和进步，都为他们感到骄傲和自豪。

他们在村庄周围的山林中，模拟各种战斗场景，不断磨练默契和配合。他们深知团结和信任是成功的关键，只有团队的力量才能让他们应对邪恶势力的挑战。在准备阶段，丝茜娜、傅凡吟和莉雅与村庄的村民建立起了深厚的情谊。村民们对他们充满了尊敬和感激，他们成为了全村的骄傲。而丝茜娜、傅凡吟和莉雅也深深地爱上了这个祥和而热情的村庄，他们视这里为第二个家。在一段时间的训练和准备后，丝茜娜、傅凡吟和莉雅终于做好了出发的准备。

过了一个夜晚，天开始亮起来，阳光光芒，听到公鸡再鸣叫，三人也起床了。忽然之间，那边窗外传来了两人对话声音，两人用方言对话，问："你有没有看到两女一男经过这里？"三人走出屋外，靠近看个究近。

到了屋外，看到空地有五十多人，都穿着兵服拿着枪，人在队伍里有华族和内地人，而有一个内地人正在和其中一个村民叫陈阿南站着对谈。一时看到这么多人，莉雅大喊，说道："大哥，二哥！"原来前面两个人就是萨米尔和里夫斯，站在队伍里，队伍里还有郭自豪、中士烈运聪、下士卡比尔和艾哈迈德。

　　傅凡吟心想，道："太好了！大家一家团圆了。"大家都走向前，聚集在一起，喜气洋洋，而那兄妹相互拥抱，好像大家已经失散多年。

　　莉雅接着说："那天你们是怎么逃脱敌方的？"傅凡吟和丝茜娜也走过来与卢卡斯等人见面

　　卢卡斯便说："当我们一边还击，一边退路。一退到森林里时，正好后面来了内地的帮手。可是这场战得胜利也不容易，两败俱伤。"

　　里维斯仔细地说道："当天我们已和你们分散了之后，那边已经兵刃和喊骂声响了起来，大家心头怦怦而跳，一个壮汉手持单刀，从空中跃出，紧跟着那个'女妖'（安娜斯崔娜）不知从哪里也追了出来，两队敌军一前一后，直冲了出来。我们知道这队敌军的轻身功夫均自不弱，直追出许多里，眼见双方双刀相交，正在恶斗。形势不利，挥刀砍杀。我们停步站住，先观察他们的武功，但见他们膂力强悍，刀法凶猛，我们边打边退，看来转眼间便要伤在敌方的刀下。我们提刀跃出，喝道'恶贼，受死吧'，　右手短刀使出一个虚式，左手长刀竟然刺向那凶汉的胸膛。那个少妇见我们杀出，愣了一愣。但他们的武功可招数变幻，一柄单刀盘旋飞舞，左手不时还击出沉雄的掌力。左手刀攻击着，长刀急旋。我们吃了一惊，侧身闪避。陡然间风声飒然，一刀从后袭来，我们急忙回刀招架，双刀相交，黑暗中火星飞溅。一看之下，更加惊讶，原来在背后偷袭的，也来了一刀，跟着又是一刀。竟是不顾自身安危的拼命打，当即挥短刀挡过，单刀斜闪，就势推拨。这时，大家已来不及开枪，只好提刀上前夹击，两人一攻一防，招招狠辣。午夜荒坟，受人夹击，不知四周里还伏了多少敌人，不由得心中却自怯了，大家一面打，一面躲避到森林里。包铁心和七名勇敢的士兵自愿阻挡敌人的道路。他们每个人都拿着机枪进行猛烈的射击，向敌人扫射，但一些小精灵冲向他们，引爆自己。郑瑞安和几个人也做同样动作把敌人后退。"

下士卡比尔接着说："最后留下来的中尉郑瑞安和包铁心为了拯救整个部队而献出了自己的生命。" 当他们听完整个事件的经过，团队陷入了短暂的沉默。

傅凡吟听到自己的队友死去，满脸怒气，一时定不下神来，说："他们的死，我们一定会还给这些畜生十倍。"

丝茜娜看着里维斯，恭恭敬敬地说："你怎么会找到这里？"

里维斯说道："抵抗着敌方遇见郭自豪的军队！陈老伯说认识丝茜娜和傅凡吟，接着陈老伯就带我们一起来这里了。"丝茜娜和傅凡吟听后点点头。

突然间，有人叫丝茜娜和傅凡吟，两人转头一看，立刻认出了陈老伯。陈老伯也得知丝茜娜和傅凡吟就是圣剑的保护者，便开始聊起整个过程。

里维斯对莉雅说："看来我们等一下要做些安排了。"莉雅点头。

这时候，郭自豪也走过来，因为听到傅凡吟的声音，便对傅凡吟、丝茜娜和莉雅说："看到你们在这里，我就放心了。"他们便向郭自豪等人详细解释了十天所遇见的事情。

听三人说完，郭自豪心念一动，对着男孩说道："傅凡吟，我有一句不知进退的话，原本不该说，只是事在危急，人人都有性命之忧，你说你们弄出一把宝剑... 这件事有点难以相信。纤纤一件兵器可以..."

傅凡吟打断他，说道："我知道，可是...！"

说到一半，丝茜娜便客气地接口说："恕我直言！实在是天下有很多稀奇之事在发生，有时奇迹就在你眼前，由你不得不信！"

刚好里维斯和卢卡斯都听到兵器之事，便一起问丝茜娜："我们听到你们说什么剑。"

丝茜娜对众人说："就是这把剑，可以破坏黑暗魔法。"丝茜娜指向莉雅，莉雅同时拿起那把剑。

里维斯和卢卡斯都开始激动地说："这把剑看来能破坏『黑暗之门』和『水晶翘棱随意杆』了。"

郭自豪听了惊讶，心想："竟然一把剑能破坏黑暗之门？难道激烈的火炮不可以吗？"过了一阵子，他便问道："什么是黑暗之门？而且什么妖怪都出现，到底发生了什么事情？"

里维斯和卢卡斯解释说："你有所不知，因为我们不是与血肉之体搏斗，而是与天上邪恶的属灵势力搏斗。但这把剑真的可以破坏黑暗之门，让人类免受迫害了，绝对是好事。我们也准备自制的炮弹，同样可以摧毁黑暗之门。"

里维斯就解释当时的事情，郭自豪才明白原由的事情，便说："事关重大！我看我需要和上头交代。"里维斯打一个手势代表赞成。

留下陈老伯在自己的乡村，莉雅、丝茜娜和傅凡吟都和村长陈斯一等人道别。他们对这个充满温暖和善意的小村庄怀有深深的感激之情。在这里，他们不仅获得了珍贵的圣剑，村里的人还分发了枪弹和手雷给郭自豪等人。这一些都是特别自家制造的枪弹和手雷，上面还克制着奇怪的咒符。郭自豪连忙感谢村长和陈老伯。

"村长，再次感谢你和村民们对我们的照顾和帮助。"莉雅、丝茜娜和傅凡吟感慨地说道，"我们离开时心中满怀着感激，如果未来有机会，我们一定会回来看望大家。"

陈斯一笑着点头："你们是我们这个小村庄的贵客，随时欢迎你们回来。也希望你们在后面的旅程中能够平安无事。"

郭自豪和丝茜娜也赞美道："你们的友情和善意让我们对这个世界充满了信心。这把圣剑对我们来说意义非凡，我们会好好利用它，为大家创造一个更美好的未来。"

村民们纷纷表示祝福和支持，向他们道别时，小村庄充满了感人的情景和温暖的祝愿。里维斯便带着郭自豪、莉雅、丝茜娜和傅凡吟回'白桦尺燕'号飞船。在返回的路上，他们一路上都在回味着与陈老伯夫妇相遇的那段经历，并感叹着世界上竟然还有这样令人匪夷所思的奇遇。

回到'白桦尺燕'号飞船，法师莱桑德拉向跑前抱着丝茜娜，两人默默抱着，船员们也热情地迎接着他们的归来。里维斯向大家汇报了与陈老伯夫妇的邂逅以及获得圣剑的经历。众人都为这突如其来的奇遇感到兴奋和震撼。

莉雅拿着那把圣剑，心中充满了责任感。她知道这把宝贵的武器是保护人类的希望，也是抵御黑暗势力的最后防线。她发誓要用这把剑维护正义，保护无辜。三人也倍感荣幸，成为圣剑的守护者让他们肩上担负起更加重大的使命。他们坚定地站在一起，愿意共同面对未来的挑战。

这时，'白桦尺燕'号里的人又听到有人传来声音，道："准备完毕！'白桦尺燕'号可以随时起飞了！"萨米尔便进驾驶室。

接着，萨米尔一声令下起航，道："'白桦尺燕'号启动！终点是北纬51°10′43.84″、西纬1°49′34.28″！"

根据萨米尔的言辞是往黑暗之门的方向前去。当发动机一开动时，傅凡吟与在房间的人又听到水在蒸发和机器推动旋转的噪声和喷气充入飞船的氢气，飞船便慢慢地浮升。队长中尉郭自豪、中士许曾华、中士烈运聪、下士张傲、下士卡比尔、小兵艾哈迈德和小兵陆成帆，已经登上飞船了，同时也已安排做炮手或者帮手。

飞船的引擎开始嗡鸣，载着里维斯和他的队友们，他们向着下一个目的地进发。在接下来的旅程中，里维斯和他的队友们面临着越来越多的挑战和冒险。他们穿越茫茫山林，越过险恶荒野，一路追寻着黑暗势力的踪迹。

当夜幕降临，丝茜娜、傅凡吟和莉雅总会坐在一起，回忆起来自陈斯一村庄的那段日子。那是他们冒险生涯中的美好回忆，他们感谢命运把他们带到了那个神奇的村庄，遇见了村长陈斯一和善良的村民们。

在休息室响起轰隆的雷声，傅凡吟心想："外面一定是下雨了！"

"呼！"傅凡吟的呼吸不由的急促，不到一分钟，有男声出现在广播中，道："所有防卫队立刻到各自炮台的位置报道！"

傅凡吟和其他人顿时知道事情不妙了，卢卡斯叫傅凡吟随同他一起去，接着两人直奔来到船尾室。刚到船尾室，两人往外窗户看，外面正在下地倾盆大雨，在黑暗的天空当中出现三只黑龙，正是傅凡吟的十点方向。它们和'白桦尺燕'号的飞行路线是同样方向。卢卡斯小声地说："幸好我们已经隐身模式，敌方不知我们的位置！"

傅凡吟听了感到惊讶，眼睛散了又散，便心思，道："原来'白桦尺燕'号的名称与白桦尺蛾差不多相同，机体与颜色是和天空白云如出一辙，可以与自然环境和谐唯一。哈！这飞船只要保持沉默，是一个理想的隐身方法。"

这时，卢卡斯叫傅凡吟坐在枪台的椅子，又叫他双手握住炮枪手柄，这时卢卡斯叫他看着瞄射望远镜，教如何瞄准一只黑龙，便说："这只半自动长炮枪，开枪法和你的春风神枪是一样的，只是大了一点，尽量瞄准面前一只黑龙，我已经装好子弹了。我说开枪，你才开枪！明白吗？"傅凡吟说一声'哦'，便积极地扣动扳机，解开保险，等待他的信号。

在傅凡吟的一声呼喊下，众人的注意被吸引到了西方的波状云区域。五个黑点逐渐显现出轮廓，露出了令人震惊的景象：五头黑龙正在缓缓接近。这些黑龙的庞大身躯和威严气息令人心生敬畏，仿佛来自另一个世界。

傅凡吟紧张地问道："卢卡斯，我们应该怎么办？"他内心虽然略感紧张，但眼神中却闪烁着坚定的光芒。卢卡斯深吸一口气，语气坚定地回答："我们是甲级，黑龙是丁级，胜算不小！我们进行近身登陆战，胜利机会至少有百分之二十。"

然而，傅凡吟心中明白，这场战斗并不容易。他们身处明处，而黑龙却在暗处，战斗的胜算充满了不确定性。傅凡吟认真思考着，意识到他们需要保持冷静，才能应对这场突如其来的危机。

随着卢卡斯的指挥，飞船开始上升，迅速转换了高度和姿态。傅凡吟紧握住操纵杆，感受着飞船的变化，同时眼神注视着那五头黑龙的移动轨迹。他随时准备迎战，心中涌动着坚定的勇气。

突然，一道尖锐的声音划破空气，飞船发出火光，炮弹急速射向黑龙。傅凡吟紧跟着扣动扳机，炮弹射中一头黑龙，穿透了其坚厚的龙皮，将其击落。同时，其他炮弹也命中了目标，黑龙发出痛苦的嘶吼，但仍有两头黑龙幸存。

卢卡斯保持镇定，而舵手的手也紧紧握住了舵轮。他迅速操纵，让船只能够躲避龙的火焰吐息，同时船长下达了指令。与此同时，飞船尾部发射出标枪，标枪迅速穿过空中，释放出耀眼的白炽光芒，击中了其中三头黑龙，使其重伤坠地。

然而，仍有两头黑龙未被击中，它们怒吼着，向飞船发起猛烈的冲击。飞船摇晃不止，突然间一道火焰扑面而来，爆炸声震耳欲聋。飞船险些失去平衡，船内乱成一片，船员们奋力扑灭火焰，努力保持飞船的稳定。

在紧急之际，萨米尔船长果断下令飞船急转弯，巧妙地躲避了黑龙的袭击。他冷静分析着局势，发现了反击的机会。他再次命令炮手们准备射击，炮弹精准命中了两头黑龙，将它们击倒在地。

然而，危险并没有完全解除，另外两头黑龙仍在追击。飞船开始加速，试图拉开与黑龙的距离。同时，萨米尔船长密切注意着黑龙的动向，随时做出应对。

'白桦尺燕'号继续穿越高山，飞船上的气氛紧张而紧凑。每个人都在全力以赴地履行自己的职责，舰长萨米尔的指挥决策成为了众人的依靠。

傅凡吟的目光扫视了一遍船上的伙伴们，看到他们的坚定和努力，他感到了一股无比强大的力量。在这片陌生的天空下，他们一同面对着前所未有的挑战，用自己的勇气和智慧书写着属于他们的传奇。无论前方会有怎样的困难，他们都会勇往直前，不屈不挠，谱写出壮丽的篇章。

随着飞船继续前进，黑龙的威胁逐渐远去，但傅凡吟和伙伴们清楚，更多的冒险和考验正等待着他们。他们紧握着希望，坚信自己的决心和勇气将引导他们走向胜利的彼岸。

　　一艘小小的飞船在一瞬间接连歼灭了两条黑龙的消息一经传开，所有在飞船里的人，尤其是侦察队长官郭自豪和其他侦察队员都惊讶不已。人们第一次认识到飞船的巨大威力。众人心想："飞船不仅是作为侦察工作，更拥有惊人的突袭性攻击武器。"

　　'白桦尺燕'号立即上升，借着黑暗的层云，如身处于层云中，感觉即类似于雾，悄悄地升上空中，渐渐地雨水开始变小了。卢卡斯突然激动地说："'白桦尺燕'号已经达到巡航高度四千英尺。仍然继续爬升，空气密度就会越薄，飞船的高度将达到极限。"

　　这时，傅凡吟感到中耳受压、耳膜突出导致剧痛、头痛、疲劳的感觉，他慢慢地开始头痛、视力减弱、肌肉相互不协调，指甲发紫，便有声无力地说："我感到自己身体不对劲！"卢卡斯说："看来我们已经达到一万英尺高度了，人体的各项反应开始不正常，你休息一下，慢慢深呼吸。"

　　傅凡吟便闭眼，慢慢地深呼吸。过了许久的时间，傅凡吟感到渐渐呼吸正常，耳膜没受压剧痛，头也没这么痛了。他缓慢地张开眼睛，眼前见窗户外已经没有飞龙的行踪了，但见到远方有一座又一座凹凸不平的山峰，看了几眼，山坡上一片白雪，四周并无人。在这关外白雪山下的苦寒之地，积雪初融，浑没春日气象。东方红日刚从山后升起，他问："我们是不是飞越山顶了？"

　　卢卡斯说："不是，这座山峰高达两万英尺，只能绕过去。""好的一点是我们被魔法屏障保护免受寒冷侵袭。"小男孩感到惊讶。

　　看看卢卡斯自己的手腕，又说："如我的方向表来看，现在我们的方向和经纬线的交点应该是北纬27°27'54"、东经121°7'48"！"笑一笑地说："看来我们已经避开飞龙的狙击，总算逃过一劫了！我们先在这儿等候进一步指示吧！"

这时卢卡斯递给傅凡吟一副绿色水晶镜片的眼镜，叫他戴上，接着说："这副绿色水晶镜片的眼镜可以利用夜间星月光大气辉光好让肉眼在夜间进行侦察。"傅凡吟感到兴奋，马上戴上了。两人便坐着等候指示。

等了半晌，听到脚步声响，是从穿堂门转来的，两人跟着出现。再看清楚，原来两人就是丝茜娜与莉雅，见到她们时，十分欣喜。这时莉雅手上拿着几件外套，而丝茜娜提着一篮子。丝茜娜一摆手，接着笑吟吟说道："我给你们送饭来啦！我们烧了番茄炒饭和几盘小菜。"两人都很开心看到她们拿饭来。丝茜娜与莉雅来到傅凡吟面前，便放下饭篮了。然后，两人转身坐在傅凡吟左右，打开饭篮，取出两碟菜肴，又将两副碗筷取出，放在地板上。傅凡吟和卢卡斯说道："四副碗筷？"

莉雅笑道："我们陪你一块吃！"卢卡斯也笑着说："不是为了莫莫人而来的吗？"

莉雅转向卢卡斯说道："看这个，这是什么？"她从食物篮子下面拿出一个葫芦瓶。

她继续说："我带了一瓶勃艮第红葡萄酒给你取暖。这瓶酒已经被加热过，口感一定会浓郁芬芳。你需要保持清醒，所以我不会让你喝掉它！哈哈！"她甚至没有看他一眼，转身把葫芦塞子取下，将搪瓷壶递给了傅凡吟。

卢卡斯对酒有着很大的喜好。每当有酒的时候，他会觉得口干舌燥，再也无法抵抗，他惊叫道："你可是我最亲爱的小妹妹，为什么要这样对待我？"

莉雅笑了起来说："好吧！听你这么说，我就给你倒一小杯！"她把另一个搪瓷壶递给了卢卡斯。

卢卡斯说："非常感谢，你真的像个哥哥一样关心我。我一直在担心整年都没有酒喝。"

莉雅笑着说："不能喝太多！" 卢卡斯慢慢地喝完了一杯，然后开始吃饭。

傅凡吟双手捧着碗，看着两个女人竭力地为他上菜。碗里已经盛满了大块的蔬菜和豆腐。他说："够了，真的够了！"

两个女人都说："你可以开始吃了！"

傅凡吟拿起叉子，一口接一口地开始吃。两个女人温柔地问："慢慢吃，好吗？" 她们试图用手帕擦拭傅凡吟的脸，但他感到尴尬地转过脸去。卢卡斯无法忍受，转向另一边继续吃饭。

此时，两个女人开始享用晚餐，他们四个人都非常享受这顿饭。用餐后，两个女人与傅凡吟聊了半个小时。不幸的是，卢卡斯独自一人喝着酒，而他的妹妹却把整瓶葫芦瓶里的酒给了他。幸运的是，他并不介意；只要有酒，就足够了。这时候他开始说一些美丽的诗句，说："绿蚁新醅酒，红泥小火炉。晚来天欲雪，能饮一杯无？"

眼见天色已黑，这才收拾碗筷。傅凡吟伸长了手帮忙两位女人收拾，直到莉雅的左手碰到他右手，傅凡吟本来想伸手拿碗，一时碰巧抓住了她手，莉雅情意绵绵地看着他。丝茜娜小嘴一扁，道："你们干嘛呀？"

傅凡吟吓了一跳，马上放手，紧张地道："没什么，没什么！"

收拾好碗筷之后，两个女子对傅凡吟说："你要小心一点，不要感冒，多穿一点衣服！"莉雅又说："二哥！你也是！"卢卡斯点点头说："你们也快下去吧！你们也不要感冒，这里蛮寒冷！快下去吧！"

卢卡斯见两人下去，不见人影了，便嘴一扁，道："看我妹对你和丝茜娜对你爱惜的样子，对你多好！"傅凡吟简直不知道怎么回答，只是露出忐忐忑忑的样子。

卢卡斯道："你不能一脚搭两船。"

傅凡吟回答道："但是我又不想让其中一个伤心，很珍惜她们的这份感情，爱惜她们，让她们一生都幸福，你说我怎么办？"

卢卡斯道："你怎么问我了？解铃还须系铃人！"傅凡吟听他这一番话，沉默了下来，一直点点头。

过了良久，卢卡斯才道："今晚看来我们可要在这里过夜了。"两人相对往外坐着，可是眼睛望外天空许久，一到深夜，目力越来越含糊，终于合眼睡去。

卢卡斯看他疲倦，便道："我来守吧！你休息一下吧？"傅凡吟把棉衣盖在自己身上，便躺下睡了。阳光映射进来，朦朦胧胧的看到他脸，他一手捂住脸挡阳光的映射，便起身了。

起身之后，他就看到前面有大片的水面。当驶抵距地面约十米时，两人见在西面的岩石上有一个很窄的开幕狭窄，岩石山脊。当波浪向岸运动，波浪通过水域喷流进来。'白桦尺燕'号便悄无声息登陆，接触水面上，逐渐地飘落，然后驶向海岸，慢慢钻进靠近海岸了。在接下来的时刻，冒险将塑造他们命运的篇章。

第八回 路程（上）

入坞到海岸之后，船长及二副再左右指指点点，大声呼喊，指挥引航员靠泊时的操作，接着打手海安、陆成帆和艾哈迈德，已在海岸用缆绳使'白桦尺燕'号系驻在海岸。

'白桦尺燕'号船航行中发现一个重要零件坏了，导致船不能继续航行。船长萨米尔立即召集所有船员进行紧急会议，郭自豪、烈运聪、张傲、卡比尔、艾哈迈德、陆成帆、许曾华、莱桑德拉、里维斯、卢卡斯、莉雅、丝茜娜和傅凡吟都聚集在一起。

船长萨米尔面色凝重地说："我们遇到了一个严重的问题，'白桦尺燕'号的关键零件损坏了，船不能继续航行。我们需要找到一个解决方案，否则我们将受困在这片未知的区域。"

郭自豪立刻表示："我带领侦察队去探索周围环境，看是否有能找到所需零件的地方。"

烈运聪说："我和张傲可以组队前往附近的岛屿，看是否能找到资源来修复零件。"

艾哈迈德和陆成帆主动表示愿意加入探索队，一同前往附近的岛屿，寻找能修复船的所需材料。

许曾华，作为第十二队的陆战队狙击手，表示愿意留守船上，确保船员的安全。同时，他也能用自己的技能，观察周围环境，帮助探索队提供情报。

莱桑德拉开始使用她的法术，试图感知附近是否有其他船只或者资源。同时，她用法术为郭自豪和率领的侦察队打造了一个蓝色奇怪的咒章，咒章的图案长得像一副耳环贴在郭自豪等人的右手腕中，接着说："我替你们装上了『心灵通话咒』。如果有什么事，按着那个蓝色咒章就可以与我和大家通话了。"莱桑德拉指着自己的白水晶球。

郭自豪和率领的侦察队，艾哈迈德、陆成帆、烈运聪和张傲感到惊讶，同时说："哇！这么方便！这就是法术科技！"接着，郭自豪和率领的侦察队装备所需要的食物、水和武器，准备出发。于是，他们踏上寻找修补的零件的旅程。船上的其他船员也都积极行动起来，一起协助解决问题。卢卡斯则开始分析船上其他部件，看是否有办法进行临时修补，以保证船的安全。在此期间，丝茜娜和傅凡吟则负责照料船上其他船员的生活需求，确保大家都能保持良好的精神状态。

寻找损坏的零件的过程中，郭自豪率领侦察队展开周围环境的搜索。经过一番努力，他们发现了一处隐藏在茂密树林深处的废弃科技基地。基地看起来已经废弃很久了，但里面可能隐藏着我们所需的零件。烈运聪和张傲领着一个小队前往该基地，他们穿过茂密的丛林，终于来到了一个巨大的金属建筑物前。在探索过程中，他们发现了一处地下实验室，里面堆满了各种科技设备和机器。

经过仔细搜寻，郭自豪和率领的侦察队发现了一台重要的航行控制器被损坏了，这台控制器是'白桦尺燕'号船舶的关键部件之一。控制器上的电路元件遭受了剧烈的损坏，导致船无法正常航行。他们带回了这台损坏的控制器，并立即汇报给船长萨米尔。船长萨米尔也立刻将消息告知了其他船员，众人对问题的严重性有了更清楚的认识。

随后，卢卡斯开始仔细研究这台损坏的控制器，并尝试修复它。他便弯腰整个人躺在控制器的下面，仔细检查每个电路元件。过了许久，卢卡斯和航手海安一起努力试图重新启动机器。卢卡斯从机器下面出来，接着说："还要再去找那些电子零件！要麻烦你们在去寻找了。"于是，航手海安便去通知郭自豪等人。

航手海安来到休息堂，看到郭自豪等人，便对郭自豪说："在卢卡斯的努力下，发现控制器上的电路元件需要更换，还需要你们前往附近的岛屿或者其他科技遗迹去寻找。"张傲听了，就说："但是这样的元件并不容易找到。"

这时，莱桑德拉也刚好和郭自豪等人同一桌，便说："我再试一次感知附近是否有其他船只或者资源。"众人点点头。

莱桑德拉见到郭自豪和侦察队，艾哈迈德、陆成帆、烈运聪和张傲，正在商议后续行动，便走了过去。

"郭自豪，我刚刚再次使用法术感知附近资源，发现附近有一座遗迹，那里可能会有你们需要的电路元件。我建议你们带上丝茜娜，她是一名圣教士，有着丰富的探险经验，可以为你们提供帮助。" 莱桑德拉说道。接着莱桑德拉吩咐驾驶手海安将丝茜娜叫到休息室。不久，莉雅、丝茜娜和傅凡吟都一起来到休息室。

莱桑德拉见到丝茜娜，便对她说："麻烦你跟郭自豪等人前往遗迹，那里可能需要您的帮忙，可以吗？"

傅凡吟听到后，就说："莉雅和我也跟着去吧！"

莱桑德拉转头看着男孩，说："我还需要你们留在船上保护大家，而这个任务只有丝茜娜和郭自豪等人可以完成。"傅凡吟听了，感到不愉快，但也没办法，只好点头同意。

郭自豪对丝茜娜说："丝茜娜，我们需要去一座遗迹寻找电路元件，你愿意和我们一起去吗？"

丝茜娜微笑着回答："愿意，我会竭尽所能帮助你们。"于是，郭自豪带着丝茜娜、烈运聪、艾哈迈德、陆成帆和张傲组成了前往遗迹的小队。众人准备充足的物资和武器，确保在遗迹中的探险安全。

他们穿过茂密的丛林，来到了遗迹的入口。遗迹古老而神秘，门口的巨大石像昭示着过去的荣耀。郭自豪带着丝茜娜、烈运聪、艾哈迈德、陆成帆和张傲来到遗迹的入口，他们便东张西望，沿途所见，除了低丘高树之外，尽是青草奇花。草丛之中，偶而惊起一些叫不出名目的大鸟小兽，看来也皆无害于人。

就在这时，马蹄声响，他们转身看见大片土地的西北角上有两只骑马冲将过来。当两只骑马越来越接近时，郭自豪等人清楚地看到马上所乘是两个男孩。那两个男孩和华人无异，但眸子极淡，几乎无色，瓜子脸型，约莫二十岁上下，都戴着四棱形小花帽，穿着交领长衫、大裆裤，腰扎布带，并佩戴约小刀，头戴羊皮卷檐帽，脚穿短筒靴。

两个男孩一直骑着马，同时一直回头看着身后，面露紧张的表情，没有注意到郭自豪等人的存在。郭自豪大声喊叫众人闪开，这样可以避免与马相撞。烈运聪和张傲看着骑马的两个人，出口大骂对方，说："眼睛看哪里去？"

丝茜娜突然打起手势拦住郭自豪等人前进，接着说："前面有一种邪恶的力量渐渐接近！不要茫然地过去！"

郭自豪问："丝茜娜，你感受到了什么？有何不妥之处？"

丝茜娜凝视着前方，脸色严肃地说："我感受到了一股黑暗的能量，它散发着邪恶的气息。这种力量很可能是遗迹中的危险存在，我们需要小心应对。"

烈运聪紧握着手中的武器，警惕地说："看来我们遇到了不简单的情况。难道这座遗迹中还有其他的探险者或敌对势力？"

丝茜娜点头表示赞同，说："很有可能。我们应该小心前进，不可掉以轻心。"

郭自豪决定暂时搁置前进的计划，他们找了一个隐蔽的地方，暂时躲避起来，等待时机。丝茜娜开始祈祷神明，寻求神圣的力量来保护他们。同时，陆成帆、烈运聪、张傲和艾哈迈德悄悄探查周围的情况，确保没有其他敌对势力的存在。

经过一段时间的等待和观察，他们逐渐确定附近没有其他的探险者或敌对势力，而是遗迹中的某种黑暗力量正在逼近。决定重新出发，随时准备应对任何突发状况。在眼见前面有一道黑暗的尘埃云，哆嗦的寒风中沙声，那个四咪高的灰尘覆盖了十几颗树的面积，几乎覆盖每个表面厚厚的灰尘，无处不再得飞。较厚又堆积的灰尘从东部和南部的方向覆盖地面，好像有风再吹，顺风而行，同时朝他们的方向奔走。

眼见这黑暗尘埃云迅速向他们袭来，郭自豪等人感受到其中蕴含的邪恶气息，纷纷退后几步，准备迎接可能到来的挑战。突然丝茜娜挺身而出，一人站着面对冲来的黑暗尘埃云，从腰带口里拿出一个小瓶子，提高空中。小瓶子突然发光，光辉四面，黑暗尘埃云在光芒的作用下翻滚如水流般回旋，被扶风入渭水般驱散。

在黑暗尘埃云的翻滚中，令郭自豪、艾哈迈德、陆成帆、烈运聪和张傲吓得后退几步。就在他们还在震惊时，骑着马的两个男孩也目睹了眼前的奇观，惊讶地停马，叽里咕噜地说着，话中带着惊恐的样子，慢慢往丝茜娜等人前去。

在众人与守护者进行交流的时候，其中一个男孩看着丝茜娜用奇怪的语言交流，叽里咕噜地说着话。丝茜娜随即回答那个男孩，让他平静下来。烈运聪对郭自豪好奇地说："队长，你听得懂他们在讲什么吗？"郭自豪摇摇头，上下移动肩膀，表示自己也不知道这个奇怪的语言。

烈运聪和张傲说："连...连这个语言她也听得通，到底她会说多少语言？"

丝茜娜便转回头对众人说："我问他们是从哪里来的？我们是'白桦尺燕'号船的船员，前来寻找修补的零件。"说完之后，女孩又转头看着两个男孩，微笑了一下，接着用一种奇特的语言继续交流。

两个男孩彼此交换了一下眼神，随后用那奇特的语言对丝茜娜对话着，虽然郭自豪等人不太理解，但丝茜娜在旁边协助着翻译。

"他们是这个遗迹的守护者，"丝茜娜解释道，"在这里有一种神圣的语言，只有掌握特定能力的人才能听得懂。他们知道这里曾经封印着一股黑暗的邪恶力量，而你刚刚驱散的黑暗尘埃就是其中的一部分。"

郭自豪等人对这个遗迹的神秘感兴趣，丝茜娜则继续与守护者交流，试图了解更多有关修补电路元件的线索。在沟通中，他们发现这两个男孩是这个遗迹的守护者，他们的职责是保护遗迹和守护其中的力量。

丝茜娜说："或许我们可以得到他们的帮助，让他们引导我们找到所需的电路元件。"

郭自豪点头，感谢丝茜娜的翻译，接着好奇地问："怎么你会听得懂他们说的话？"

丝茜娜回答说："我也不知道，只知道他们说的话我听得懂。还有刚才的沟通，我理解了他们的族已有好几百年历史了，一直守着这里的一切。"她接着说："他们说几个同胞们是当场被黑暗尘埃吞没，还吸干了那几个同胞的血液，连抢救的机会都没有，但是他们两人顺利脱逃。"

然而，接下来出现了黑暗尘埃云，地面突然黑烟滚滚，花草树木一个一个被黑烟瞬间枯掉。丝茜娜迅速走到前面，站在众人的前面，举起手中的法杖，面向黑暗尘埃云，开始念着奇怪的語言。

当丝茜娜举起双手和法杖，光芒璀璨，奇光四溢，黑暗尘埃云在她的法术作用下，如水流般回旋，被扶风入渭水般驱散。

虽然黑暗尘埃云已消失，那股强劲的气流却卷上半空。众人望向远方，数里外有一道黑影出现在荒野，目光注视着丝茜娜，眼底闪过几丝阴沉。黑影全身黑衣，脸上戴着一副精致的黑色面具，只露出下巴和双眼。丝茜娜说："诸法无常，诸相非相，动静来去，都是无常幻影。『生色心诸法』！"又冷笑着对黑衣人说："雕虫小技！只要有我在这儿，任何黑暗都无法战胜光明的。"

黑衣人冷哼一声："可恶！下次碰到非要灭了你不可。"说着，黑衣人全身血芒一闪，转眼就消失了。

丝茜娜继续与那个男孩交流，他们之间恭恭敬敬地又滴头又说话。过后，丝茜娜回到郭自豪身边说："根据他们所说，很多村民不知为什么病倒了，他们是出来找药的，可是一路上遇到了魔鬼。"

丝茜娜又说："我懂医术，应该可以帮忙。""他们的家离这里不远。"两个男孩便招手，丝茜娜等人跟着，于是大家开始往前走，跟着两个男孩去他们的乡村。

穿过恶林，经过长岭，不到一炷香的时间，他们骑到上坡路，四人注意到道路左侧有骆驼，还看到山上的左侧道路有一个墓地。除了在山上修筑的水库，他们看到墓地上有水库的建设。遍山遍野还有鲜花，春光烂漫已极。转了几个弯，见迎面没路了，只有一排花丛。他们钻进花丛中去。过了花丛，出现一条草径，旁边有七、八间白灰色的石屋，石屋前后左右。丝茜娜等人走到屋前，屋中走出一名僮儿，对两个男孩恭恭敬敬地说了话，接着两个男孩招手叫大家进石屋。进了石屋，见厅侧有三个年轻女子煽火煮药，满厅都是奇异的药草之气。于是，他们走过大厅，到处可以见到几十个男女老少躺在大厅里"哎呀"地叫，有的还一直傻傻不停地笑，看左面见几个妇女和小孩反白眼吐出白沫，这时三个清醒的女村民正在紧张地大喊，好像是叫人帮忙。

于是丝茜娜走了过去，看到那些反白眼吐出白沫的小孩身上的绑缚，抓住了他双手手腕，用她的医术开始救治。她发现孩子的脉搏跳动很不正常，全身还有斑点。过了一会儿，丝茜娜坐在对面的椅子上，望着药炉中的火光，陷入沉思。这时候，郭自豪、艾哈迈德、陆成帆、烈运聪和张傲则站在门外。他们静静地看着丝茜娜站着没有说话。正在思索时，丝茜娜突然间默默地说话，接着周围的人的身体突然间发出绿色的光环，围绕着周围的人。然后，郭自豪等人和三个女村民看到那个小孩渐渐苏醒，不再反白眼吐出白沫，全身斑点也消失了。每个人都感到高兴，连忙说谢谢，其中一位妇女抱着那个小孩，显然是他的母亲。

继续交流后，丝茜娜先问小孩在病发之前所吃的食物，然后也询问了屋里的几个妇女和两个男子。听了七八个村民的口述之后，丝茜娜对郭自豪等人说："看来病患者曾经去过那个泻湖，那个泻湖的地方应该是被人施法污染了，所以谁去那里一定会感染疾病。"

郭自豪睁大眼睛，紧张地说："糟糕！我们的一些兄弟去了那个泻湖！"

丝茜娜连忙说："快通知船员吧！"然后她感觉自己昏昏沉沉的，坐在地上休息。

郭自豪见丝茜娜突然坐在地上休息，便走上前去扶她，同时按着右手的咒章，解释泻湖的毒素给莱桑德拉。说完之后，他检查了丝茜娜的情况，但女孩只是摇了摇头，说："没事。我只需要休息就可以了。之前和刚刚发生的事情，我用了大量的法力，身体有些虚弱而已，休息一下就好。"

过了一段时间，丝茜娜和众人说："每一个人都中了'失心毒'！应该是黑衣人施法放毒的，我们必须除掉他。"她低头思考，然后猜测："那黑衣人可能下了'失心毒'。"

众人点头道："不错！"丝茜娜同时对村民们和郭自豪等人以不同语言解释。

村民开始用叽里咕噜的语言交流。其中一位男子一直摇头，脸上露出惊慌。第二个男子迈开大步，插嘴开始说话了。这时，一个看起来十七八岁的蓝衫壮士，脚穿草鞋，和丝茜娜交谈，其他听不懂语言的人看着两人对话，抓着头皮，显得莫名其妙。丝茜娜笑了一下，然后对郭自豪和其他人说："有贝利赫的帮忙，我们找到那个黑衣人应该不成问题。""他们会提供必需品以防万一！"

郭自豪皱起眉头，说："其实我们是出来找零件的，如果帮他们，我们的时间和能力可能会有限。"丝茜娜感到不高兴，但她知道这也没办法，只能静静不出声。

　　这时，三个女村民拿出两个小瓶子，众人一看，只见小瓶子装满了一些液体，而且液体有两种不同的颜色，一个是透明的，另外一个是天蓝色的。当丝茜娜触手摸透明的液体时，那透明液体突然间亮了起来，女孩便眼睛一亮，似乎好像想到了什么，就问村民们这是什么。那男子名叫贝利赫，便对丝茜娜解释说："这两瓶都是我们的圣水和奇特药。天蓝色的液体可以恢复体力，叫'体力保'，而透明的液体可以驱魔，叫'驱魔水'，这是由一名挥舞着大剑的远古战士，自称为"匿名"，传下来的秘方药水和圣水井。"女孩听了感到很好奇，便拿一瓶体力保放进口里喝。当喝下那瓶'体力保'，突然间感觉自己精神起来，而且体力有所恢复。这时候，众人仍然很好奇发生了什么事情，尤其是郭自豪等人对方言不太了解。

　　丝茜娜站起来继续问，说："可以再给我解释多一些吗？我感到很好奇。"于是，这男孩打个手势邀请丝茜娜等人进屋一起共进用餐。丝茜娜转头对郭自豪等人说："我们先填饱肚子，等我弄个明白再和你们解释整个事情。"郭自豪也同意。

　　众人进入石屋，发现里面摆满了各种采集的草药和药材，还有许多药炉和炼药用具。三个女村民热情地招待着丝茜娜等人，将美味的食物摆上桌子。这时候，老者和两个年轻男孩从房门口走出来。两位年轻人身材魁梧，穿着白色衣服和黑裤，面貌凶狠，但一笑之间显得亲切。而老者穿着庄重而神圣的服饰，仿佛是圣教的贵族。他们身着宽松的长袍，长袍上绣着复杂而神秘的图案和符号，象征着古老的信仰和智慧。长袍的颜色多为深蓝或暗红，彰显着神圣与权威。在长袍上，他们佩戴着一串珠宝手串，每颗珠宝都散发着闪耀的光芒，代表着他们的尊贵地位和高深的修为。而头戴羊皮卷檐帽，给人一种庄重又神秘的感觉。他面容庄严，双眼中闪烁着智慧的光芒，仿佛能洞察人心。屋里的人见到老者都恭恭敬敬地称他为'长老'一声，郭自豪等人也随着对老者恭敬地叫了一声。接着，长老招手让众人坐在桌前，边用餐边交流，虽然语言不通，但大家的笑容和友好的姿态表达出彼此的友好和善意。丝茜娜同时也向郭自豪解释她所听到的情况。

在边用餐边交流之时，长老转过头看了丝茜娜一眼，便说："年轻人啊，我能感受到你身上有着一种特殊的气息，这是来自异世界的独特气质。"长老的声音庄严而温和，目光中透着一丝赞叹。

丝茜娜微微一愣，然后微笑回应："是的，长老，我来自异世界，并且身怀异能。"

长老点了点头，继续说道："我有不请之情需要你们帮忙？"

"如果可以帮到但地方我们会尽量帮你。"丝茜娜回答，"其实我们的船遭遇战斗受损，需要修复才能继续前行。"

长老眉头微皱，似乎在思索着什么。他注视着丝茜娜，然后缓缓开口："我倒知道有个地方可能有你们要的零件，条件就是你得帮我们铲除下'失心毒'的人。然后成功之后，我们会带你去寻找遗迹中的修补元件，可以吗？女孩转头和队长讨论，最后丝茜娜和郭自豪看着村长，点头答应了他的请求。

长老点了点头，微笑回应说："遗迹是古老的遗址，里面蕴含着无尽的智慧和能量。那里既有修补元件。那里也有下毒的人看守着。"

丝茜娜心中一动，说："谢谢长老，你们是否知道那古老的遗址在哪里？"

长老微笑点头，看着丝茜娜："到时我会安排贝利赫带路。现在，尽情享用这份用心准备的美食，明天就是前往遗迹的日子了。"这时候，丝茜娜便翻译这一段给郭自豪等人听。

众人纷纷点头，感谢长老的关怀和指引。在长老和村民的热情招待下，他们共度了一个美好而难忘的夜晚。饭后，丝茜娜向贝利赫询问了关于洿湖的情况。贝利赫指着东方，指示洿湖的位置。据他们所说，洿湖曾经是村民们的生活区域，但近年来湖水变得异常污浊，有着令人生疑的黑暗力量。因此，村民们都避免前往，生怕受到黑暗力量的影响。

丝茜娜猜测，很可能是那位黑衣人施法污染了洿湖，导致附近村民患上了"失心毒"。她对贝利赫表示，一定会尽力帮助村民们解决这个问题，并彻底除掉黑衣人的威胁。贝利赫看到丝茜娜的坚定表情，感激地点了点头，表示村民们将全力支持她的行动。丝茜娜再次喝下一小瓶圣水，让自己的体力完全恢复，做好准备开始前往洿湖。郭自豪等人也准备充分，他们和村民们交流了一些简单的手势，表达彼此的感谢与祝福。丝茜娜特意对郭自豪解释说，洿湖附近有邪恶力量存在，大家要保持警惕，并且村民们提供的圣水和奇特药将会是很有帮助的。

于是，郭自豪带着丝茜娜、烈运聪、艾哈迈德、陆成帆、张傲、贝利赫和两个村民，一个叫阿明，另外一个叫阿山，再次出发，前往洿湖的方向。村民们对他们的离去表示关切，祈祷着他们的安全与成功。一行人来到洿湖附近，

远远地望去，湖面上笼罩着一层诡异的黑雾，看似平静却隐藏着不可预测的危险。郭自豪等人紧跟在丝茜娜的身后，时刻准备应对任何可能发生的情况。

又朝前走了一段路，前方有有一节下坡路，突然一阵山风不痛不痒地吹了过来。这时候，艾哈迈德感觉后脑好像有人特意在对着脖子吹气，身上的鸡皮疙瘩起了一层又一层，他用手搓了搓肩膀，心里想着其他事情："我们人多势众，个个身怀武艺，有什么好怕的！"他鼓起勇气，顺手抓住了那看似毛发的东西，用力一扯，顿时传来"啪"的一声脆响，一堆丝丝密密的东西应声被撕了下来。他转过身去，发现原来只是芭蕉树的枝干被风化后变得丝丝细细的。

　　继续前行的山路还没有到头，郭自豪、丝茜娜、烈运聪、艾哈迈德、陆成帆、张傲、贝利赫、阿山和阿明正寻思着要不要返回，就在这时，又一阵山风吹来，似乎这次吹到背上的细丝更多了，艾哈迈德刚要走开，却停在原地不动，心里又在想："这次的细丝好像比上次更加有质感，好像...恩...好像..."他伸手摸自己的脸，感觉脸上有丝丝东西，然后用手指一抓，突然像被闪电击中一样，他叫了起来："这丝怎么像...像头发。"想到这里，艾哈迈德下意识地向后转身。"啊！"他突然尖叫起来！身后不知何时站着一个女生，白衣白裤，没有发出任何声音，静静地望着他。除了这一个女生，后面还有十几个女子，她们也一样没有发出声音，静静地看着艾哈迈德，脸上露出诡异的笑容。艾哈迈德胆颤心惊地喊："妈呀！"

　　郭自豪、丝茜娜、烈运聪、陆成帆、张傲、贝利赫、阿山和阿明看着艾哈迈德，一个大喊一声让众人看后面。当众人回头看时，艾哈迈德跑到烈运聪，接着转回头看，艾哈迈德一抬头，看了都吃了一惊，那一群女子一刹那消失不见了。突然间，一阵狂风刮起，黑雾变得更加浓厚，视线也变得模糊。在黑雾中，他们仿佛听到了邪恶的低语声，让人心中充满恐惧。

　　丝茜娜抓紧手中的法杖，挥动着，以神圣的光芒试图驱散黑雾，但黑雾似乎不受控制，反而愈演愈烈。众人紧张地看着丝茜娜的举动。突然间，一道黑衣身影从黑雾中显露出来，正是之前那个黑衣人。他冷冷地笑着，眼中透着阴森的光芒。"你终于来了，哈哈哈！"黑衣人的声音充满嘲讽和傲慢，让人不寒而栗。

　　丝茜娜紧握法杖，脸上不露丝毫畏惧，她冷静地回应道："你就是污染泻湖、让村民们患上'失心毒'的邪恶之徒吧？为何如此残忍？"她的声音坚定而冷静。

黑衣人不为所动，嘴角扬起一抹狡黠的笑容："哈哈哈，你们这群蝼蚁也想阻止我吗？你们只是给我增添了些娱乐而已。"

艾哈迈德咬紧牙关，怒气升腾："你休想得逞！我们是来为村民们消除祸害的！"

"消除祸害？"黑衣人冷笑一声，"你们只不过是来送死的，等着成为我力量的牺牲品！"

丝茜娜一拍手，周围突然涌现出一圈圈光芒护罩，将众人护在其中。她凝视着黑衣人，声音中满含警告："你的阴谋我们不会让你得逞！"

黑衣人眼中闪过一丝狂傲："我是『安娜斯崔娜』的左右手，才不怕你们。那就让我亲手将你们送入永久的黑暗吧！"

说完，他伸手一指，顿时，从黑雾中涌现出一支由黑暗气息凝聚的魔法箭矢，朝着丝茜娜等人射去。丝茜娜迅速反应，挥动法杖，释放出强大的圣光之力。圣光与黑暗交织，形成一幅激烈的魔法对决画面。众人也纷纷施展自己的能力，与黑衣人周旋在一起。

艾哈迈德迅速拉开弓，同时张傲等人也准备着，但黑衣人灵巧地躲过所有攻击。

与此同时，丝茜娜咏唱着咒语，法杖散发出绚烂的光芒。她调动异世界的力量，希望能够打破黑衣人的黑暗护盾。黑衣人不断释放黑暗魔法，试图击败众人，但他们团结一致，紧密配合，不给他丝毫机会。

"你们这些蝼蚁，终究是无法抵挡我黑暗力量的！"黑衣人怒吼，力量不断增强。

然而，就在他得意之时，丝茜娜终于施展出异世界的终极法术——"圣灵裁决"！一道耀眼的圣光从天而降，将黑衣人笼罩其中。黑衣人发出一声凄厉的嚎叫，但终究无法抵挡住"圣灵裁决"的力量。他被击退，黑暗气息迅速消散。众人松了一口气，但丝茜娜的脸上却不放松，她明白黑衣人并未被彻底消灭，恐怕会再度出现。

"我们要尽快找出他的巢穴，彻底铲除他的威胁！"丝茜娜坚定地说道。

众人点头，他们深知黑衣人的阴险与危险，必须尽快找出他的踪迹，阻止他继续祸害泻湖和村民们。团结一致，丝茜娜等人决定继续前进，追踪黑衣人的行踪，并为拯救泻湖和村民们而努力。郭自豪领着丝茜娜、烈运聪、陆成帆、艾哈迈德、张傲、贝利赫、阿山和阿明前进，她们紧密相依，每一步都小心翼翼。黑衣人的巢穴位于一座荒凉山峰的深处，传说那里是一个被黑暗力量所笼罩的地方。

在前行的过程中，丝茜娜用神圣的感知力量寻找着黑衣人留下的痕迹。她们穿越茂密的树林，越过险峻的山峰，每一步都小心翼翼地走。走了一阵，四周更是漆黑一团，这般顺利走了两里有余，九人眼前左首现出一颗大星，尽力睁大眼睛一看，有一盏灯火。郭自豪、烈运聪、陆成帆、张傲、贝利赫、阿山和阿明都说："既有灯火，必有人家。"

众人加快脚步，笔直向着灯火赶去，急行里许，但见黑森森的四周里都是树木，原来灯火出自林中。林中有小路，他们就往小路走，见前面是大门和小屋子，好无动静，九人心里担心林中道路有古怪，心想定一定神再说，当下站着调匀呼吸，稍歇片刻。这时，丝茜娜看看周围，摸清林中道路。贝利赫、阿山和阿明看了许久，便向前直奔走十步。

丝茜娜叫："别莽撞！"

贝利赫、阿山和阿明"啊哟"一声，双足已陷入泥中，直没至踝，急忙后跃，硬生生把两只脚拔了出来，见眼前一大片污泥，污泥中铺设一排石砖，石砖铺设到前面的大门，便明白原来这是一条走道，当下低声与丝茜娜等人商量。这时，丝茜娜随手抓地面的一粒小石头，然后扔过污泥。当小石头过了几丈，突然四面八方射出泼辣的水，把光球熄灭了。丝茜娜想了片刻，道："『天罡五行阵法』！"

众人睁大眼睛望了一会，喜道："太好了！你知道这个阵法的名称。"就问："那我们要怎样破阵？"丝茜娜想了一想，便礼貌地吩咐郭自豪呼叫莱桑德拉。郭自豪按手中的咒章便联络莱桑德拉，默默地两人聊了一会儿，同时烈运聪、陆成帆、艾哈迈德和张傲也渐渐静静地听着。跟着莱桑德拉对郭自豪，说："丝茜的圣术与我的魔法相冲，所以我不能施法沟通的咒章在丝茜娜身上。""麻烦你，转话给丝茜娜，然后一句一句念给丝茜娜听，她就知道怎么做了，谢谢你。"

郭自豪便转头对丝茜娜，说："五行自水始！天一生水于北，地二生火于南，天三生木于东，地四生金于西，天五生土于中。金克木，木克土，土克水，水克火，火克金，而金生水，水生木，木生火，火生土，土生金。"丝茜娜听了就点点头。

郭自豪、烈运聪、陆成帆和张傲听了抓划自己的头，一直瞪着丝茜娜，脑里好多疑问。丝茜娜也瞪目，之后笑一笑说："你们跟我来！"

九人就来到污泥的边沿站着，就对贝利赫、阿山和阿明说："贝利赫、阿山、阿明，你们留在这边，不要贸然前进。"丝茜娜轻声吩咐道。"其余的人跟我来，我们按照五行的相生相克之理，找到破解这阵法的方法。"

郭自豪、陆成帆、烈运聪、张傲等人听从丝茜娜的安排，围在她周围，一同沿着污泥边缘前行，紧紧注视着地面，寻找线索。

丝茜娜开始解释，说："根据阵法规则，金克木，木克土，土克水，水克火，火克金。我们现在站在污泥边缘，污泥象征着水，而我们面前的石砖则是土。所以，我们需要从水和土之间找到火、水、木的元素才能破解阵法。"

众人听得认真，开始在污泥和石砖之间仔细搜索。不一会儿，烈运聪喊道："这里有火！"他指着石砖与污泥交界处，发现那里有一丝微弱的红光闪烁。

"不错！"丝茜娜鼓励地说道。"这里有火元素，我们需要寻找与之相生的木元素。"

大家继续搜索，片刻后，张傲兴奋地喊出："我找到木元素了！"他手中捧着一根绿叶，显然在阵法中，这根叶子代表着木。

"很好，我们已经找到了火和木，现在还需要找到与火相克的金元素。"丝茜娜指导着众人。

经过进一步的搜索，烈运聪又高声呼喊："这里有金元素！"他发现了一枚金属的小块。

"完美！"丝茜娜的眼中闪过一丝喜色。"现在只剩下与金相克的水元素了。"

众人再次全神贯注地搜索，片刻后，郭自豪兴奋地拿起一瓶水："我找到水元素了！"

"太棒了！"丝茜娜对众人竖起了大拇指。"我们现在已经找齐了五行元素，按照规则排列它们，就能破解这阵法。"

众人立即按照丝茜娜的指示，将五行元素按照相生相克的顺序排列在一起：火、木、土、金、水。

当五个元素齐聚一处时，周围的阵法突然产生微微波动，然后渐渐消散。石砖路径上的泥水也逐渐消失，露出干燥的地面。"我们破解了天罡五行阵法！"丝茜娜激动地说道。"现在，我们可以继续前进，追踪那个黑衣人了！"

众人再次团结一致，信心倍增。他们迈过石砖路径，进入小屋前的大门。这是一场充满考验与挑战的冒险，但他们已经做好了准备，为了正义与善良，他们绝不退缩。

第九回 路程（中）

郭自豪、丝茜娜、烈运聪、陆成帆、张傲、艾哈迈德、贝利赫、阿山和阿明进入小屋前的大门，小屋内显得十分普通，没有什么特殊之处。然而，丝茜娜敏锐的感知力量让她感觉到这里曾经有人停留过，黑衣人很可能就是在这里驻足过。

"我们正在走在他的脚步留痕中。"丝茜娜皱眉说道。"他离我们不远，我们要小心前行。"

九人再度出发，随着丝茜娜的引领，他们越来越接近黑衣人的行踪。脚踏前二十步，就到大门前了。大门前有石梯，石梯往下，前方黑暗暗，也毫无动静了。郭自豪从口袋拿出手电筒照一照前面的石梯，接着招手，带着丝茜娜、烈运聪、艾哈迈德、陆成帆、张傲、贝利赫、阿山和阿明往前。

到了地面，众人看看周围，见到处都是断木和烟雾，但在烟雾中有一艘完整的船。陆成帆喊了一声'二战机动鱼雷艇'。众人仔细一看，只见庞大威猛，铁甲外壳包裹，犹如巨兽滑翔。尖锐的鱼雷艏，狡猾眼睛似的感应器，黑色战旗高悬，双翼展开如威猛之鹰展翅，头部有尖锐鱼雷发射口，散发着冷酷的战争气息。

当郭自豪领着众人走到 '二战机动鱼雷艇' 时，丝茜娜、贝利赫、阿山和阿明都被这庞大的战艇所震撼。他们从来没有见过如此威武的船只，尤其是丝茜娜，作为来自异世界的人，对这种科技和军事装备更是陌生。

"这…这是什么样的船艇？"丝茜娜惊讶地问道。

贝利赫也不禁感叹道："这是比村子里的任何船只都要庞大的战艇，看起来真是厉害啊！"

阿山和阿明相互对视，都看出了对方眼中的惊异。阿明低声说道："这是我们从未见过的东西，看来我们离开村子后，会有更多奇遇啊！"

艾哈迈德和陆成帆则站在一旁，静静地欣赏着战艇的壮丽，心中充满了对未知世界的好奇和期待。这时，五十个小精灵出现在战艇上，对郭自豪等人喊着口号，同时炮口转向他们的方向，试图用战艇的大炮攻击对方。郭自豪等人意识到这些小精灵并不友善。丝茜娜抓住这个关键时刻，迅速施展出她的『圣光道墙』。发出明亮的光芒，这股神圣的力量笼罩着战艇，使得那些小精灵不禁发射连环炮弹，但没打穿那道『圣光道墙』，反而爆炸力震开那些小精灵，小精灵们死的伤的都有，伤的小精灵发出痛苦的嘶叫。

"快，借着这个机会，上战艇！"郭自豪大声呼喊，众人紧随其后，迅速登上了 '二战机动鱼雷艇'。战艇内部宽敞而复杂，充满了各种控制台和仪器。艾哈迈德和陆成帆迫不及待地探索起了这个未知的科技世界，而阿山和阿明则抱在一起，有些紧张又兴奋。

艾哈迈德和陆成帆迅速找到了控制台，试图理解战艇的操作方式。不过，他们发现这种老科技和没经验航海的，对他们来说实在是太过陌生，根本无法轻易掌握。正当艾哈迈德有些束手无策的时候，一个似乎是导航官的控制台吸引了他的注意。与此同时，贝利赫看到了一个看似是武器控制台的位置，他走了过去，试图操纵战艇的火力。然而，这些按钮和控制装置都是他从未见过的，对于他来说也是一种挑战。

"我们必须尽快离开这里，那些小精灵可能不会放弃！"陆成帆焦急地说道。

"我来试试这个导航控制台，看看能否将战艇启动。"艾哈迈德主动走到导航台前，开始摸索着操作。他试了几个按钮，战艇的屏幕上显示出一些未知的图标和信息，他尽量根据直觉操作着。陆成帆则找到了一个屏幕上显示的平面布局图，似乎是战艇的内部结构。他试图理解这个结构图，以便在必要时做出调整和应对。

"我觉得我已经找到了发动机的控制，我们可以试着启动战艇！"陆成帆兴奋地说道。

在艾哈迈德和陆成帆的共同努力下，'二战机动鱼雷艇'终于开始震动起来。引擎发出低沉的轰鸣声，战艇开始缓缓升空。众人松了一口气，同时也感到了一丝胜利的喜悦但惊讶，因为据他们所知，战船应该是航海不是升上空。

然而，正当他们以为一切安全时，导航控制台后面突然受到了来的强烈攻击。原来，那些小精灵并没有就此罢手，他们聚集在一起，用类似弓箭和刀子的攻击向他们。

"我们必须抵御住他们的攻击，不能让战艇坠毁！"丝茜娜紧紧咬紧牙关，全身散发着强大的神圣能量，试图形成一道护盾来抵挡小精灵的攻击。

在临危受命之际，郭自豪、烈运聪、艾哈迈德、陆成帆和张傲迅速作出了反应。他们从背包中抽出武器，郭自豪等人用枪，而贝利赫、阿山和阿明则用弓箭，全力以赴地还击小精灵的攻击。丝茜娜站在一旁，凝聚着强大的神圣力量，施展出她的强力防御法术——『圣光道墙』。一道闪耀的圣光屏障在导航控制台后方形成，挡住了小精灵的攻击，同时为九人提供了一个相对安全的阵地。小精灵们穷凶极恶地向战艇的导航控制台方向涌去，想要破坏导航系统以及控制战艇的能源。九人也毫不示弱，用强大的武力和精准的射击将小精灵们逼退。

战艇在空中剧烈摇晃，似乎随时都有可能失去平衡。艾哈迈德和陆成帆紧紧抓住控制台，努力保持飞行的稳定性。张傲则迅速移动，寻找合适的射击位置，他准确地瞄准每一个小精灵，射击击退他们。贝利赫、阿山和阿明用弓箭密集射击，箭矢穿透空气，击中小精灵们的身体，迫使他们不得不屈身躲避。丝茜娜的『圣光道墙』在一片碰撞声中承受着小精灵的攻击，闪烁着坚定的圣光。

战斗持续了一段时间，气氛异常紧张。战艇不断受到冲击，时而上升，时而下坠，仿佛置身于风暴之中。然而，九人的意志和决心从未动摇，他们坚信只要团结一心，就能够战胜一切困难。在激烈的战斗中，他们展现出了超越自己的力量和勇气。小精灵们凶猛的攻势逐渐被抑制，他们在强大的反击下不断后退，但仍然顽强地继续进攻。

在导航控制台后方，丝茜娜感受到了九人的团结和信念。她的『圣光道墙』虽然承受了巨大的压力，但在她的坚持下，始终没有崩溃。她的心中充满了希望，她知道只要他们能够坚持下去，胜利就在不远处。不知过了多久，终于，小精灵的攻势渐渐减弱，他们开始撤退。战艇的剧烈摇晃也逐渐平稳下来，九人终于取得了这场战斗的胜利。剩余的小精灵纷纷跳下船逃离。

战斗结束后，众人各自松了一口气。他们有些疲惫，但胜利的喜悦弥漫在每个人的心中。丝茜娜停止了『圣光道墙』的施法，全身感到一阵虚脱，但她的目光中充满了骄傲和坚定。

"我们成功了！"郭自豪激动地说道，其他人也纷纷点头表示赞同。

在战斗的余音未消中，众人的目光逐渐集中在这座庞大的二战机动鱼雷艇上。他们开始仔细观察，惊讶地发现这艘战艇的外观并非完全是机械结构，反而融合了一些电路元件和高科技装置。

"这…这战艇居然是如此先进！"烈运聪目瞪口呆地说道，他不禁对这个世界的科技水平感到震惊。

"看来这艘战艇不仅外表威猛，内部的科技也相当先进。"艾哈迈德兴奋地表示，他作为一个对科技有浓厚兴趣的人，对这座战艇的构造充满了好奇。

陆成帆抓住这个机会，开始深入地研究战艇的控制台。他试图了解这艘战艇的功能和操作方式，希望能够掌握它的飞行系统。

然而，就在众人兴奋地观察战艇时，一群黑衣人突然出现在他们的眼前。这些黑衣人穿着黑色的制服，戴着面罩，身形矫健，宛如幽灵一般突然出现。

"又是他们！"丝茜娜警觉地喊道，她立刻凝聚着神圣的力量，准备应对可能的攻击。

黑衣人们没有说话，但从他们冷漠的眼神和散发出来的杀气中，众人能够感受到他们的敌意。这次他们似乎有所准备，更加危险和难缠。

"大家小心，不要掉以轻心！"郭自豪提醒众人，紧紧握住手中的枪，做好随时应对的准备。

贝利赫、阿山和阿明迅速拉开弓弦，准备随时发射箭矢。丝茜娜则站在战艇的一旁，将神圣的光芒笼罩在身边，形成一道保护屏障。与黑衣人的对峙气氛紧张而凝重。在这个关键时刻，九人都能感受到彼此之间的默契和信任。他们知道，只有紧密合作，才能够在这个险恶的局面中保护好自己，并继续他们的任务。黑衣人逐渐靠近，双方陷入了一场紧张的对峙。这一刻，整个战艇内弥漫着紧张和充满电荷的氛围，仿佛随时都可能爆发激烈的冲突。众人紧绷的神经随着时间的流逝越发紧密，气氛逐渐达到了极限。就在这时，一个黑衣人突然走出了人群，他缓缓地摘下了面罩。

"你们追踪到了这里，还真是让我吃惊。"那个黑衣人冷冷地说道，声音充满了嘲讽。

众人瞪大了眼睛，因为在黑衣人的面孔上，他们看到这个人竟然是一个精灵，发丝银白如雪，从额头上向后梳理，透露出一种庄严和威严，眼睛是最引人注目的地方，深邃的双眸仿佛能穿透时空，透露出一种无尽的智慧和镇定。当他用手中执着一柄古老的武剑指向郭自豪等人，丝茜娜看着剑身上刻满了精美的纹饰，剑柄上雕刻着神秘的符文，立刻想起圣剑村庄和村长拿出来的画像。

"护者莱昂纳多？！"丝茜娜异口同声地惊呼出声，他们难以置信地看着丝茜娜认识眼前的这个人，心中充满了震撼和疑惑。丝茜娜便提起圣剑村庄和圣剑之事情但没有反应，

女孩再试试看提出一个人的名字就是'陈长寿'。丝茜娜用亲情的声音说道，当这个精灵听到'陈长寿'的名字，他感受到了一种熟悉的气息，似乎在他的记忆中留下了痕迹。莱昂纳多没有回应，他的目光在众人之间扫过，最终停留在了丝茜娜身上。他的眼中透露出一丝迷茫和痛苦，仿佛内心正在经历着巨大的挣扎。

"莱昂纳多，你怎么会变成这样？"丝茜娜的声音中带着浓浓的担忧和失望，她想要理解眼前这个精灵究竟发生了什么。

莱昂纳多沉默了片刻，终于开口说道："陈长寿，我曾听过的名字。。。我是谁？"

丝茜娜柔柔的声音，说："你是莱昂纳多，你曾经是'陈长寿'的同伴，是守护者，是保护圣剑的人。"

"守护者？保护圣剑？。。。。啊。。。我对陈长春和村名人都失望了。"他的声音中充满了痛苦和自责。众人听得出，他曾经是一个英勇无畏的守护者，但现在却变得不同往日。

"但是，一切都变了。"莱昂纳多继续说道，他的语气变得愈发沉重，"在'他们'中，我受到了一股强大的诱惑，一股黑暗的力量渗透进了我的内心，我不再是原来的我。"众人目睹着这个昔日的英雄陷入了内心的挣扎，他们能够感受到他的痛苦和无奈。

"这股力量让我变得强大，但也让我失去了自我。我变得扭曲，变得残忍，迷失了方向。"莱昂纳多的声音越发低沉，他的眼神充满了深深的悔恨。丝茜娜走上前，试图与他沟通，试图唤醒他内心深处的良知。

"莱昂纳多，你还记得你和'陈长寿'曾一起守护圣剑，一起保护人们免受邪恶的侵害吗？你不能放弃，你不能沉沦在黑暗之中！"丝茜娜的声音中充满了坚定和温暖。

莱昂纳多艰难地抬起头，看着丝茜娜，他的眼神中闪烁着复杂的情感。渐渐地，他的身体开始微微颤抖，似乎在与内心的黑暗进行着激烈的抗衡。众人静静地注视着这一幕，希望着莱昂纳多能够重新挣脱黑暗的束缚，回到正道。

就在这时，战艇突然剧烈摇晃起来，众人的注意力被吸引过去。一股强大的能量涌现，众人感受到一股不同寻常的气息，仿佛有什么力量在觉醒。战艇的导航控制台散发出耀眼的光芒，黑衣人的注意力也被吸引过去，一时间周围的人用手遮住自己的双眼，纷纷挡住刺眼的光芒。控制台上出现了一幅古老的符文图案，光芒逐渐凝聚，形成了一个光影人影，正是丝茜娜。

"莱昂纳多，你不能放弃，你是守护者，是勇敢的精灵，内心的光芒永不熄灭！"光影中的丝茜娜温柔地说道，她的声音充满了力量和希望。莱昂纳多的身体继续颤抖，仿佛在与黑暗的束缚进行着最后的搏斗。他紧紧握住双拳，汗水从额头滑落，他的眼神变得越发坚定。

突然间，一道明亮的光芒从他的身体中升腾而起，黑暗被驱散，莱昂纳多的身体重新恢复了往日的光彩。

"我…我成功了！"莱昂纳多喃喃自语，他的声音充满了喜悦和解脱。

众人也松了一口气，他们看到莱昂纳多重新回到了正道，重拾了自己的意志。

"谢谢你们，谢谢你们唤醒了我内心深处的良知。"莱昂纳多诚挚地向众人道谢，他的眼神中满是感激之情。在众人的共同努力下，莱昂纳多帮助他们成功地拆下了需要修理的零件，这将有助于修复他们的船"白桦尺燕"号。

当郭自豪、烈运聪、艾哈迈德、陆成帆、张傲、贝利赫、阿山、阿明和丝茜娜拿着电路元件，心中不禁欢喜。这些元件足够修复'白桦尺燕'号船，让他们能够继续前行。

丝茜娜转头对着莱昂纳多说话，说："我想问你关于『离子化干扰魔器』，背后主持人是谁，到底他们做了什么，怪物也出现。"

莱昂纳多慢条斯理地说道："背后主持人我只知道是穿着黑色的西装。虽然他看上去是人类，但有一双红色的眼睛，每一个人都服从'他'，尤其是一个精灵叫『安娜斯崔娜』，是妖精的领袖，可是她也一直叫'这个人类'为主人。我记得是被安娜斯崔娜抓去黑化我自己，然后我就打造出来『穿送铁门』和『离子化干扰魔器』的最后一部分工程。『离子化干扰魔器』本身就可以吸收地球的电力转换为魔法电力。我还听说『安娜斯崔娜』会打开黑暗之界招厉害的人还是魔物霸占这个世界。"

丝茜娜说了一声'魔物'，便静静沉思，接着又问："你知道『穿送铁门』和『离子化干扰魔器』在哪里？"

莱昂纳多就说："北纬51°10′43.84″、西纬1°49′34.28″。巨石阵将通往它们的秘密基地。"

烈运聪对郭自豪低声地说："这不就是'白桦尺燕'号船往那里去的地方吗？"

"感谢你的帮助，莱昂纳多。"丝茜娜诚挚地道谢道。"你的勇气和决心让你重回了正途，我相信你会继续保护圣剑，守护这片土地。"

莱昂纳多点了点头，他的眼神中充满了对未来的期待。他知道自己已经走出了黑暗，回到了守护者的使命之中。

"你们继续前行吧，我会尽我所能修复好这艘战船。"莱昂纳多说道。"愿你们的旅程充满光明和勇气。"

众人再次向莱昂纳多表示感谢，然后离开了这座战船。他们准备继续踏上前往下一个目的地的旅程。回到了乡村，丝茜娜和村长向村民们解释了整个过程，得到了村民们的理解与感激。莱昂纳多兑现了承诺，帮助村民制备出了金色药水，将湖水的毒解除。他和十个村民一同前往湖边，倒下金色药水。当药水倒入湖水后，原本黑色的湖水迅速变为清澈。莱昂纳多亲自品尝了一口，确认湖水恢复了安全。

村民们欣喜地感谢莱昂纳多和丝茜娜等人，对他们充满了敬意和感激。在村庄中，众人得到了村民们的支持和祝福，而他们也为村庄的安宁和环境保护作出了贡献。这次的经历让大家更加坚定了前行的决心，他们将继续肩负使命，守护光明与希望，踏上新的冒险之旅。

这时候，村长也过来笑笑地对丝茜娜说了一番话，在丝茜娜的翻译下，道："他说一声谢谢你，如果有什么在下，可以帮忙，一定会尽量帮！"

郭自豪等人说："不必客气！这是我们应该做的。而且我们还有事，要先行。"丝茜娜就和村长翻译一下，而他也作答，便叫人又对外面的人传达口传口尊声。

丝茜娜听了，高兴地说："村长说他们提供食物和圣水给我们上路用。食物足够我们用两个星期。"郭自豪问丝茜娜怎么说谢谢，接着对村长道谢。

当下村庄的人上下搬着一大包又一大包的食物麻袋上船，每一包麻袋装满着面粉、糖、果子和面包。五人见了喜出颜色。食物放上船后，他们便骑上马车，一起朝着'白桦尺燕'号的方向返回。此时村子前前后后欢声雷动，都为救星们喝采。五人身旁围集了数百人，一直送到村口，才和他们挥手作别。

回到'白桦尺燕'号船上，卢卡斯和许曾华将这些元件替换在控制器上，而郭自豪的侦察队把所需物资通通搬上船。同时，莱桑德拉使用法术为控制器注入能量，最终，船的控制器得到了修复。在众人共同的努力下，'白桦尺燕'号终于得以修复，重新开始航行。船上的船员士气高昂，充满了决心和信心。

就在众人为船的修复欢呼的时候，一位精灵走了进来。他身着华丽的服装，气质非凡，显然有着不凡的身份。这位精灵就是'白桦尺燕'号的船长萨米尔。他走到众人中央，微笑着说道："伙计们，干得不错！感谢你们的努力，让我们的船得以重生。现在，我们终于可以继续我们的旅程了。"

在场的众人都充满了自豪和兴奋，他们知道这一切都得益于团结合作和坚定的意志。与此同时，莱昂纳多走到了萨米尔的身边，微笑着与他交换了一个目光。萨米尔眼中闪过一丝惊讶，然后脸上露出了熟悉的笑容。

"莱昂纳多，你回来了！"萨米尔的声音中充满了喜悦和惊喜。

"是的，萨米尔，我回来了。"莱昂纳多微笑着点头。

莉雅看着这一幕，心中不禁涌起一股暖流。她走到莱昂纳多身边，轻声问道："你和萨米尔船长认识吗？"

莱昂纳多点了点头，向莉雅解释道："是的，我和萨米尔船长在很久以前就认识了。我们曾经一起生活在同一个精灵乡村，有过很多美好的回忆。"

萨米尔走到莱昂纳多面前，两人紧紧地拥抱在一起。他们是多年未见的老友，此刻的重逢让他们的心中充满了感慨和喜悦。

"莱昂纳多，真是太好见到你了。"萨米尔感慨地说道。

莱昂纳多微笑着回应道："我也很高兴能再次见到你，萨米尔。"

众人看着这一幕，不由得感叹人与人之间的纽带是如此的奇妙和深厚。他们意识到，这个旅程不仅仅是为了修复船，更是连接着许多人和故事的冒险之旅。

'白桦尺燕'号终于再次扬起飞帆，驶向了新的目的地，载着众人的梦想和勇气，在无限的海洋中徐徐航行。'白桦尺燕'号飞行，跟着郭自豪和丝茜娜把发生的事情告诉了船长。这时候莉雅来到餐厅看着莱昂纳多惊讶目光，莱昂纳多注意到莉雅，微笑地叫她过来。莉雅便和他坐在同一桌开始聊天，聊到莉雅莱的父亲，昂纳多接着说道："我曾经在很久以前的精灵乡村与你的父亲西摩相识。那时候，你还没有出生。我记得，西摩对未来的女儿充满了期待和祝福。"

莱昂纳多的话语让莉雅心头一震，她怎么也没想到自己的父亲曾经与莱昂纳多有过交往。她默默地聆听着，同时也充满了好奇。

"而艾琳和珊娜菲亚也是我所熟悉的人。"莱昂纳多继续说道。"他们都是出色的精灵，为人善良，拥有着非凡的才华。然而，就是那件珊娜菲亚的事件和保护村民使命，使得我不能回乡村，远离我熟悉的一切。我便四处外出，投身于有意义和善事，试图弥补我师父的错误。还好萨米尔等人明白事理。。。"莱昂纳多的声音逐渐低沉，他的眼神中透露出一丝深沉的忧虑。艾琳静静地聆听着，能感受到他内心的纠结和决心。

莉雅听到这些，心中不禁涌起一股感慨。她从小听母亲提起过珊娜菲亚的名字，知道她是一位杰出的精灵，但从未想过她会与莱昂纳多有交集。

莱昂纳多继续说道，"现在，我看到你们，年轻的一代，继续着我们的传统，守护着圣剑和这片土地，我感到无比的欣慰和安心。"

莉雅的目光里充满了感激和敬佩。她看着面前这位三百多岁的精灵，知道他已经经历了无数的风雨，却依然坚守着初心。

"谢谢你，莱昂纳多。"莉雅诚挚地说道，"你的经历和故事，将成为我们前行的动力和启示。"

莱昂纳多微笑着点头，他知道自己的使命并没有结束，他还有更多的责任需要承担。他看着众人，目光中充满了希望和鼓励。

"莉雅，你们年轻人是这个世界的未来，我相信你们会走得更远，做得更好。"莱昂纳多温和地说道。在众人也出现，莱昂纳多的存在成为了一种鼓励和指引。他们知道，自己所承担的责任并不孤单，整个世界都在为他们加油助威。

这时候，丝茜娜的衣袖往里一摆，进舱门之后，转身便走了。傅凡吟见她衣袂飘飘，一路往船尾去，只得闷声不响地跟随在后。傅凡吟走到了船尾时，见丝茜娜就站在护栏墙旁，仰望丝茜娜矫健的身姿，见她弯腰翘臀，双腿并拢，一直看着大海。站在护栏墙旁时，迎风而立，山风吹动她的秀发，飘飘欲仙。两人便正在站在一起，接着就聊前几天所发生的事情。这时候，船长便发令："起帆！""'白桦尺燕'号神采飞扬，慢慢飘行到白云中，此后北风一直刮着，带着'白桦尺燕'号直向东北行。

正在傅凡吟和丝茜娜在聊天，突然莉雅叫傅凡吟一声，说："原来你们在这。"

丝茜娜见莉雅，嘴巴扭捏起来，便转头过去。莉雅心中奇怪，问两人："怎么了？"

丝茜娜说："没有！想放下心情欣赏海洋风景而已。"莉雅点点头。

这时候，卢卡斯也出现，看着傅凡吟说："你今天不是要来帮忙我维修船舱吗？"

丝茜娜转身对傅凡吟说："你去忙吧，我和莉雅聊天，可以了。"傅凡吟又失望又急，只能轻轻地说一声"好的"，就转身和卢卡斯进客舱了。

丝茜娜转头看客舱里，没见傅凡吟的踪影，就一脸坚决地说："最近的练剑如何？"

莉雅苦着脸道："还好，只是奇怪这把剑好像力不从心。"

丝茜娜微笑地说："是不是你最近比较累？"莉雅只是微微地摇头。

莉雅静了一下，便说："我有事情要问你。"

丝茜娜瞟了莉雅一眼，便说："说罢！"

莉雅低声地说："你是不是喜欢凡吟？"

丝茜娜害羞地道："是的！可是我也发现你是喜欢他。"

莉雅没有焦急不安，就心中笃定地说："最近都和他在一起…我的心…"

丝茜娜有点略带忧愁，只好模棱两可地答道："我明白你的意思。"

莉雅朝大海望了望，又回头说："我们同时喜欢同一个人，可是我不会放弃。"

丝茜娜说："爱是耐心的，爱是善良的。爱包容一切，爱总是信任，爱总是希望着，爱一贯是坚强的。你对他的心我知道！我也不会放弃。我们公平竞争，好吗？"

丝茜娜来到莉雅面前，眯着眼睛晒太阳，心里就无比开心，说："好！"两人意见相同，就握手当作是两人的约定。两人便在船尾叽叽喳喳地说个不停。

北风日夜不变，'白桦尺燕'号的航行登时快了数倍，且喜一路未遇风暴，看来这个路程倒有了七八成指望了。次日，四点造饭，五点结束已定，早听得擂鼓鸣金，吃饭时候了。'白桦尺燕'号所有人出来，厨子领哨四人，一人便站在大饭桶、大菜盆、大汤锅的前面分给排队的众人吃。张傲和艾哈迈德一拿到饭菜和汤之后便坐下用餐，海安三兄弟同时也坐在一起聊天。陆成帆大声地说："不要吹牛！她怎么会生了六只手、三只眼睛。"

主厨海安就说："你有所不知了！她一付嘴脸比妖怪更像妖怪！"

郭自豪、烈运聪、张傲、卡比尔、艾哈迈德、陆成帆、许曾华都坐在同一桌子。这时，傅凡吟、莉雅和丝茜娜也出现在餐厅，刚好也听到他们在说。艾哈迈德说："什么东西有六只手、三只眼睛的？"

主厨海安听到艾哈迈德的疑问，他便说："蛇髮妖女！它的整个身躯是灰黑的鳞片，头发是诡异的蛇。一出现，你马上变成石头。"包铁心听了，人心中油然升起一股寒意。

傅凡吟心里在想："变成石头。好像在哪里看过发生这样的事？"

主厨海安说："可是她几百年已经不知是否在人间了。"

傅凡吟、莉雅和丝茜娜静静地坐下来吃饭，正想开口问莉雅和丝茜娜，突然警报响了起来。

"警报，警报，请准备战斗，请准备战斗！"这警报打断了每个人的话题，每个人都跑出饭厅到自己的岗位准备作战。这时，丝茜娜抬起头，两眼张开，她嘀咕道："无数的吱吱声越来越近，危险逐渐向这里逼近。"坐在同一桌子的郭自豪和其他人便到甲板上一看，眼前一片无边的黑暗，微弱的光线被什么东西遮住。同时大家听到"吱吱"的声音，如潮水般的细微刷刷声，以及虫子特有的吱吱叫声传过来，而且越来越大声，再看清楚，见着虫子狰狞而丑恶的面孔越来越近，前仆后继，快速靠近'白桦尺燕'号，船员们顿感觉不妙。

莱桑德拉知道正在发生的事情，她说："这些昆虫是使用'蛆虫漩涡'召唤出来的。据说这些昆虫具有酸性体液和轻微的腐蚀性。"

傅凡吟问道："是谁召唤了它们？"

莱桑德拉回答："肯定是一位降灵术士，擅长施展魔法和召唤法术或咒语。他或她的特长是使用自然界五种主要有毒生物（蛇、蜈蚣、蝎子、蜘蛛和蟾蜍）的毒液。将它们的毒素注入指定的个体体内，使其生病或死亡。我从村长那里听说过这个人。要小心！"

丝茜娜毫不犹豫地走到船尾，嘴巴一直吟咏，突然高举手，前方出现一道紫色光墙。在光墙上发出点点火花，靠近的虫子无一例外，全部冲撞光墙并被粉碎，尽管如此，无数虫子依然向前拥挤，杀不胜杀。还有许多虫子转换方向，飞向左侧，前仆后继，继续接近'白桦尺燕'号。它们成群结队，仿佛训练有素的士兵，迅速接近'白桦尺燕'号。

傅凡吟同时跑到丝茜娜身旁，在丝茜娜身旁有两门小型激光炮，莉雅便去右侧的小型激光炮，发射出愤怒的怒吼，原本的虫海顿时崩溃瓦解，迅速地朝内部退去，莉雅跑到左侧的小型激光炮发射。这时候，莱桑德拉也出现，见到莉雅的举动，便大声对她喊，说："你们做什么？你这样一发射，我们的行踪被透露了。"莉雅立刻停步。

莱桑德拉转头看着丝茜娜，见她脸色慢慢苍白，便对丝茜娜说："请你再支持一下！"丝茜娜没点头，只是收紧眉头，渐渐地开始冒汗，看来她在强忍坚持保护整艘船。

这时候里，那黄铜管发出船长的声音说："各位请注意，请抓住任何支撑物，我们现在要潜水！"这一刻，船长在控制室喊道："下潜百英尺！右转十五度！"等待的其他船员在下潜之前，喊了两声："甲板清理，甲板清理！"然后，他又喊道："下潜，下潜！"他的声音听起来很响亮但匆忙。

傅凡吟、莉雅、莱桑德拉、郭自豪和丝茜娜听到里维斯喊："抓稳了。"

傅凡吟抱着女孩，双手交叉抓着前面栏杆，心想："船比平常要重，使它快速下潜，还好丝茜娜的『圣光道墙』围绕着顶层甲板作为一个保护盾，防止了水进入船里。"

傅凡吟等人便对丝茜娜说："丝茜娜，加油！"丝茜娜听了，心里很开心，尽管没有说出话来，但她一直集中精神，以防止魔法盾减弱，否则就会进水。

'白桦尺燕'号继续下潜，激起一声巨响，水花四溅。紧接着，他们缓缓潜入水底，深度达到八十英尺，然后慢慢浮升，回到海平面上。同时，『圣光道墙』也消失了。'白桦尺燕'号的人望了望外面，看到远处一片大海，阳光照射下，视线范围内一片明亮。还看到海面上漂浮着无数的溺毙虫子，大家感到宽慰，纷纷鼓掌欢呼。这时，丝茜娜突然摔了一跤，晃动了一下，她的身体落下，幸好有傅凡吟和莉雅扶着，她慢慢地站了起来。莉雅充满敬意地说："辛苦了！"

丝茜娜渐渐回过神来，呼吸时快时慢，此时船下的人突然爆发出一阵掌声，她起身坐下。丝茜娜说她想回房休息，于是莱桑德拉、莉雅扶着她回房，傅凡吟也跟着，同时男孩去拿天蓝圣水给丝茜娜喝。之后，莱桑德拉向众人解释丝茜娜过度使用魔法的事情。原来这几天，丝茜娜一直召唤圣术来保护每个人，又少休息，天气转变，水土不服，她已经疲惫不堪。众人得知后都明白了情况，纷纷劝她好好休息。'白桦尺燕'号继续朝以往的目的地航行，一路直行在海上。如此行进已有两日，白天太阳，夜晚月亮，总是出现在左舷，显然船只正朝南行驶。

说回到丝茜娜的情况，她的体力已经恢复，正在自己的房间刺绣，而傅凡吟则在底舱帮助船员整理货箱。他站在窗户旁向外望去，发现已是初冬时节，北风呼啸，船帆鼓风行驶甚快。船长正察看着船只的状态。在这片辽阔的海域上，傅凡吟也无法确定方向，北极星闪烁在飞船的尾部，而'白桦尺燕'号则不断地前进，他意识到与目的地的距离日益缩短。尽管近两天航行速度有所减缓，但船只仍然相当安全。

此刻，天色已黑。傅凡吟静静地坐在船舱的一个角落，有人为他们送来茶水。突然，他和房间里的人听到一个迷人的歌声。这歌声柔美而转动，宛如夜晚的私语，和风拂过柳树。大家静下心，任凭歌声穿越大脑，渗透心灵，仿佛融入跃动的音符之中。众人的心随着音乐游走，忘却了自我身份，只剩下此刻，有一种想要飞翔的感觉，和音乐的节奏相融合。

歌声越来越清晰，仿佛几人在空中合唱。这歌声如魔法般呼唤着众人一同前往。丝茜娜在房间里也听到了这歌声，眉头紧皱，说："海妖塞壬的歌声！"她立即对莉雅等人大喊："快！堵住你们的耳朵。"然而，莉雅和莱桑德拉只是微笑着，站在那里，呆呆地仰望着天花板。他们跟随音乐的节奏，眉头时而紧皱，时而舒展，时而飞扬，时而默然，抬起眼角，指尖灵活地舞动着。丝茜娜拍了拍莉雅和莱桑德拉的肩膀，一直呼唤她们，但她们毫不理睬。丝茜娜心知不妙，抓过两条床单，将其绞成绳，迅速地将莉雅和莱桑德拉绑在床头。然后，她将她们拉回床边，接着走出了房间。她走出门外，走廊空无一人，只有歌声在回荡。丝茜娜立刻朝傅凡吟的船舱走去。不到一分钟，她来到了船舱，却没有发现半个人影，只见蓝色的水晶放在床上，她的心沉了下去。就在这时，她听到窗外传来连续掉入水中的声音。随后，传来一些人说话的声音，其中有人评价着"太美妙了！"然而，这些声音不只是一个人，而是七嘴八舌地说个不停。接着又传来两三声"啪啪"的声响，仿佛有东西掉入水中。

丝茜娜听后感到很奇怪，走到窗边一看。但她眼前的景象让她几乎不敢相信自己的眼睛，六七个人正在水中发呆地凝视着海面，时而发出愉悦的笑声。丝茜娜的视线随之向远处的海洋游移，海面一片模糊，被雾气笼罩。然而，她朝甲板方向看去，看到许多人也在发呆地凝望着海面，似乎有些不受控制地想要跳入海中。丝茜娜环视了甲板，发现卢卡斯手中拿着一个垂直的琴杆，三角形的琴箱，原来这是小竖琴。丝茜娜立刻伸手取小竖琴过来，便拿起小竖琴，开始弹奏一首曲子，乐声响彻琴弦。在琴声的陪衬下，曲调仿佛勾勒出了沉睡的蛙儿在春天醒来时翻滚的声音，又如雨滴在水面上泛起涟漪的声响，人们仿佛能感受到渔网上水珠滴落的旋律。

丝茜娜的指尖轻轻跃动小竖琴，也开始唱起歌来。她的歌声仿佛树上长满了花叶。琴弦迸发出凄美，就如同在梦中回报着澎湃的音乐。她弹奏唱歌创造出的曲调比塞壬的咒音更为优美，将塞壬的诱惑声音完全淹没。在众人聆听丝茜娜美妙歌声的同时，每个人都逐渐恢复了清醒。醒来的卢卡斯和丝茜娜纷纷合力将落水者救了起来。那些被救起的人全身发抖，其中一个体格健壮的人，正是卡比尔，惊奇地说："我浑身湿透了，头发、衣服都湿漉漉的，这是怎么回事？"

丝茜娜轻声解释道："你中了邪，跳进水里了。"她建议所有人用蜂蜡堵住耳朵。人们议论纷纷，工作人员赶紧拿来毛巾，为他们分发，同时还提供热水。男子们的情绪逐渐平复，开始向工作人员描述刚刚的经过。接着，丝茜娜回房解开了莉雅和莱桑德拉的绳子。

这时候丝茜娜眼睛一亮，便跑出房间，四处张望，寻找傅凡吟的身影，几乎查看了甲板上的每个人，却始终找不到。丝茜娜心中充满焦虑，便向众人询问："有人看到傅凡吟吗？"

卢卡斯也在甲板上听到有人失踪，他迅速组织大家排成一行，开始点名确认人数。郭自豪等人和其他船员们集结在甲板上，甲板上还有船长与卢卡斯。两人开始点名，但点了三次后，仍然少了一个人，而这个人正是傅凡吟。船长大声喊道："放下小船！派两人下水搜索。"同时，郭自豪和其他五人站在甲板栏杆旁，向外俯身张望，然而他们只看到黑沉沉的海洋。丝茜娜转身离开，走到更远处的甲板，继续搜索，但依然没有找到傅凡吟的踪影。数小时后，搜救人员返回甲板，摇了摇头，船长咳嗽了一声，说："或许我们该放弃了。"

但丝茜娜和莉雅却说不愿意，坚决主张返回继续搜索，尽管他们知道找到的可能性微乎其微。船长下令调整航向，围绕着傅凡吟可能落水的区域展开搜索。经过两个小时，仍然没有任何结果。整艘船笼罩在一片沉闷的气氛中。船长最终下令停止搜索，继续按原航线前进。虽然众人都知道船长已经竭尽所能，但丝茜娜和莉雅依然不愿放弃。船长、郭自豪和莱桑德拉陪同她们来到船舱下层，尽力安慰她们。丝茜娜掉眼泪，说："我们不能就这样放弃，还有希望！"

郭自豪和莱昂纳多稳稳当当地对两个女孩说："傅凡吟很可能被附近的船只所救，或是拯救他的船是没有无线电的小船，你就不可能这么快得到他的消息。我相信傅凡吟一定没有事的。现在我们有任务在身，要大局为重。"两个听了点点头。

　　莉雅静静转头地哭泣，望着窗外发呆。当郭自豪离开之后，丝茜娜忍着哭，便对莱桑德拉和莉雅说："一天找不到傅凡吟的尸体，也就是他还没死。"

　　莉雅点点头，心里祈祷傅凡吟的安全。莱桑德拉对两人说："莉雅！丝茜娜！你们需要休息，好好睡一觉，我试试看用水晶球和魔法寻找南海，等我有好消息。"莱桑德拉专注地凝视着水晶球，她的意念穿越海洋，探寻着傅凡吟的踪迹。两人躺在床上，安静地注视着莱桑德拉，不愿打扰她的施法过程。丝茜娜和莉雅默默地守望着，感受到了莱桑德拉的专注和努力。

　　然而，随着时间的推移，莱桑德拉的眼睛逐渐显露出疲惫。她开始感受到法术施展的压力，左手轻轻按在额头上，试图缓解疲劳。丝茜娜敏锐地察觉到这一点，她立刻轻声提醒道："莱桑德拉，你也需要休息，不要太勉强自己。"

　　莱桑德拉稍作停顿，感受到了丝茜娜的关心，她知道自己不能过度消耗，否则可能会影响到魔法的准确性和效果。她点点头，放松了身体，躺下来休息。丝茜娜和莉雅看到莱桑德拉停止了施法，也意识到自己需要为傅凡吟祈祷，她们一起跪下，双手合十，闭上眼睛，静静地念词祈祷。她们的内心充满了对傅凡吟的牵挂和期盼，希望他能平安归来，与他们团聚。在这片宁静的氛围中，众人的心灵似乎连接在了一起，他们共同的祈祷化作了一股无形的力量，穿越时空，抵达了傅凡吟所在的地方。这份深情的祈祷，将伴随着他，给予他力量和庇护。

第十回 路程（下）

过了许久，丝茜娜和莉雅渐渐入睡了。丝茜娜一睡着，开始做了一个梦。她梦见傅凡吟、莉雅和她三人一同跑到海边。三人自由自在地奔跑、跳跃。莉雅拾起珊瑚、石头、贝壳和化石，傅凡吟说："我们游到更远的地方，可以找到更美的珊瑚。"两个女孩也点头同意，然后一起下水游泳。游了一段时间，莉雅用手向傅凡吟的脸上拍水，傅凡吟觉得莉雅这样玩海水非常有趣，于是他也向丝茜娜和莉雅拍水。三人不停地嬉戏在海水中，海水溅到傅凡吟的嘴里，味道又苦又咸。

接着，傅凡吟突然醒了，原来他也在做同样的梦。他环顾四周，发现自己漂到了沙滩上。他心里想："船不见了！"他猛地摇了摇头，确认这不是梦境。傅凡吟想："不知道发生了什么事，我只记得我刚刚洗完澡，正在换衣服的时候，突然听到美妙的歌声，然后就什么都不记得了。"他又想起："对了，我当时用了转移空间的宝物。"他探手摸了摸口袋，眼睛一亮，却发现口袋里什么都没有。他感叹道："糟了！我忘记把它放在床上了，当我去洗澡的时候。"

突然，傅凡吟感到有些害怕，他的心跳加快，但很快他努力镇定下来。他深吸一口气，回想起船员们的团结和勇气，坚信他们一定会察觉到他失踪了，会来找他的。阳光刺眼，他的胃开始咕咕叫，提醒他食物的重要性。他四处环顾，试图了解自己所处的环境，以及接下来应该怎么做。

傅凡吟决定深入孤岛的腹地，既是为了寻找食物，又想探索一下这个小岛的环境。他沿着一条小径前行，穿越茂密的植被。他注意到小岛上的植物种类丰富，但也有些奇异和陌生的物种。在行进中，他小心地避开一些不知名的植物，以防不测。

离傅凡吟不到一英里的地方，出现了一座小山，高高耸立在北面的山丘之上，宛如一个守护巨人。他觉得或许从山顶可以更好地了解周围的环境，于是决定朝着山顶前进。虽然前路充满了挑战，但他毅然踏上了攀登之旅。

攀登小山并不轻松，傅凡吟感到汗水湿透了衣衫，但他毫不气馁。经过一番努力，他终于登上了山顶。站在那里，他俯瞰着整个小岛，一片广袤的海洋环绕着他，远处的陆地模糊不清，只有几块孤立的礁石点缀在海平面上。此外，他还发现了两个比主岛小的岛屿，大约在十五海里之外。他深吸一口气，心中涌起一股壮志凌云的感觉。虽然这个海岛看起来荒凉无比，但傅凡吟心怀决心，他相信自己能够在这片陌生的土地上找到生存的方法。他知道，这是一个全新的起点，一个充满机遇和挑战的旅程。

就在他准备下山的时候，突然间，森林中传来一阵骚动，无数飞鸟惊飞而起，发出嘈杂的鸣叫声。傅凡吟警惕地环顾四周，突然，一阵拍打翅膀的声音引起了他的注意。他抬头望去，目光锁定在天空中一个惊人的景象上：一个女人的头和鸟的身体，优雅婀娜地飞翔着。

女妖的歌声甜美动人，迷人至极，傅凡吟不由自主地停下脚步，陶醉其中。然而，他很快察觉到不对劲，一股危险的气息逐渐弥漫开来。女妖突然加速飞向他，伸出双爪，企图抓住他。

傅凡吟本能地反应过来，他迅速施展出一道光芒耀眼的『圣光道墙』，将女妖强行推开。这个举动使得女妖不得不停下，略显惊愕地看着面前这个年轻人。

傅凡吟没有丝毫停留，他迅速站起，立即做出决定，他必须寻找安全的地方。他瞄了一眼后方，发现一片茂密的森林，便毫不犹豫地决定朝着森林深处逃去。他一边奔跑，一边开始念咒唱歌，施展出一些简单的防御法术，试图保护自己。

他的声音划破空气，回荡在森林中，与此同时，他注意到背后传来了奇怪的声响。三只妖女突然出现在空中，发出美妙的歌声，声音动人心魄，令人陶醉其中。傅凡吟感觉自己的心灵开始摇曳不定，意志逐渐被侵蚀，几乎迷失在歌声之中。『圣光道墙』的光芒逐渐黯淡，不再坚固。

妖女微笑着，正当她即将再次扑向傅凡吟时，突然，四周的树木晃动起来，大块石头突然从地面冒出。妖女们不得不停止歌声。

然而，接着更加奇特的事情发生了。从男孩前面，一个高大的身影逐渐显露出来，妖女看着那一个块状巨大的石人，宛如一座活生生的雕像。当石巨人站起身时，可见比傅凡吟高了半个人，体态壮硕无比，身形宛如肥胖的人。那个中了邪的男孩还在迷迷糊糊一个人站在原地不动，人还没缓过神。石巨人的目光冷漠，它们的存在让周围的空气凝重而紧张。妖女们惊恐地飞向天空，远离了此地。

这时候，傅凡吟慢慢恢复意志，同时眨眼几下，接着往前一看，只见前方随后出现了十一个黑色的石巨人。男孩见到它们个子高大，感到惊讶又害怕，一时无法开口，心中想着："刚刚出现'勾魂使者'，现在又来十二个石巨人，而且它们看来如此威猛，似乎非常厉害。如果我不是它们的对手，那我不就太倒霉了。我该怎么办呢？"

其中一个石巨人瞪大眼睛看着他，大声说："是你刚刚唱圣歌吗？"

傅凡吟听它这么一问，感到一头雾水，一时答不出话来，石巨人又问："我在问你呀！"

傅凡吟吸了口气，鼓起勇气，上前几步，说道："勇士！请问你怎么知道我在唱圣歌？"

石巨人悠然地说："刚刚你唱了圣歌，唤醒了我们的沉睡。"

那年轻人一时不明，所以没回答。悠然的石巨人接着说："好久没听到圣歌了，我们以为天使回来和我们叙叙旧……"

突然另一个石巨人打断对方，大声粗糙地说："这个人的歌声唱得怎么烂，怎么是……"男孩听了，感到尴尬，原地呆呆地睁大眼睛，眼珠左右摇动。

悠然的石巨人打断对方说话："是不是。。。很好听？。。。但我认为唱歌的人。。。也许是'匿名'的同类。"其他十个石巨人纷纷点头，同时发出"嗯……啊……噢"的声音。傅凡吟看着石巨人们对话和回答，感到它们挺可爱的，却不知该如何回答。

大声粗糙的石巨人转过头看着男孩说："喂……你是不是……"

傅凡吟看着石巨人的表情有点不妙，脑筋急转，接着说："我是受'匿名'的吩咐，前来找你们的，歌曲是她教我的。如果你们不相信，我可以再唱一次给你们听。"各个石巨人纷纷摇头又抓头。

傅凡吟看着它们傻呼呼的样子，便开始唱起刚才那首歌，不断高呼"『啊呐呢奥马哈安古斯呐塔伦叻哈格海德汉莫优赛道』"，咒语回响不已，同时出现光亮的『圣光道墙』。大声粗糙的石巨人一惊，说："唔……同一类的朋友……够了……够了！不必再唱了，太难听了……"说完，傅凡吟停止了歌唱，微笑着，同时『圣光道墙』也消失了。其他十个石巨人也纷纷点头，发出"嗯……啊……噢"的声音。傅凡吟感到无语，不敢多言。

傅凡吟心中一喜，想："这些石巨人看来很强大，如果能够与之友好相处，或许可以借助他们的力量。我看还是先与他们建立良好关系，看看下一步该如何行动。"

傅凡吟向他们躬身行礼，说道："不知道你们过得怎样？"

悠然的石巨人听到他的礼貌语言，略去了怯意，回答道："我们一直在这个岛上冬眠，过得很平静。"

悠然的石巨人继续说道："你为何而来？"

他低头沉思了一会，不禁涌上泪水，放声大哭起来。石巨人们都吃惊地愣住了。他假装哭了一阵，然后用手假装擦了擦眼泪，接着说："现在我们的家园也受到了威胁。是上天的安排让我偶然遇到了恩公和你们。""我们一直在努力抵抗，保护这片土地，不想看到花草树木和我心爱的石头被摧毁。"说完后，男孩又低下头，用手假装再次擦眼泪。

石巨人们说："心爱的石头……"他们内心被男孩的话触动。十二个石巨人纷纷点头，发出"嗯……啊……噢"的声音。

傅凡吟轻声说道："其实我是遇到海难了，幸好能够找到这里！现在我饿了又渴，只是想借宿一宿，其他的事情可以等明天再聊。"

那黑石块的石巨人微笑着，露出一口牙齿，说："恩公，在那边有个山洞，他以前也曾住过一段时间，现在你可以在那里休息。"

傅凡吟低声表示感谢："太感谢你们了！你们可以叫我'傅凡吟'就好。"石巨人们都点点头。

傅凡吟继续问那十二个石巨人："你们叫什么名字？"

黑石块的石巨人回答："我叫阿一，他是阿二，后面的那位是阿三……"

傅凡吟左瞧右看着这十二个石巨人，心里想："它们的岩石外表，大多都成块状或椭圆形，外观粗糙，质地坚硬脆弱，看上去差不多，难以区分谁是谁，只能通过声音来分辨。"

傅凡吟微笑着点点头，心想："这些石巨人似乎虽然外表相似，但每个都有自己的名字，也有着独特的个性。"他再次向石巨人们鞠躬致意，表示感谢，并继续询问："阿四、阿五……以此类推，你们的名字都是什么呢？"

石巨人们依次介绍了自己的名字，傅凡吟虽然记住每个名字，但难以辩论十二个石巨人，因为它们长得都是一模一样。同时男孩心中充满了对这些石巨人的好感和尊敬，他知道，要在这个陌生的环境中生存，与这些石巨人建立友好关系至关重要。

悠然的石巨人继续与傅凡吟交谈，说："恩公，你是否需要食物和水源？"

傅凡吟感激地点头道："是的，我现在非常需要食物和水。"

悠然的石巨人指了指远处，说："在那边有一片果园和清泉，恩公可以去采摘些水果，喝点清泉，解渴又填饱肚子。"

傅凡吟表示感谢，便朝着指引的方向走去，心中充满了期待。他来到果园，看到各种各样的水果挂满了树枝，欣喜之情溢于言表。他开始采摘水果，享受着食物带来的满足感。

不久后，傅凡吟回到了石巨人们的聚集地，手里提着水果，脸上洋溢着笑容。悠然的石巨人笑眯眯地说："恩公，看来你的胃口不小啊！"其他石巨人也跟着笑了起来。

傅凡吟也笑了起来，与石巨人们交流着，了解了更多关于这片土地和它们的故事。他们聊了许多，谈笑风生，彼此之间逐渐建立了深厚的友谊和信任。

石巨人说道："我们一直在这岛儿长眠过冬，一直很平静，直到昨天很多人来到后山。"

傅凡吟额头一缩，表情一脸惊讶，说道："会有什么人来？"

傅凡吟心里想："这件事很奇特，后山来了很多人，可能是妖魔鬼怪，我应该去看看个究竟。"他就问石巨人那些人的长相。

阿一便说："他们各个长得比我更古怪，各个都矮小，通通是青青绿绿的。"

听阿一那么说，傅凡吟便知道对方已不是人，就向他们提出一个清查的建议，各个接受他的提议。傅凡吟和阿一与其他两个石巨人爬上山顶。

　　一上小山，离他所在处大约有七八里，就看见一条大船和两艘小飞船在东南偏南，半身进在海里。那男孩一看就知道，那是一艘妖魔的飞船，各个圆周为左右一百英尺的红色的模拟气球在地面，这个气球用糊纸的布制成，布的接缝用扣子扣住。船体独木刳凿而成，船头宽阔，船尾窄小微翘。傅凡吟看右面两艘小飞船和'白桦尺燕'号一样的设计，只是一艘小飞船上的舷窗破碎，残片散落一地，彰显着曾经的激烈厮杀。甲板上的设备和武器有的损毁不堪，有的被火焰吞噬，烧焦的痕迹仍然清晰可见，而第两艘小飞船的舱门扭曲变形。

　　傅凡吟对三位石巨人说："他们昨天都到这岛上，现在没给你们麻烦，我很坦率地告诉你们，我最怕的是，一旦他们在这里长住的话，他们说不定会不怀好意。"石巨人们听了，脸上露出了愤怒的表情。傅凡吟继续说："我有办法赶走他们！"他招手示意石巨人们靠近，开始向他们阐述他的计划。十二个巨人依照他的指令，围绕着他静听。

　　就在这时，男孩走向前方一点，展望之际，他看见六个人被绑在一棵巨大的树上，更令他惊讶的是，其中之一正是西摩，而另外五个则是精灵。而在西摩的前面，还有二十多位身着精灵服饰的人，他们也被绳索束缚着，看上去应该是同村的精灵。一旁，十多个兽人和暗精灵正在烧着一锅蓝色的水，其中一个身穿黑色斗篷，头戴奇特颜色的帽子，手持一根特殊的棍子，不停地发出嘲笑声。傅凡吟再次招手，召唤石巨人们靠近，继续传达他的计划。

　　与此同时，小妖精首领得意地说："看看你们这群可怜的俘虏，现在可别再嚣张了吧！我们可是精心策划，专门为了抓住你们而来的。"

　　西摩冷笑地说："你们这些小妖精，就这点本事吗？

　　小妖精首领笑着地说："哈哈，别嘲笑我们了，现在可是你们束手就擒，任我们处置！"

一位精灵俘虏冷漠地说："你们真以为这样就能打败我们吗？"

小妖精首领说："自然是没问题的，我们可是想尽了办法，连'海妖塞壬的歌声'都用上了，看你们还能支持多久。"

西摩眉头微皱地说："'海妖塞壬的歌声'吗？你们这是拿自己的生命开玩笑。"

另一位精灵俘虏感到疑惑地说："'海妖塞壬的歌声'？你们真的敢用吗？"

小妖精首领得意地笑着说："不错，我们为了捉你们，果然下了不少血本。你们要感谢我们，至少能听到如此美妙的旋律。"

西摩严肃地说："你们可知道，用'海妖塞壬的歌声'是要付出代价的，你们小心自己的命运。"

一位精灵俘虏说："这个岛上真的有远古的妖怪吗？"

小妖精首领说："当然有，你们这些被捉的家伙，就是曾经被那些妖怪的歌声迷了神魂颠倒，都成了她们的猎物。"

西摩严肃地说："你们玩火，迟早会烧到自己。"

小妖精首领笑笑地说："哈哈，我们身上有耳塞，有什么好怕的！""而你们就。。。，等着见证吧。"俘虏精灵们面面相觑，心知小妖精们的傲慢和愚蠢。虽然被困在这里，但他们的信念依然坚定，他们决心不会被小妖精们打败。

其中一个兽人一旁再笑，便走去西摩正面，道："你这个的西摩，我要把你烧成浓汤，作为我们的用餐。哈哈哈哈哈哈！"

就在兽人和暗精灵的嘲笑声中，突然一阵巨大的轰鸣声响起，仿佛大地在颤抖。所有人都不禁停下了动作，纷纷望向声音传来的方向。不远处，巨大的石巨人们正凭空出现，一个接一个地显现在众人面前，威武的身躯和沉稳的气息让现场一片静默。

傅凡吟站在石巨人的肩膀上，高声宣布："你们这群妖精，竟然敢来我石巨人部落捣乱，今日我傅凡吟带领众兄弟前来，誓要让你们付出代价！"

甫斯和兽人们顿时愣住，眼前的景象让他们感到无比震惊和恐惧。石巨人部落，这座他们一直忽视的存在，竟然蕴藏着如此强大的力量。西摩抬起头，看着傅凡吟和众石巨人，心中涌起一股热血。他明白，即使陷入困境，只要大家齐心协力，仍然有希望逆转局势。

于是，西摩振作精神，高声回应："傅凡吟！"

傅凡吟点了点头，然后转向石巨人们，发出一声嘶吼，石巨人们纷纷从地上举起巨大的石头与树木，迈步向前，气势汹汹地朝着兽人和暗精灵们冲过去。兽人们和暗精灵终于感受到了死亡的阴影，他们开始惊慌失措地后退，但已经晚了。石巨人们的步伐如山峦般压迫，他们的力量无法抗衡。

随即，一个浑身带血的人突然出现在白髪黑肤色的精灵面前，原来是甫斯，他们正在船舱里。一个浑身带血的人正是门前的守卫首领，双刀守卫首领。他双手按住胸口，咳嗽了两声，口中喷出鲜血，艰难地喊道："有人袭击了！"说完这句话，他倒在地上，生命气息消失。

其中一个兽人走出一步，说道："甫斯大人，我去看看！"

甫斯随即附和："法夫纳，我和你随着跟去！"他又叮嘱其他的人好好看守着飞船。他们都知道刚刚死去的守卫实力很强，但转眼间就被人重伤，说明对手非同小可。

其他的兽人纷纷点头表示同意："好的！"

突然，一声怒吼响彻而起："看招！"

甫斯等人从船舱门口，走出来一看，大吃一惊，看见有一个男孩坐在一个石巨人的肩膀上，一直呼喊。随即，一块巨石不知从哪里飞过来，一名兽人因为没有留意被巨石砸中，鲜血四溅，伤口肉深骨髓。巨石落地后，竟然变形成一个人的形状，原来那是石巨人。

随后，甫斯挥十多数的兽人去阻止那男孩。傅凡吟见到十多数的兽人向他这个方向涌来，心中警觉，连忙施展出『圣光道墙』来保护身边的人。但前面的敌人都受到惊吓，连忙后退，纷纷惊叫："这里的人居然会施展圣术！"其中一名兽人更是惊叹不已，转头对甫斯，说："甫斯，你看这年轻少年怎么会有如此法力，难道他是我们世界来的？"甫斯一声没说话。

前面一个小精灵气喘吁吁地问傅凡吟："你是圣骑士吗？"

傅凡吟回应，微笑道："没错，我是圣'骑'士！"然后他补充说："准备迎接我的下一招吧！"阿一踏过小精灵，傅凡吟再次施展『圣光道墙』以保护他们。

甫斯的脸上露出严肃之色，他见到更多的石巨人涌来，心情变得更加紧张。这些巨人正在投掷大石和树干，从四面八方不断扔来，两艘小飞船已经被破坏。甫斯皱起眉头，焦虑地建议："我们最好撤退！他们趁我们不备，前来袭击。我们必须离开这里！"甫斯命令迅速离开岛。

这时候，又有两个石巨人跳上了船，甫斯等人看了立刻跳下船。更多小精灵与同党，不是被扔去树林，不然就是扔在一群敌人面上，逼着它们脱离飞船。

傅凡吟没有追赶甫斯与同党，他的注意力集中在救人而已。西摩和其他五位精灵满头大汗，惊慌失措。傅凡吟迅速地帮助他们解开绳索。解开后，西摩和其他精灵们都感到轻松了许多，他们连连道谢。傅凡吟急切地询问："你们都还好吧？"

西摩叹了口气，点了点头说："我们没事。"他挥了挥手，示意自己没问题。

在傅凡吟和石巨人们的带领下，西摩和其他精灵俘虏得到了解救，战斗很快就结束了。兽人们和暗精灵们被彻底击退，惨叫声和求饶声此起彼伏。

西摩则感激地望着傅凡吟和石巨人们，心中对石巨人们感到惊讶。石巨人们庄严威武，气场非凡，似乎化身为巍峨的守护者，众人看到这一幕都感到无比敬畏。

接着，傅凡吟从石巨人的肩膀上跳下来。西摩向男孩描述了发生的事情，说："我们原本打算在'白桦尺燕'号离开后，自己找新的家园定居，可以和大家接应。但两天前，我们遭到怪事，只听到有人唱歌，接着我们三十五名精灵都着迷歌声。两艘船开始撞击在这个荒岛的沙滩上，幸好我不习惯气压，所以我一直带耳塞，赶紧跑去驾驶盘，操作飞船降落，而另外一艘飞船的舵手也是平时喜欢带耳塞，也差一点遭殃。在撞击中，两艘船受损，五名船员丧生，余下的人下了船，就开始维修想两艘船和四处环顾周围。过后，兽人和暗精灵飞船出现，接着把我们俘虏了。"傅凡吟听了点点头。

傅凡吟感低头寻思，接着左右看前方，受到这个地方的宁静与安全，突然间眼睛一亮，他的直觉告诉他，这里将成为一个理想的栖息之地，男孩便转头对西摩给一个建议。西摩认真地倾听了傅凡吟的建议，他深刻地认定这个建议可以采取。于是，傅凡吟和西摩转身面向石巨人们，傅凡吟以坚定而又温和的口吻说道："为了你们的安全，如果你们愿意，我们可以成为邻居，彼此照应。我们都热爱这片森林，都渴望和平，我相信我们可以和谐相处，一同守护这片美丽的土地。"同时，西摩也和石巨人解释一翻。

阿一和其他人迅速商议了一下，随后表示同意。这个决定得到了众人的一致赞同。精灵们的眼中洋溢着感激之情，他们深情地看着傅凡吟和石巨人，用诚挚的语言表达了他们内心的感受，说："无论发生什么，我们都不会忘记你们的帮助。你们的善良和勇气，让我们脱离了危险，我们会永远铭记在心。"

于是，西摩分配精灵们一同努力寻找可以建立一个和谐的居住环境。突然之间，傅凡吟的眉头微微皱起，他静静地思索了片刻，然后开始解释一个古老神话故事，说："在故事中讲述一个人曾在海边听到塞壬的美妙歌声，被其诱惑而迷失方向，这个人最终被绑在一座坚固的结构支柱上，以阻止自己受到塞壬歌声的引诱。他强调，塞壬的诱惑的本质是要将我们引离原本的目标，让我们陷入迷途，而不是与其进行直接的抗衡为第一建议。第二个建议是通过将蜂蜡塞入耳朵，阻挡诱人的歌声进入耳中。诱惑常常从我们的感官入手，而我们可以通过封闭感官来避免受到诱惑的影响。他鼓励大家不要与诱惑直接对抗，而是要寻找一种有效的方法来隔绝它，以保持内心的坚定和决心。"

　　精灵们聆听着傅凡吟的建议，思考着如何应对海妖塞壬和它们的歌声。终于，一位女精灵，穿着用皮革缝制的长袍，提出了一个新的想法说："我们可以试试看用音乐来对抗音乐。他们决定尝试用美妙的音乐来驯服海妖塞壬，以和谐的旋律来对抗引诱人心的声音。"男孩点点头。

　　这时候，西摩高兴地说："老婆这是一个好建议，介绍一下我老婆。艾琳·帕那刻亚。"经过一番介绍，原来这个智者精灵是西摩的妻子，也是莉雅的母亲和莱桑德拉的老师。

　　精灵们便开始搜集剩余的货物和敌人留下了的装备，食物和箱子，决定把搜集回来的东西来建立自己的家园。这个时候，因为精灵来到说看到前面有一艘船，好像和'白桦尺燕'号的系统一样能飞起来。那个精灵指向反方向的废弃的船。

　　艾琳看到了兴奋地说："走吧！"

　　傅凡吟好奇地问："我们要去哪里？

　　艾琳回答："那里有一艘船！"他们都将目光投向废弃的船，只见那里停着一艘黑色的飞船，长宽约一百米，体积相当于三艘'白桦尺燕'号。

　　西摩兴奋地说："那是一艘装甲运兵飞船。"于是，西摩带着两个精灵，傅凡吟和十二名石巨人前往那废弃船的方向。

　　过了一阵子，西摩等人抵达了那艘飞船。前面还有四个精灵，其中一名精灵站在船边，邀请众人上船，礼貌地说："各位，请上船。"

　　傅凡吟微笑着鞠躬说："我感到非常荣幸。"

西摩等人齐齐登上了甲板，开始了新的旅程。傅凡吟提议："我们去找个舒适的对方休息吧！"他迈出几步，引领众人十二名石巨人了船舱的大门。

十二名石巨人紧随其后，跟在傅凡吟的身后。傅凡吟指引他们前往底层，转向十二名石巨人，说："你们是我们的贵宾，只要有什么需求，我都会尽力满足。"

阿一提出："我们只需要水和月光作为食物，就足够了。"

傅凡吟笑着说："好！等一下我会陪你们出来赏月亮！"然后他们在船外，草地休息。傅凡吟便回去那艘飞船，

傅凡吟进船舱，变得惊讶地看着那周围，便喊着西摩说："村长西摩！这里可以容纳我和这十二位石巨人。"

傅凡吟跑过去西摩身边与其他精灵走梯子，往上层寻索。到了上层空间，他们抬头望去，立刻被眼前的景象所吸引。主甲板空间宽敞明亮，导航仪和舵柄控制室位于中央，为整个飞船的操控提供核心支持。而宽敞的就餐区则能够同时容纳十位客人用餐，让人感受到一种舒适和豪华。在主甲板前方，是装甲运兵飞船的武器舱，内部摆放着一些特制的武器，其中一架齿轮式弓引起了西摩的注意。他知道这些武器在即将到来的旅程中可能会派上用场。随着众人的进入，西摩开始熟悉起这艘敌人装甲运兵飞船的各种控制装置。他的眼神变得坚定，似乎已经找到了控制装置了。西摩就随手一按控制装置上按钮。不久后，飞船启动，开始慢慢升空飞行。众人在船内站定，准备展开试驾。西摩双手握住驾驶盘，接着驾驶盘向前一推，飞船变慢慢的向前飞行。

然而，就在飞行的过程中，突然一艘飞船出现在他们的视野中。西摩皱起了眉头，他能够感受到那艘飞船上的敌意。随

着飞船逐渐靠近，西摩的疑虑变成了现实。原来，那艘飞船正是他们曾经的伙伴，'白桦尺燕'号。

"这是什么情况？"萨米尔的声音在通讯器中响起，他显然对眼前的情景感到困惑。

"是我们的伙伴，但他们好像误会了我们。"西摩焦急地解释道。

一个精灵走上前，对着通讯器说道："萨米尔，我可以证明我们是自己人，因为我知道一些只有我们才会知道的秘密。"

通讯器中传来萨米尔的声音："好，那就来说一个只有我们知道的秘密吧。"

那个精灵微笑着，开始讲述起一个只有他们团队才曾经经历过的故事，每一个细节都如数家珍。精灵微笑地说："你知道吗，我们有一个只有我们团队知道的秘密！"

船长萨米尔："哦？什么秘密？"

精灵代表说："事实上，您的好友萨米尔船长，有一次竟然欠了一大笔钱！"

萨米尔一脸错愕，说："什么？这可不可能！我可是船长，怎么可能欠钱？"

精灵笑眯眯，说："哎呀，船长，听说是您在去赌场玩了个大的，结果输得心甘情愿，现在还在一位赌徒那欠下了好几艘船的价钱呢！要不是我带你逃跑。。。"

萨米尔尴尬地咳嗽，说："这，这纯属误会，我只是不小心走了点霉运⋯⋯"

精灵说："哈哈，没关系，船长，我们都是好朋友，欠点钱又有什么大不了的！就当是在借点您的风光戏弄那些人类，呵呵！"

萨米尔笑笑说："好吧，我承认，但你们一定不能告诉我的船员们，否则我在船上就没面子啦！"

精灵说："放心，我们的嘴巴可是紧紧闭着的！不过，如果以后有什么赌场的活动，千万别再拉上我们这帮精灵，我们可不想被您的霉运带着玩！"

萨米尔说："哈哈，好的好的，我发誓不会再去赌场了！"

精灵代表："那就太好了，船长！我们的秘密可是安全的！"这场轻松幽默的对话让大家都笑了起来，船上的气氛变得更加融洽愉快。

萨米尔的声音中逐渐带上了认可的意味："没错，这只能是我们自己人了。抱歉刚刚的误会，欢迎回来！"

西摩松了口气，他知道这个误会解开之后，他们才能继续与'白桦尺燕'号一同前行。整个飞船内弥漫着轻松的氛围，大家都在为这次重逢而感到高兴。

"哈哈，这可是我们独有的笑料！"萨米尔的声音中充满了喜悦和认同。"看来你们确实是我们的伙伴，欢迎回到'白桦尺燕'号。"

"萨米尔船长，我们现在找到新的地方居住了，跟着我走吧。"西摩向通讯器解释道。

萨米尔的声音中透出关切："收到。"于是，西摩开始向船长萨米尔说明他们目前所面临的问题，以及傅凡吟和精灵们提出的建议已经解决问题了。

当萨米尔的"白桦尺燕"号和西摩驾驶的敌人装甲运兵飞船一起降落在新的居住地时，整个场景变得热闹非凡。两艘船的引擎声渐渐停息，船员们陆续走出船舱，石巨人们也缓缓走近，他们的庞大身影在阳光下显得格外威严。萨米尔和西摩站在船头，微笑着迎接彼此的船员和同伴。众人兴奋地交流着，展现出一片欢声笑语的氛围。精灵们与石巨人们握手、拥抱，彼此交流着友好的问候。阿一和其他精灵代表走上前，与石巨人们进行深入的沟通。

阿一笑着说道："我们非常高兴能够成为邻居，共同居住在这片美丽的土地上。希望我们可以和平相处，互相帮助。"

石巨人代表点头表示同意，沉稳地回应道："我们也希望能够和你们和睦相处，保护这片森林和平静。你们的到来，将使这里变得更加繁荣美丽。"

在那一刻，傅凡吟站在船的一边，望向远方，心中充满了喜悦和满足。他情不自禁地大声喊道："丝茜娜！莉雅！"他急忙跑出甲板，迎向等待的两位女人。

莉雅看到傅凡吟突然出现，欣喜若狂，情不自禁地大声叫喊："太好了，你回来了！" 她眼中闪烁着泪光，她迫不及待地冲上前，直接抱住傅凡吟，毫不保留地亲了他一口。

傅凡吟被这突如其来的热情亲吻弄得有些措手不及，他试图推开莉雅，但她的双手牢牢抓住他，紧紧地拥抱着。丝茜娜站在两人前面，冷冷地哼了一声。莉雅听到声音，赶紧松开了傅凡吟，但他的脸上却挂着兴奋的笑容，径直冲到丝茜娜面前，想一把搂住丝茜娜。

"哼，你们两个。"丝茜娜看着这一幕，不禁苦笑，她心知肚明这是两人多日未见，感情紧张的表现。她叹了口气，说："傅凡吟！""你没事就好了。"说完之后女孩便转身总去莱桑德拉的方向。

傅凡吟注意到丝茜娜的表情，感觉她似乎又在生他的气。他心知这次回来不容易，自然也想见到丝茜娜，但现在看起来，情况似乎有些复杂。他赶紧追上丝茜娜，想要解释些什么。与此同时，莉雅则看着他俩的背影，皱着眉头思考着什么。她突然被身后的声音吸引住了。

"莉雅。"艾琳的声音传来，打断了她的思绪。莉雅转过头，惊讶地看着艾琳，随即露出了欣喜的笑容，叫道："母亲！"

就在莉雅与艾琳相拥之际，突然，在艾琳的身后出现了两位年轻男子，一个是里维斯，一个是卢卡斯。他们的容貌和特点都与莉雅相似，明显是她的儿子们。艾琳愣在了原地，眼睛瞪得大大的，难以置信地望着自己的两个儿子。她犹豫了一下，随即迈开步子，走向里维斯和卢卡斯。两个儿子也向她走去，一家人在这个特殊的时刻终于再次团聚。莉雅看着这一幕，微笑着感受到了家人的温暖。与此同时，一个熟悉的声音响起，从通讯器中传来。那是莱桑德拉的声音，她每天都与艾琳保持着通话，分享彼此的经历和心情。然而，今天的通话显然有些不同寻常。"艾琳，我有个惊喜要告诉你。"莱桑德拉的声音充满了兴奋和神秘感。

艾琳回应道："什么惊喜？"

接着，艾琳在通讯器的屏幕上看到了一个熟悉的身影，一个她已经有一百多年没有见过的人——莱昂纳多。艾琳愕然地盯着屏幕，她的心情难以言喻，叫了一声"表弟"，莱昂纳多居然出现在她的面前，这让她感到既震惊又欣喜。

"莱昂纳多？"艾琳几乎是咀嚼着这个名字，随即激动地说道："真的是你吗？这么多年不见，你变化真大啊！"

莱昂纳多微笑着点点头，说："是的，艾琳，这确实是我。我也没想到我们能在这个时候再次相见。"

艾琳的心情愈发激动，她意识到这一刻的重要性。她在通讯器中看到了徒弟的面孔，而与此同时，她的儿子们也在她身边。这是一个意义非凡的时刻，一个让她感到幸福和满足的时刻。众人相聚之后，氛围充满了喜悦和期待。莱昂纳多的出现让大家倍感温馨，尤其是艾琳，她和莱昂纳多一直是亲近的同伴和师徒，百年不见，重逢之际无疑是一种奇妙的缘分。

这时候，艾琳提出了用音乐来驯服那些海妖塞壬的诱惑。在场的丝茜娜闻言，马上提出了一个新的方法，建议尝试用竖琴音声来驯服这些海妖塞壬。众人一致认为这是一个有趣而值得尝试的主意，充满了期待。于是，精灵们开始集结，演奏出一曲优美的旋律。卢卡斯将竖琴交给了他母亲艾琳，她坐在石头前，手轻轻拨动琴弦，奏响了悠扬的音乐。音乐在空气中荡漾，悠扬的音符传遍整个场地。大家静静地聆听，感受着音乐的力量。莱昂纳多微闭双眼，陷入了深深的回忆之中，而丝茜娜则默默地祈祷，希望音乐能够穿透那些诱惑，让海妖塞壬感受到和平与善意。随着音乐的流淌，海水波澜不惊，仿佛也在倾听着这美妙的旋律。艾琳的音乐越来越激昂，充满了情感和力量。卢卡斯看着母亲，眼中充满了自豪和钦佩。

就在这时，海面上开始出现了变化。原本平静的海水泛起微小的涟漪，仿佛是对音乐的回应。涟漪越来越多，似乎有一种神秘的力量在回应着音乐的呼唤。众人的目光都聚焦在海面上，他们能感受到那些海妖塞壬的存在，它们被音乐吸引，逐渐靠近。众人用音乐与海妖塞壬进行交流，传达着友好与和平的愿望。艾琳和卢卡斯的音乐继续奏响，充满了希望和勇气。众人也加入进来，用手拍打着节奏，用歌声呼应着音乐。

　　就在这个时刻，一群海妖塞壬浮出海面，它们的面容充满了惊讶和好奇。它们被音乐吸引，被这美妙的旋律所打动。丝茜娜站在船头，目不转睛地注视着海妖塞壬，她的音乐成为了连接人类与海妖塞壬的桥梁。随着音乐的持续，海妖塞壬慢慢靠近船只，它们的诱惑之歌逐渐被艾琳和卢卡斯的音乐所替代。海妖塞壬的面容逐渐柔和，仿佛被音乐中蕴含的美好情感所感染。艾琳和卢卡斯的音乐越来越高亢，充满了力量和能量。海妖塞壬开始围绕着船只舞动，它们的身体随着音乐的节奏摆动，仿佛在与众人共舞。

　　这是一场跨越种族的音乐盛宴，一种以和平和善意为基调的交流方式。终于，在一曲高亢的合奏中，海妖塞壬的声音完全消失了。众人欢呼雀跃，他们成功地用音乐化解了海妖塞壬的威胁。众人的努力得到了回报，他们成功地用音乐将海妖塞壬的诱惑化解，将它们引导向了和平与合作的方向。在音乐的映衬下，海面上的景象美轮美奂，众人的心灵也得到了净化和升华。这是一次真正意义上的胜利，一次跨越界限的和谐交流，让所有人都感受到了生命的美好和奇迹的存在。这一幕充满奇迹与和谐，精灵们与石巨人们为智慧与团结感到自豪。共同居住，和平共处，互助合作，守护森林之宁静美丽，成为真正的邻居与朋友。经历告知众人，面对诱惑困境，不需正面对抗，以智慧创意解难题，和谐解决之道。

　　随时间推移，这里繁荣美丽，森林欢声笑语。石巨人与精灵相助，共守自然宝地，和平和谐永传承。人们仰望天空，感慨并感恩，追忆往昔冒险困境，种族跨越友情跃然心头。此经历启示众人，合作面对困难挑战，和平友谊在任何时空闪耀光芒，展开新的冒险探索。

第十一回 面对

解决了海妖塞壬的事情，萨米尔、中尉郭自豪、中士许曾华、中士烈运聪、下士张傲、下士卡比尔、小兵艾哈迈德、小兵陆成帆、莱桑德拉、里维斯、卢卡斯、舵手海安、船员海安、厨子海安、莉雅和丝茜娜目睹十二个石巨人走过来。他们的目光充满了惊讶和好奇。

船长萨米尔的目光充满感慨，他看着这些神秘的生物深深感到敬畏，仿佛见到了天兵神将。中尉郭自豪握紧武器，心中虽初时认为可能是妖怪，但经过西摩的解释，他心生感激。烈运聪、张傲和卡比尔握紧拳头，眼中闪烁着坚定的目光。许曾华、艾哈迈德和陆成帆互相交换了一眼，感受到石巨人们的善意和友情，倍感温暖。里维斯和法师莱桑德拉感受到石巨人们身上神秘魔法气息，她的眼中闪烁着钦佩之情。剑客卢卡斯握紧剑柄，看向石巨人们，心中涌上感慨。丝茜娜的眼眶泛起泪花，她感觉这些石巨人象征着友情。她的心中充满了感动和喜悦。傅凡吟忙着与众人解释："他们是我们的救命恩人，也是我们真诚的朋友。今后，他们愿意与大家共同守护这片土地，共享友谊和和平。"众人纷纷点头。

郭志豪看向敌人的红色战舰，心思沉重，他知道眼前的时刻至关重要。他转向众人，坚定地说道："伙伴们，我们现在拥有了这艘敌人的战舰，有机会利用它摧毁敌方基地，阻止他们的邪恶计划。"众人的目光集中在郭志豪身上，他们也注意到那敌人战舰。

听到郭志豪的话，众人纷纷点头表示同意。大家开始商讨如何最有效地利用这艘战舰，摧毁敌人基地。丝茜娜提出了一个关键的想法："如果我们能够同时摧毁这两个『穿送铁门』和『离子化干扰魔器』，就能恢复以前的情况，电力也将重新供应。" "我有一段金字想和大家说，就是『可以转移，可以了结；只恨运命屯邅，故此一得一失。"众人听了就皱起眉头，百思不解这一段金字。

丝茜娜连忙解释，说："这一段金字是一个看像盲人说。如果我没分析错，意思就是凡事不要急躁，自然有益无损，即使失去先机，也不可萌生退念，小心地进取，尚有可爲之事。因此纵有灾晦祸患，也可无碍，是先凶后吉的徵兆，由于命运之顺逆，而生出一得一失之势"众人听了，也对这解释有了个想法，便制定计划，决定分成两组行动。一组由莱昂纳多负责，领导摧毁妖魔的『穿送铁门』。另一组由郭志豪负责，领导摧毁『离子化干扰魔器』。郭志豪解释摧毁『离子化干扰魔器』将能呼叫军队支援。两组人都坐上西摩的飞船上，而长萨米尔的飞船可以隐形作为支援和救援。

西摩说："每组由精心挑选的成员组成，能够最大限度发挥各自技能和能力。"

在成员的选取过程中，郭志豪选择了中士烈运聪、下士张傲、下士卡比尔、小兵艾哈迈德、小兵陆成帆和中士许曾华携带着'巴雷特M82狙击步枪'一起。法师'莱桑德拉'和十个精灵也随行。'莱昂纳多'选择了里维斯、卢卡斯、莉雅、丝茜娜和傅凡吟。艾琳主动做沟通中心的负责人和保护家园，十二巨石人留在这个岛保护其他人。艾琳便施展『心灵沟通术』与法师'莱桑德拉'和'莱昂纳多'互相联络，然后法师'莱桑德拉'再使用『心灵沟通术』将郭志豪的组连接在一起。'

莱昂纳多’就施展自己的『心灵沟通术』和西摩的组与自己的队伍连接在一起。

在傅凡吟与丝茜娜的选择时，出现了一些纠纷。郭志豪认为其中一人需要掌握『圣光道墙』术，而丝茜娜则认为需要傅凡吟和剑客莉雅一起进行攻击阵法，『三势阵』。这场纠纷被法师‘莱桑德拉’协调解决，最终她答应与郭志豪的组同行。

经过详细的讨论和策划，莱桑德拉为每个人分发了一瓶透明的驱魔液和一瓶活力保，同时里维斯和两个精灵从敌人留下的箱子里找到了一箱箱的炮弹和子弹，将它们分给郭志豪的士兵。随后，两组人分别登上了由西摩驾驶的敌军战舰。西摩的团队迅速继续前往终点，北纬51°10′43.84″、西纬1°49′34.28″，也是『穿送铁门』与『离子化干扰魔器』所在的位置。萨米尔船长则率领着"白桦尺燕"号，带领懂维修的两名精灵，阿奇与阿吉，还有舵手海安、船员海安和厨子海安紧随其后。阿奇也是会法术，施展自己的『隐形术』，把"白桦尺燕"号隐秘。

在‘西摩’号飞船翱翔于蔚蓝的天空之际，莉雅偶然间走到甲板上，目睹了傅凡吟和丝茜娜正站在一旁亲密交谈。她停下脚步，心中涌起一股奇怪的情感。她注意到傅凡吟的表情显得有些急切，好像在急于解释什么。

莉雅轻轻咳嗽了一声，引起了傅凡吟和丝茜娜的注意。傅凡吟略微愣了一下，然后立刻朝莉雅走去，脸上带着一丝尴尬。丝茜娜也微笑着转过头，对莉雅点了点头。

莉雅微微一笑，感觉到傅凡吟的紧张。她看着傅凡吟，问道："怎么了，有什么事情吗？"

傅凡吟轻轻咳嗽了一声，他的脸上还残留着一丝尴尬，但他努力保持镇定地说道："啊，没什么大事，只是我和丝茜娜在讨论一些事情，关于我们的任务和计划。"

　　丝茜娜微笑着点头，补充道："是的，我们在讨论如何更好地配合，确保任务的顺利进行。"

　　莉雅轻轻点头，心中的奇怪情感渐渐平息。她笑了笑，说道："听起来很不错，我也希望任务能够成功。如果有需要的地方，随时告诉我。"

　　傅凡吟松了口气，他知道莉雅似乎并没有察觉出什么异常。他笑着对莉雅说："当然，谢谢你的支持。"

　　这时候，莱桑德拉为每个人分发了一瓶透明的驱魔液和一瓶活力保。同时，里维斯和两个精灵从敌人留下的箱子里找到了一箱一箱的炮弹和子弹，然后分发给郭志豪的士兵。随后，两组人分别登上了由西摩驾驶的敌军战舰。西摩的团队迅速前往『离子化干扰魔器』所在的位置，而萨米尔船长则率领着'白桦尺燕'号，带领着莱昂纳多一组人紧随其后。

　　经过话题的转移，三人开始讨论任务的细节，逐渐进入正轨。傅凡吟的紧张情绪逐渐消退，他和丝茜娜再次投入到对话中，一切仿佛恢复了正常。莉雅注视着两人，之后她问道："我们三人好久没有一起练『三势阵』了，最近我也感觉这把剑变得越来越沉，不知道为什么？可能是因为最近练剑的时间较少。"傅凡吟点点头，表示理解。

　　然后，一道耀眼的闪光划过，吸引了丝茜娜的注意。她看到两个神秘的人物突然出现在飞船的甲板上。其中一个身穿黑袍，手握法杖，显然是魔法兽化师，甫斯。另一个身披华丽的法袍，手持召唤法阵，毫无疑问是召唤师，他名叫法夫纳。甫斯的眼神透露出冷漠和傲然，他自信地微笑，似乎早已占据上风。法夫纳则笼罩在神秘氛围中，眼中闪烁着诡谲的光芒。

　　西摩船长立刻察觉到异常，紧握船舵，咬牙切齿地说道："看来我们有不速之客！众人，做好准备，应对敌袭！"里维斯、莱昂纳多、卢卡斯、莉雅、船员海安和厨子海安等人迅速警觉地环视四周，握紧手中武器，随时准备对抗潜在威胁。丝茜娜和傅凡吟开始凝聚魔法力量，为迎战做好准备。

甫斯冷笑一声，挥动手中法杖，黑暗魔法能量涌出，迅速蔓延向飞船的机械系统。法夫纳开始念叨古老的召唤咒语，一只巨大妖兽的影子逐渐显现在他周围。面对威胁，船员们毫不畏惧，莱昂纳多、里维斯、卢卡斯、莉雅和船员等人迅速组成临时防线，试图抵御甫斯的黑暗魔法和法夫纳的妖兽召唤。

飞船甲板上的战斗即将爆发，甫斯释放的黑暗魔法笼罩周围，试图干扰飞船的机械系统。法夫纳的咏唱逐渐召唤出一只庞大妖兽，其咆哮声充斥整片空间。剑客卢卡斯一跃而起，站在莉雅和丝茜娜面前，高举剑，准备与这两名神秘人物交战。副船长里维斯也毫不犹豫地迈出一步，双刀挥舞，为船员们提供掩护。莉雅、丝茜娜和傅凡吟则联合起来，形成了强大的阵势。

在混战中，莱昂纳多、里维斯、卢卡斯和郭自豪等人勇敢地迎战妖兽。他们紧密协作，运用各自的武器和技能，试图击败这庞大的威胁。丝茜娜和傅凡吟的魔法光芒不停闪烁，她们将自身力量融合，形成护盾，防御黑暗能量的侵袭。

伴随着激烈的战斗，船上的紧张气氛愈发升高。每个人都全力以赴，为保卫飞船和团队而奋战。团结合作下，他们逐渐稳住了阵脚，抵挡住了甫斯和法夫纳的进攻。然而，战斗仍在继续，未知的危险还在前方等待着他们。剑客卢卡斯一跃而起，挡在莉雅和丝茜娜面前，高举剑，准备与这两名神秘人物交战。副船长里维斯也毫不犹豫地跨出一步，挥动双刀，为船员们提供掩护。莉雅、丝茜娜和傅凡吟齐心协力，摆出『三势阵』，傅凡吟召唤出西摩号『圣光道墙』，莉雅挥舞圣剑，丝茜娜则施展『神助之光』、『圣光医疗』、『心灵医疗』、『圣光净化』或者『祝福加持』。

　　然而，在紧张的氛围中，一场激烈的战斗即将爆发。众人目光坚定，已经做好了保卫飞船和团队的准备。船长萨米尔、舵手海安和两名精灵站在控制室内，紧盯着飞船的操作。他们时刻保持警惕，确保飞船稳定地飞行。与此同时，在船舱内，莱昂纳多、里维斯、卢卡斯、莉雅、丝茜娜和傅凡吟站在一起。然而，莉雅和丝茜娜两人一起站在傅凡吟左右。两个女孩之间仿佛有一种不可言喻的张力，这个微妙的氛围让她们的关系变得复杂。她们碰撞着男孩的存在，却也同时因为男孩而感到交织的情感。两个女孩便各自注视对方，心中都有着纷杂的情绪。然而，这种微妙的情感却成了一道障碍，妨碍了她们合力施展"三势阵"攻击阵法的默契与协调。

　　这时候，莉雅和丝茜娜之间的纷争，使得她们无法真正合作。莉雅怀抱不满，觉得丝茜娜对傅凡吟的关心超越了朋友的范围，而丝茜娜则感到莉雅对傅凡吟的嫉妒和怀疑。傅凡吟也感受到这种紧张氛围，他左右为难，一直在努力避免情况进一步恶化。在这样的情况下，她们无法真正融合心志，形成强大的攻击力量。

　　因为莉雅、丝茜娜和傅凡吟的心结依然存在，使得她们无法合力施展"三势阵"攻击阵法，同时『圣光道墙』不见了。突然之间，莉雅被化身可怕的黑龙甫斯抓住，那巨大的爪子深深嵌入她的身体，她当场咳出鲜血，双眼精芒大盛，黑龙发出凄厉的嘶吼声。傅凡吟立刻转身看向莉雅，眼中充满着焦虑和无助。他看到莉雅陷入重围，伤势严重，黑龙的爪子紧紧地抓住她，鲜血从伤口涌出，情势极为危急。傅凡吟的情绪波动剧烈，愤怒与担忧交织在一起。就在这时，黑龙用力一抓，莉雅的情况变得更加危急。船舱内的众人面色大变，丝茜娜等人目睹这一切，却束手无策，不知如何解救莉雅。莉雅感觉全身麻木，剧痛传遍全身，她不禁发出呻吟。丝茜娜听到傅凡吟哀愁的声音，心如受重击，她转身看向傅凡吟，看到他强忍不安的表情，感受到他的愤怒和无奈。

傅凡吟咬紧嘴唇，目光中怒火中蕴藏着无尽的决心。男孩怒视着莉雅在黑龙爪下的挣扎，内心激荡不已。他突然怒吼道："你这畜生，拿命来！"男孩的声音在船舱内回荡，众人感受到他的愤怒和决意。

傅凡吟毫不犹豫地挥动手中的'春风神枪'，猛烈地朝黑龙发动攻击，但同时他的『圣光道墙』也消失了。他毫不在乎代价，要将黑龙击退。丝茜娜见状，心中涌起一丝担忧。她急忙施展『圣光医疗』，将光芒洒向莉雅，全力以赴地稳定她的伤势。同时，傅凡吟的伤势也得到了缓解，他的呼吸逐渐平稳，但莉雅仍然被黑龙的爪子困住。莉雅同时失手，掉了那把圣剑在地上。

船舱内弥漫着紧张的气氛，众人纷纷赶去帮助击退黑龙并将傅凡吟拉到相对安全的地方。与此同时，丝茜娜全力以赴，竭尽所能地治疗莉雅，将治愈的光芒洒向她，但莉雅艰难地睁开眼睛。

就在黑龙欲要转身逃离之际，傅凡吟迅速捡起地上的圣剑，甩身把剑刃一扔出，准确的批中那只黑龙的爪子，将爪子劈断，莉雅与黑龙的爪子同时倒在地上，刚好傅凡吟用自己的身体做电垫，丝茜娜也急忙去接住了莉雅。她额头上滴下细密的汗珠，艰难地睁开眼睛，看到丝茜娜和傅凡吟的身影，感受到他们为她所付出的努力和关怀，心中充满温暖和感激之情。而此时，黑龙已经再无还手之力，许曾华的'巴雷特M82狙击步枪'正瞄着黑龙的头部，一瞬间，敌人的头颅被子弹击中，黑龙的巨大身躯在颤抖中崩溃。

丝茜娜双手扶着她的身体，将她搀扶到一旁。傅凡吟轻声在莉雅的耳边安慰道："你会没事的！"丝茜娜还在双手按住莉雅的身体，施展医疗法术。莉雅口中不断吐出鲜红的血液，身体也不停地颤抖。

莉雅微笑着看向傅凡吟，说："不管发生什么，你要好好对待我的义妹！"丝茜娜泪流满面地说："姐，你一定会好起来的！"

莉雅对丝茜娜说："义妹，我总觉得你和傅凡吟是天生的一对。"她抓住傅凡吟和丝茜娜各自的一只手，试图把两人的手合在一起，然而当她的手快要碰触到他们的手时，莉雅突然放开了，她的身体开始无力地垂下。她的双手无力地放松，不再呼吸。同时里维斯和卢卡斯跑过莉雅的身旁来了。

里维斯、卢卡斯、傅凡吟和丝茜娜失声叫道："莉雅，莉雅！"卢卡斯无力地跪在地上，双手紧抱着莉雅的腿，他感到自己的四肢百骸仿佛失去了力量。

莉雅的身体突然颤抖了一下，然后头垂了下去，一缕秀发披在里维斯的肩上，她再也没有任何动静。里维斯和卢卡斯惊呆了，大声呼喊着："莉雅，莉雅！"他试图感受她的脉搏，却发现她的心跳已经停止，再试探她的呼吸，也已经没有了。

丝茜娜紧紧按住傅凡吟的肩膀，泪水在她眼中闪烁，她什么也没有说。周围的人们也都默默地凝视着莉雅的身体，失声地为她哀悼。艾琳和西摩听到失去小女儿莉雅的消息后，心情沉重。他们在飞船中心的控制室聚集，为了给莉雅举行一个隆重的告别仪式，整个飞船都被装饰得肃穆而庄严。丝茜娜也在他们身边，她是莉雅的好友，同样深受震撼。厄运似乎一再降临在这支船队身上，他们都意识到必须共同坚强地面对。

在'白桦尺燕'号飞船的中央大厅，莉雅的遗体被妥善安置在一个装饰精美的棺材中。这是一个隆重的告别，她的同伴们都站在棺材旁，默默地为她祈祷，表达对她的怀念之情。船员和其他飞船的成员都聚集在一起，凝视着这一幕，他们共同分享着悲伤。

　　而与此同时，在岛上，精灵艾琳坐在一间小房间内，注视着一块水晶。这块水晶是一种特殊的通讯装置，可以传递声音和影像。艾琳心灵深处感到莉雅的存在，她试图通过水晶与莉雅沟通，这是她最后的机会与女儿互动了。艾琳轻轻抚摸着水晶，闭上眼睛，默默地与莉雅心灵交流。她想象着莉雅的笑容，她们共同的回忆，以及母女之间深厚的情感。尽管肉体上分离，但灵魂似乎在这一刻得以连接。

　　在另一飞船，萨米尔独自站在窗边，望向外面的星空。他内心充满了失落和哀伤，莉雅是他的女儿，她的离世让他感到巨大的痛苦。他凝视着星空，仿佛在寻找莉雅的灵魂，他的思绪飘忽不定，回想起与她在一起的美好时光。尽管分隔两地，但莱桑德拉等人共同承受着失落和伤痛，他们通过各自的方式来追忆和怀念莉雅。艾琳在房间里与水晶交流，而西摩在窗边凝望星空，他们都在寻找着一种心灵的安慰和连接。

　　这时候，西摩走靠近女儿，握住了女儿的手，轻声对众人说："我们为她好好安葬。"众人一同行动，为莉雅准备一个合适的坟墓。西摩、两个精灵、里维斯和卢卡斯用白色的布包起来，接着莱桑德拉用'冰术'封住尸体住，这样西摩等人可以将尸体带回家乡，脸上带着沉痛的表情。大家为莉雅做一个简单的葬礼，墓旁立起了一根竹竿，上面写着"耐罗爱女之墓"。在飞船的甲板上，莉雅的遗体被妥善安置在一个装饰精美的布中作为棺材。这是一个隆重的告别，她的同伴们都站在棺材旁，默默地为她祈祷，表达对她的怀念之情。船员和其他飞船的成员都聚集在一起，凝视着这一幕，他们共同分享着悲伤。

　　里维斯和卢卡斯一起抱起莉雅的遗体，小心地放入箱子中。萨米尔把'白桦尺燕'号开在'西摩'号隔壁，同时船长、两个精灵、舵手海安、船员海安和厨子海安对这坟前肃立站着敬礼。西摩、里维斯和卢卡斯长啸一声，然后推着箱子，把箱子运到'白桦尺燕'号。丝茜娜站在莉雅的坟前，默默地说："妹妹，愿你安息。我一定会为你讨回公道。"

'白桦尺燕'号默默地离开'西摩'号。此刻，太阳已经逐渐西沉，最后一缕阳光渐渐离开地面。众人心痛欲绝，但他们也开始思考接下来要面对的大事。

装甲运兵飞船之中，傅凡吟心头涌起千言万语。他看着丝茜娜，感觉整个心都被一种难以言喻的情感所充斥。丝茜娜也看到男孩，心中生出深深的关切。她走近傅凡吟，轻轻替他擦拭脸上的血迹。傅凡吟感受着丝茜娜的温柔，忍不住说："我们之间不能再有任何纠葛。"

丝茜娜吓了一跳，但内心却充满了喜悦。她明白傅凡吟的意思，也明白两人的处境，于是坚定地说道："如果我们真的有过什么，我们之间的关系不只关乎我们自己。"

傅凡吟好奇地问："可是。。。"

丝茜娜打断他的话，十分诚恳地说："我们不能只顾及自己的感受，我们的选择涉及到更多人的生死存亡。我们放下感情先，现在我们要面对眼前的危机。"

傅凡吟黯然地望着远方，丝茜娜感受到他的无奈和失落，轻声说："莉雅曾经深爱过你，而且她刚刚离开。我们不应该在这个时候谈论这些。"傅凡吟默默地点头，心中充满了复杂的情感。

那位男孩询问丝茜娜："我们接下来应该怎么做？"

这时候船员海安过来两人身旁，说："你们一夜未眠，也一定饿了，吃点东西吧。"傅凡吟与丝茜娜一同前往食堂。进入食堂后，一张长桌上摆放着美味的食物，桌上的油灯投射出温暖的光芒。郭自豪招手示意两人坐下，不久，莱桑德拉端来两碗热腾腾的花生粥。傅凡吟与丝茜娜早已饥肠辘辘，见到这些食物却没有胃口，但对莱桑德拉道："非常感谢。"

莱桑德拉说："不用客气。尽情享用吧！"那位男孩慢慢吞下一口口水。一个厨子说："吃完之后，把碗放在桌子上，然后你们可以到右边的房间休息。"他们都恭敬地听从，厨子走进隔壁的房间，关上门，他们开始享用美食。饭后，众人收拾碗盘，傅凡吟帮忙擦拭桌子。整理完毕后，大家进入了右边的休息室。此刻，两艘飞船已经起飞，飞向东方的黑暗之门。众人也各自归宿，找到一个休息的地方，躺下休息。

这时候，天还没亮，西摩便呼叫众人起来，说："大家赶紧吃饭吧！我们已经做好准备，随时可以与魔兵作战。我们还需要商讨如何破敌。"众人便迅速进餐。用过早餐后，众人一同离开。

当傅凡吟和丝茜娜走到门口时，看见几个人已经列队整齐。法师莱桑德拉、队长中尉郭自豪、中士许曾华、里维斯和卢卡斯都聚集在会议舱室里。中士烈运聪、下士张傲、下士卡比尔、艾哈迈德、小兵陆成帆和两名精灵随后也出现。法师莱桑德拉也与郭自豪正在讨论。会议舱室里摆放了几十张长桌和椅子，桌上摆放着许多小模型，这些模型放置在一张简易的军事行动地图上。这张地图应该是敌方留下的。地图虽然简陋，但仍能指明草地的地势起伏，以及适合设营的地点，但足以为红四方面军提供顺利通过草地的指引。地图左侧标出了西方多国空海军基地的分布，右侧则标示出敌人当前的控制区域。法师莱桑德拉和郭自豪互相对众人解释和分配怎么做。

这时，'西摩'号正在河流上飞行。突然，号角的声音在空中回荡，声势逐渐扩散，令西摩等人不禁感到惊讶。西摩皱了皱眉，道："那是敌军的号角声。"他便叫其中一个精灵通知会议舱室里的人。

会议舱室里的人被得知后，众人的表情都变得凝重起来，立刻变得紧张起来。法师莱桑德拉和队长中尉郭自豪叫船员们把窗子关闭，众人立刻伸手拉着四面的窗子关闭，保持肃静。然而，他们听到江边传来一阵咕嘟咕嘟的声响，似乎有艘飞船正在悄悄地靠近。众人的紧张情绪更加升高，他们意识到战争的阴影可能即将降临。于是，每个人都紧握着手中的武器，按照事先的计划，迅速进入防御位置，隐蔽在各自的阵地中，准备迎接可能的敌袭。西摩一想到自己驾驶的是敌军飞船，希望能够蒙骗对方。

当敌军飞船经过时，西摩等人在控制室看见四名妖兽，他们上身穿着圆领衫，下身穿着靴子，身形瘦小。这些妖兽从装甲运兵飞船旁经过，走到装甲运兵飞船的船头。其中一名妖兽朝着他们望了过来，发出几声嘶哑的叫声。西摩等人听不懂，也不敢作声回应。这时，西摩挥手打了个招呼，其中一个妖兽也回以招手。实际上，法师莱桑德拉来到控制室施展了幻术，让对方看到的是自己的人。妖兽们看着'西摩'号左右，觉得没什么问题，于是敌军飞船调头，迅速离开了。从他们的样子来看，这艘敌军飞船看起来又脏又陈旧。突然，敌军飞船的引擎点燃了能量，伴随着烟雾，发动机开始发出嘈杂的噪音。

随着引擎的轰鸣，敌军飞船开始加速，迅速远去。西摩和郭自豪等人松了口气，她知道他们成功地躲过了一次危险。法师莱桑德拉便回去会议舱室告诉郭自豪等人刚才发生的事情。郭自豪走到法师莱桑德拉身边，笑着说："你的障眼法真是太神奇了，居然能够让敌人看到我们是友军。"

法师莱桑德拉微笑回应："这只是我一点小小的魔法技巧而已。"

中士烈运聪也走了过来，皱着眉头问道："他们为什么会突然加速离开？难道是察觉到了什么吗？"

法师莱桑德拉思索片刻后说："或许是他们在寻找其他目标，或者他们有了更紧急的任务要执行。"

与此同时，法师莱桑德拉正专注地注视着水晶球，她感受到了刚刚发生的紧张场面。莱昂纳多副与郭自豪商讨接下来的行动计划。他们需要尽快采取行动，准备好与魔鬼敌军的交战。每个人的表情都充满了坚定和决心，他们深知背后是整个人类的命运，他们必须努力抵挡这场来自魔鬼敌军的威胁。在紧张的氛围中，他们商讨了一段时间，最终达成了一致的决定。

在商讨之中，郭自豪环顾四周，指着地图上的标记说："我们知道这片区域内有许多西方多国的空海军基地分布，其中应该还有一些盟军驻扎。如果我们能够成功联络他们，或许可以得到援助。"

众人陷入了深思，他们明白盟军的支援对于这场决战至关重要。然而，郭自豪又补充道："但是，目前我们的通讯器暂时无法使用，无法和盟军进行有效的联络。"

这时，法师莱桑德拉微笑着说："或许我可以帮上忙。我可以使用魔法进行通讯，将我们的情况告知盟军，并请求他们的支援。"

众人的目光集中在莱桑德拉身上，满是期待和希望。莱桑德拉继续说道："虽然我的魔法也受到一些限制，但我可以试着使用特殊的魔法来建立一个连接，将我们的信息传达给盟军，只是这需要一些时间和精力而已，但不能提到有精灵相助，只说有人相助。"

郭自豪点了点头，表示赞同："好。"

莱桑德拉便去静静的进行魔法通讯。这个计划给了他们一线希望，也让大家的斗志重新高涨起来。在阴云密布的战场上，他们坚信自己能够克服困难，战胜魔鬼敌军，保卫家园。

莱桑德拉站着，手轻轻地在空中划过，一道神秘的符文开始浮现。她的眉头微微皱起，开始集中精力，不断将魔法能量注入这个符文中。众人静静地守在一旁，他们能感受到莱桑德拉身上的魔法能量在不断涌动，空气中似乎也凝结了一层微妙的气息。

随着时间的流逝，符文逐渐变得明亮起来，释放出耀眼的光芒。莱桑德拉的声音在空地上回荡："让我的意志穿越空间，传达到盟军的耳中。"

在那一刻，众人感受到一股强大的力量从莱桑德拉身上散发出来，似乎连接了遥远的地方。他们的目光紧紧盯着那道光芒，期待着通讯的成功。法师莱桑德拉、队长中尉郭自豪、中士烈运聪、下士张傲、下士卡比尔、艾哈迈德、小兵陆成帆、中士许曾华、莱昂纳多、里维斯、卢卡斯、莉雅、丝茜娜和傅凡吟商定了一个计划。于是，他们开始全力准备。船员们整备武器，检查装备，飞船内外一片紧张而有序的忙碌。

然而，战斗才刚刚开始，魔鬼敌军的威胁依然存在，他们将如何面对接下来的挑战，还有更多的未知等待着他们。

过了一段时间，莱桑德拉的手势慢慢停下，光芒逐渐消退。她微微喘息着，然后转向众人说道："通讯已经建立，我已经将我们的情况传达给了盟军，请求他们的支援。"

郭自豪松了口气，脸上露出了欣慰的笑容。虽然他们不知道盟军会不会及时赶来，但至少他们已经尽力了。他鼓励地说："很好，现在我们只需要坚守阵地，等待盟军的援助。我们绝不能放弃，胜利就在眼前。"

各个部门密切协作，准备出发。郭自豪和中士烈运聪等人则在飞船内部进行最后的战术磨合。他们探讨着可能的战斗场景，分析着敌人的弱点，并制定了协同作战的策略。每个人都明白，胜利不仅仅取决于个体的力量，更取决于整个团队的合作。

就在出发前夕，莱桑德拉再次站在水晶球前，她试图通过水晶的视野窥探敌人的行动。然而，水晶中的图像变得模糊而混乱，似乎有一股强大的干扰力量在作祟。她心中不安，能感受到，这场战斗绝非轻松可取，背后可能隐藏着更加恐怖的力量。

当天，两艘飞船一前一后起飞，冲向魔鬼敌军的基地。郭自豪的目标是毁掉『离子化干扰魔器』，只有摧毁了它，才能联络盟军，给他们基地的正确方位，请求援助。而莱昂纳多的目标则是带着丝茜娜去『穿送铁门』。他们要将丝茜娜送回她的世界，然后再毁掉『穿送铁门』，防止魔鬼敌军继续利用它。

飞船在漫长的飞行中，终于基地出现在视野中。基地呈现在众人的眼前，如同一个庞大的黑暗要塞，高耸的城墙环绕着整个区域，宛如一道无情的屏障。城墙上布满了尖刺和防御设施，冷酷的金属光泽在阳光下闪烁着诡异的光芒。

而在基地的一侧，巨大的门显得异常显眼。如同一座巨大的古老宫殿门廊，高耸入云。它的构造充满神秘感，由铁铸而成，门面上镶嵌着古老的符文和图案，闪烁着微弱的光芒。门的两侧是巨大的石柱，似乎支撑着整个世界的重量，大门高耸入云，宽度足够容纳飞船通过。门的顶部高高耸立，如同一道通向未知的大门，传递着一种神秘的呼唤。这扇门看似沉睡，却蕴含着无限可能。这就是『穿送铁门』。

而『离子化干扰魔器』塔楼则耸立在基地的中央，如同一座科幻世界的尖塔。塔楼高达数十层，每一层都呈现出银白色的金属光泽，在阳光的映照下闪烁着冷冽的光芒。塔楼的外表充满了未来感，复杂的机械装置和符文纹路交织在一起，透露出一种科技与魔法的结合。在塔楼顶部，一个巨大的球体散发着璀璨的能量，如同一个巨大的光球，发出强烈的电磁波干扰，扭曲着周围的空间。它的存在让人感受到一种无法逾越的力量壁障，宛如一座难以攀越的山峰。

站在这两个巨大建筑面前，众人感受到了一种无法言喻的震撼和威压。这两座建筑一个神秘而古老，一个现代而科幻，共同构成了整个基地的核心力量。面对着这样的挑战，众人知道他们需要付出更多的努力和勇气，才能够突破敌人的防线，取得胜利。众人紧紧盯着眼前的景象，心中充满了坚定。他们知道，要突破这座堡垒，摧毁那些关键设施，是一场艰巨的战斗。然而，为了守护家园和和平，他们已经做好了一切准备。在这光怪陆离的场景之下，众人的目光坚定，信心百倍，他们将为了正义的使命，一同投身这场决战之中。他们深吸一口气，迎接着即将到来的战斗。『西摩』号缓缓降落在基地外围的一个隐蔽位置，飞船的引擎声逐渐减弱，最终停止。舱门打开，众人一个接一个走出飞船，迅速进入战斗准备状态。

郭自豪和莱昂纳多站在队伍的前列，眼神坚定，散发着坚毅的决心。他们环顾四周，审视基地的情况，寻找进攻的最佳突破口。莱桑德拉手持法杖，随时准备释放强大的魔法攻击，同时调整通讯设备以保持与郭自豪之间的联系。其他成员也准备就绪，严阵以待，等待指挥的命令。紧张的战斗氛围弥漫在空气中，每个人都明白，此刻的决策将决定整场战斗的走向。

在巨大的基地阴影下，郭自豪、莱桑德拉和莱昂纳多等人紧密交流，讨论基地的地形和分工计划。他们了解敌人的布局，摸清了弱点和隐蔽通道，为行动提供重要的优势。

"我们必须准确地执行计划，不能有丝毫差错。" 郭自豪严肃地说，"莱昂纳多，你将带领一组人，摧毁那个'穿送铁门'。里维斯、卢卡斯、丝茜娜和傅凡吟会在你的指挥下，确保任务成功。"

莱昂纳多点头表示同意，"我明白，我们将按计划行事。一旦摧毁'穿送铁门'，将削弱敌人的支援能力。"

莱桑德拉靠近郭自豪，低声说道："我将使用魔法提供战斗支援。如有需要，我会随时帮助你们。"

郭自豪微笑着点头，然后对莱昂纳多和莱桑德拉说："记住，我们的目标是摧毁'离子化干扰魔器'。一旦它被摧毁，我们就能呼叫盟军支援，改变战局。"

分工明确后，众人分成两组，准备开始行动。莱桑德拉和丝茜娜相拥在一起，静静地流下了几滴眼泪。虽然没有多言，但她们都知道，分别意味着永别，丝茜娜将返回她自己的世界。莱昂纳多领导的小组随后迅速移动，融入基地的阴影。里维斯、卢卡斯、丝茜娜和傅凡吟默默前行，怀着坚定信念，随时准备与敌人交战。

另一组由郭自豪领导，莱桑德拉和两名会魔法的精灵也在其中。中士烈运聪、下士张傲、下士卡比尔、小兵艾哈迈德、小兵陆成帆和中士许曾华等精锐士兵跟随其后，等待着众人的信号。每人都紧握着武器，心怀坚定决心。

飞船上的萨米尔船长和精灵们紧紧盯着前方。船员们也在紧急待命，随时准备提供支援火力。萨米尔船长和精灵们准备在关键时刻出手，为队友创造更大的优势。这时候，『西摩』号飞船缓缓飞向巨大的黑暗要塞，西摩下令六名精灵船员站到炮台上，并说："各位站在炮台，瞄准右城墙上的尖刺和防御设施，等我指示！"

六名精灵船员前往炮台等待下一条命令。当『西摩』号飞船飞入要塞时，一个妖兽正试图与其通话。西摩毫不犹豫地下令船员开火。他们迅速按下雷炮扳机，雷炮接连发出砰砰砰的声响，火光在眼前闪烁，妖兽来不及做出反应，右城墙上的尖刺和防御设施随即爆炸。与此同时，『白桦尺燕』号也出现在场景中，同样发射了雷炮，砰砰砰的声音不断响起，右城墙上的防御设施也被炸毁。爆炸声和枪声此起彼伏，敌方开始展开反击，炮弹朝着天空飞去，发出火光和浓烟。敌军飞船以惊人的速度冲来，回应着江边的爆炸声，而『白桦尺燕』号船长则察觉到一艘敌军飞船正从东侧快速靠近。

　　船员海安迅速将炮口对准敌船头部，按下雷炮扳机，雷炮弹准确命中敌船前舱，引爆了藏在前舱中的爆炸物，巨大的爆炸波将敌船头部炸出一个巨大洞口，船体开始下沉。战斗爆发后，敌人向天空发射了三发信号弹。此时，萨米尔听到身旁传来冲锋枪子弹打在船板上的声音，"当当当"的响声实际上是从另一艘敌军飞船开火。突然间，两只黑龙飞向他们，『白桦尺燕』号转向迎接那三只黑龙。与此同时，『西摩』号飞船则不断发射火炮，制造混乱，敌方已把注意力转向两个飞船了。郭自豪等人心中的紧张达到了顶点，但他们没有动摇，相反，他们站得更加坚定。郭自豪和莱昂纳多挥手示意，队伍分成几个小组，各自准备就绪，等待着机会潜入要塞里。

　　随着郭自豪招手呼叫众人行动，莱桑德拉和两名会施展魔法的精灵随时准备施展魔法，用魔法开一个洞，队友悄悄地穿过魔法洞进去防卫墙。与敌人展开激烈的战斗。这时候，枪声和魔法火花在空中还在交织，战斗的氛围变得更加紧张，但『白桦尺燕』号和『西摩』号为队友创造着宝贵的机会。

　　两支小组迅速深入基地内，在分工明确的情况下，莱昂纳多带领的小组靠近了『穿送铁门』，基地的阴影和防御设施让他们的行动变得隐秘。他们小心地避开敌人的巡逻，悄无声息地接近目标。郭自豪领导的小组则守住了目标，准备摧毁『离子化干扰魔器』以呼叫盟军支援。

　　莱昂纳多专注地注视前方，领导着里维斯、卢卡斯、丝茜娜和傅凡吟等人，他们巧妙地利用地形和掩体，悄无声息地接近『穿送铁门』。在等待中，他们静静地凝视前方，心中充满了坚定的信念。时间悄然流逝，每个人默默为即将到来的战斗做最后准备。风吹过，吹动他们的衣物，但他们的目光一直坚定地锁定着前方，毫不动摇。

　　莱昂纳多带领的小组悄然接近『穿送铁门』的方向，小心翼翼地避开敌人的巡逻，寻找最佳进入点。里维斯紧握着武器，坚毅的眼神准备随时应对敌人的袭击。卢卡斯的眼中闪烁着冷酷的光芒，他的气场透露出一股难以忽视的压迫感。丝茜娜和傅凡吟默契地相互支持，紧随其后。与此同时，郭自豪领导的另一支小组也在前进，他们小心地避开基地内的防御设施，尽量保持隐蔽。中士烈运聪、下士张傲、下士卡比尔、小兵艾哈迈德、小兵陆成帆和中士许曾华稳步前进，为即将到来的战斗做好准备。两组人每一步的踏实，都是为了完成眼前的任务。

这时候，莱昂纳多领导的小组悄然行动，他们巧妙地利用阴影和掩护，成功接近了『穿送铁门』。与此同时，郭自豪领导的小组也在稳步前进，他们的目标是『离子化干扰魔器』塔楼。突然间，西北方传来喊杀声震地而来，号角声响起，莱昂纳多等人向西北望去，发现敌军已经冲来，战事一触即发。傅凡吟环顾四周，发现队友已经卧倒在草地上。一队敌军骑兵急速驶来，里维斯、卢卡斯和丝茜娜迎了上去，各自拔枪挥刀，准备迎战。傅凡吟将剑递给了莱昂纳多，然后背后出现了斯奎，他手持剑，率领着一百余人。

里维斯大声喝道，冲向敌军，与斯奎对峙，两人拔剑交锋，十几回合过去，战况激烈。卢卡斯在空中盘旋飞舞，其他敌军妖兽纷纷上前，斯布林也加入战局，与卢卡斯交手，双方你来我往，竞技激烈。傅凡吟和丝茜娜施展『圣光道墙』，挡住四面的敌军，形势危急。莱昂纳多挥舞着圣剑，剑光如风雨一般，连续的攻击将敌人击退，无人能够接近。

整个战场充斥着战斗的火花和呐喊声，每个人都在为了共同的目标努力奋战着。在这场决战中，众人将一同创造出属于他们的传奇。

第十二回 战中

这时候，莱昂纳多再次挥剑，直指百余人，同时傅凡吟环顾四周，突然一位秽土怪人出现在他面前，一拳袭来。傅凡吟的拳头打中了怪人的身体，但却被怪人的吸引力吸住，半只手陷入怪人的腹部。傅凡吟被束缚无法还手，坐在地上，感到惊慌。

丝茜娜看到傅凡吟无法还手的危险，毫不犹豫地脱下风雅幻耳环，发出呼喊。她的下半身变为一条带鳞片的尾巴，成为了一条爬行类的生物，向前爬去。她的尾巴碰撞了秽土怪人，将其挡开，然后迅速前行，到达傅凡吟身边。丝茜娜大声喊道："闭上你的眼睛！不要睁开！"傅凡吟听从她的指示，紧闭双眼。丝茜娜身体发出光芒，将前方的秽土怪人照亮，接着爆发出强烈的圣光净化，将黑暗魔法一一化解，秽土怪人化为尘埃，小精灵也化为黑暗影子，烟消云散。丝茜娜迅速用尾巴将傅凡吟拉到了自己身旁。

在场的里斯奎和斯布林看到丝茜娜的异变，都感到惊讶。莱昂纳多轻声说："天哪！她原来是一位蛇发女妖。"里维斯和卢卡斯趁对方分神之际，迅速刺向敌人，剑刺穿对方的心脏。斯奎和斯布林发出最后一声叹息："你们不是君子。。。"他们随即倒地不起。

里维斯和卢卡斯同时说道："战场上没有所谓的君子，只有站着的和躺着的。"

在远处站着一名女子，她的耳朵异常尖锐，白色的头发与黑色的肤色形成鲜明对比。虽然亭亭玉立，但脸上却有皱纹。她静静地注视着丝茜娜等人，眼中流露出惊讶和无言。突然，她披散的头发后退了一步，仿佛受到惊吓。与此同时，里维斯和卢卡斯也不由自主地往后退了一步，目瞪口呆地看着丝茜娜的变化。丝茜娜微微皱眉。

莱昂纳多站在原地，没有移动，他冷静地说："她是拉米亚族！"丝茜娜的眼泪不受控制地涌出，轻声抹去。

傅凡吟转过头，面对里维斯和卢卡斯说："她从来没伤害过任何人！"卢卡斯停顿了一下，接着说："我……并没有恶意。"这时候，一个男子走上前去，试图安抚局势。

紧接着，耳朵异常尖锐、白发与黑肤相映成趣的女子站在远处，身旁站着一群小精灵法师。他们的目光盯着丝茜娜，发现了她的变化，从她的下半体变成了一条长长的蛇尾巴。小精灵法师之间的轰动立刻引起了一片哗然，他们认出了丝茜娜是拉米亚族的人。

这时，一名小精灵法师突然提出了一个计划，试图抓住丝茜娜的软肋，抓住蛇的弱点。这个小精灵法师团结其他同伴，纷纷开始称呼那位白发黑肤的女子为"安娜斯崔娜大人"。他们似乎知道她的身份，并希望利用这个情况来捕捉丝茜娜。

莱昂纳多意识到事情的紧急性，紧握圣剑，领导着里维斯、剑客卢卡斯、圣教士丝茜娜和傅凡吟迅速发起攻势，冲向那些企图对丝茜娜不利的小精灵法师。战斗的氛围瞬间升温，剑光与魔法火花在空中绽放，一场激烈的对抗即将展开。

在那个紧张而充满战意的时刻，一场激烈的对抗开始了。莱昂纳多手握着圣剑，领导着他的小组奋起冲锋，剑光炽烈，如同闪电划破黑夜。安娜斯崔娜和她的小精灵法师们迎接了这一挑战，他们也不甘示弱。安娜斯崔娜的手中出现了一把华丽的法杖，每一挥动都释放出强大的魔法力量。小精灵法师们则化身为灵活的影子，快速穿梭于战场之间，释放出各种令人眼花缭乱的魔法攻击。

剑客卢卡斯的刀剑在空中舞动，每一刀都划破虚空，带起阵阵风声。他凭借着精湛的剑技，迅速穿越小精灵法师的防线，一刀接着一刀地攻击着他们。里维斯的力量异常强大，他操控着巨大的铁链，在空中挥舞，铁链如同蛟龙般纵横飞舞，将小精灵法师们的攻势一一挡下。卢卡斯的魔法也变得更加强大，他释放出的圣光魔法犹如火焰一般，将敌人的魔法攻击一一消融。

丝茜娜不再是那个柔弱的少女，她的身体迸发出强大的能量，化作一条优雅而凶猛的蛇身。她的尾巴闪烁着光芒，迅速地击退从侧面袭来的小精灵法师。傅凡吟召唤圣术『圣光道墙』，他与丝茜娜相互配合，攻守之间错综复杂，让对手难以捉摸。整个战场弥漫着强烈的能量波动和火花的飞溅，每一次交锋都带来耀眼的光芒。双方都在全力以赴，不退不让，一时间难分胜负。

在激烈的对抗中，战斗持续着，双方势均力敌，场面异常紧张。安娜斯崔娜和她的小精灵法师们虽然受到了莱昂纳多、丝茜娜、卢卡斯和傅凡吟的强烈反击，但他们也不断释放着强大的魔法攻击，试图压制住对方。

莱昂纳多挥舞着圣剑，与安娜斯崔娜的法杖交织在一起，火花四溅。他全身散发出的神圣光芒，形成了一道壁障，挡住了敌方的魔法攻击，为队友争取了宝贵的反击机会。丝茜娜的圣光魔法不断喷涌，形成一道道璀璨的光芒，照亮了整个战场。

卢卡斯的刀剑在空中舞动，他敏锐地洞察着敌人的行动，迅速地出击，将敌人逼退。傅凡吟则紧随卢卡斯，他的剑术灵活而准确，与卢卡斯的合作愈发默契。

随着战斗的进行，丝茜娜渐渐发现，安娜斯崔娜似乎在战斗中并没有全力出手，她保持着一种从容淡定的姿态，似乎在观察着整个战局。这让丝茜娜感到有些不安，她开始思考是否有其他的计谋。

就在这时，一道强大的魔法波动突然从『穿送铁门』处传来，战场上的空气仿佛被撕裂了一般。所有人的目光都转向了远方，只见突然出现的用红布盖的神秘人和四不像魔兽增援的到来。红布覆盖的神秘人站在战场的边缘，他的身影笼罩在一层神秘的氛围中。红布的褶皱随风飘动，将他的身体完全包裹，只露出一双深邃的眼眸。那双眼眸似乎能洞悉一切，闪烁着独特的光芒，仿佛是一扇通往未知世界的窗户。他的存在给整个战场带来一种不寻常的紧张氛围，让人无法预测他的下一步行动。

四不像魔兽有着雄狮的威严和豪迈，身躯庞大而肌肉贲发。然而，它的脑袋却像是一只巨大的独角兽，额头上有一根弯曲的角，透露出一股神秘的气息。它的前腿像是鹰的爪子，锐利而有力，足以撕裂敌人的防御。后腿则有着马的造型，适应快速奔跑。整个身体被一层厚重的皮毛所覆盖，颜色却是多种颜色的斑斓，使它在战场上显得异常引人注目。

四不像魔兽的眼睛闪烁着狡诈和凶狠，它的存在充满了野性的气息。它的嘴巴张开，露出锋利的牙齿，发出低沉的咆哮声，宛如噬食者的吼声。它的动作迅猛而敏捷，似乎时刻都在寻找着机会发动攻击。

红布盖的神秘人和四不像魔兽的出现，为整个战场注入了更多的未知和紧张。莱昂纳多和他的小组成员迅速展开防守，准备应对双重威胁。在他们的队伍中，丝茜娜迅速施展出她精湛的魔法技能，创造出一道道圣光道墙，为队友们筑起坚固的防线，挡住了敌方的进攻。

同时，丝茜娜也释放出高级召唤圣术，『祝福加持』注入队友的身体，增强他们的力量和战斗能力。她运用『圣光医疗』和『心灵医疗』，时刻关注着队友的状态，随时为他们进行治疗，保持他们的战斗力。傅凡吟虽然没有武功，但他懂得使用春风神枪，搭载着强大的魔法力量，使他能够进行精准的射击，将敌人击退。

莱昂纳多、里维斯和卢卡斯紧密协作，他们的武器在空中划出一道道流光，与敌人的攻击交织在一起。他们充分发挥各自的优势，无论是圣剑、刀剑还是武技，都让敌人不敢轻视。

然而，神秘人同样是一名法师，他的黑暗魔法强大且难以预测。他释放出毁灭性的魔法攻击，将战场上的土地撕裂，引发了炸裂和火花四溅的景象。莱昂纳多等人不得不时刻保持警惕，不断移动，寻找避难的掩体。随着战斗的延续，场面更加混乱。圣光与黑暗的力量在空中交织，发出刺目的光芒。队友们互相配合，充分发挥各自的技能和力量，为了保卫自己的目标而全力战斗。在这场生死攸关的战斗中，他们必须集中精力，紧密合作，争取最终的胜利。

这时候，越来越多的妖怪从『穿送铁门』出现。丝茜娜睁大眼睛，心里感到担忧，『圣光道墙』的能量光慢慢寻思。傅凡吟突然喊道："盲目的恐惧不会带来胜利！"男孩转头看着丝茜娜，说："有时候先经历困难才能达到最终的好运，就像命运的循环。"

丝茜娜眼睛一闪，继续静静地念着："凡事不要急躁，自然有益无损，即使失去先机，也不可萌生退念，小心地进取，尚有可爲之事。。。"同时她也是又开始坚定起来，『圣光道墙』的能量光又在一次发出刺目的光芒。

在战斗的紧张氛围中，当四不像魔兽正要从『穿送铁门』的边缘，急速扑向莱昂纳多等人时，丝茜娜立刻抓住机会施展她强大的圣术。她迅速运转『圣光道墙』的咒语，一道耀眼的白色光芒从她的手中涌出，形成了一道厚实的光墙。这道『圣光道墙』瞬间出现在四不像魔兽的面前，散发着神圣的气息，如同一道坚不可摧的壁垒。四不像魔兽愣了一下，然后猛烈地冲撞上去，试图冲破这道光墙。然而，『圣光道墙』显然不是那么容易被突破的，它坚韧无比，纹丝不动。

丝茜娜全神贯注地掌控着光墙，她的双眼闪烁着专注的光芒。她用心感受着四不像魔兽的冲击力量，稳定地调整着魔法的力量，确保光墙始终能够抵挡住对方的冲击。四不像魔兽越是冲撞，『圣光道墙』似乎变得越加坚固。光墙上散发出的强烈光芒照亮了整个战场，仿佛一道圣洁的壁垒，将四不像魔兽封锁在外。随着时间的推移，四不像魔兽的冲击逐渐减弱，它开始感到力量不济。丝茜娜则咬紧牙关，毫不松懈地维持着『圣光道墙』。

最终，在一声巨响中，四不像魔兽无法再继续前进，被『圣光道墙』的阻挡推回了一段距离。这时候，『圣光道墙』已经将四不像魔兽、安娜斯崔娜和其他小精灵法师困住在『穿送铁门』的边缘之外。光墙慢慢缩小范围，逼使敌方退入『穿送铁门』的隧道里。

丝茜娜还在前行，额头上满是汗水，但她的眼神坚定无比。她的『圣光道墙』将四不像魔兽挡在了『穿送铁门』的边缘，然而她却无法前进，将四不像魔兽、安娜斯崔娜和其他小精灵法师推进隧道的中心，因为对方也在猛烈地冲撞上去。战场上的众人都感受到了她强大的力量和决心，他们纷纷努力保护着丝茜娜，以免被任何意外干扰。他们明白，如果光墙被打破，敌方妖怪们又将冲出来，战局可能会再次扭转。

突然间，战场上的注意力被一声巨响吸引，莱昂纳多等人抬头望去，只见『西摩』号飞船撞向『离子化干扰魔器』的塔楼。众人震惊地注视着这一幕，在战斗的激烈中，一声巨响响彻战场，巨大的冲击波向四面八方扩散。飞船与塔的碰撞释放出的能量形成了一片璀璨的光芒，照亮了整片夜空。在这盛大的光芒中，『离子化干扰魔器』的塔楼发出剧烈的震动，最终轰然倒塌，变成一片废墟。空中飘落着十多个黑色降落伞，表明着西摩等人安然无恙，这个突如其来的事件彻底改变了战局。

众人静静地凝视着那片光芒，心中涌起对船长的敬意和感激之情。这个决定改变了一切，解除了危机，让他们重新看到了胜利的希望。随着光芒逐渐消退，战场上的紧张氛围也逐渐减弱，取而代之的是一种振奋和庆幸的情绪。

在此时，丝茜娜的『圣光道墙』稳稳地守住了阵地，四不像魔兽和其他小精灵法师无法突破，被封锁在了『穿送铁门』的边缘。她微微松了口气，脸上浮现出一丝微笑。丝茜娜则依然全神贯注地维持着『圣光道墙』，将四不像魔兽、安娜斯崔娜和其他小精灵法师困在了『穿送铁门』的边缘。她的眼神凝视着光墙，时刻调整着圣术的力量，确保防线的稳固。

安娜斯崔娜和其他小精灵法师感受到了丝茜娜的威胁。四不像魔兽也愤怒地咆哮着，试图冲破『穿送铁门』，但丝茜娜的『圣光道墙』已经让他们感到无法突破的障碍。莱昂纳多和他的小组见状，立刻抓住这个机会，发动猛烈的攻击安娜斯崔娜等人和四不像魔兽。里维斯、卢卡斯和傅凡吟配合默契，同时对另一边的其他小精灵法师发动了攻击，削弱他们的前攻和抵抗能力。

突如其来的魔法波动让战场上的众人陷入了紧张和惊愕之中。所有人的目光集中在那名穿着黑色西装的神秘人身上，他的出现带来了一股浓郁的黑暗气息，让空气仿佛都变得沉重起来。

这位黑色西装的神秘人站在『穿送铁门』的附近，面容阴冷，眼神深邃，透露出一种不可预测的强大力量。他的存在让战场上的氛围变得更加紧张，众人心头不由自主地涌起一股压迫感。

听到安娜斯崔娜和其他小精灵法师的呼喊，黑色西装的神秘人却只是冷漠地看着他们，仿佛对他们的任务失望。他的目光落在丝茜娜身上，似乎充满了某种兴趣。

丝茜娜感受到了黑暗天使的目光，她紧紧握住手中的法杖，准备随时应对可能的威胁。与此同时，莱昂纳多、里维斯、卢卡斯和傅凡吟也做好了准备，同时莱昂纳多、里维斯和卢卡斯喝了一口活力保，他们的眼神坚定，随时准备投入战斗。

黑色西装的神秘人缓缓地走近，他的步伐轻盈而又充满威势，每一步都似乎在地面上留下了深深的痕迹。众人感受到他身上黑暗魔法的浓郁波动，仿佛一股无形的力量正在汇聚。安娜斯崔娜和其他小精灵法师的呼喊越来越急切，但黑暗天使似乎对他们的请求毫不在意，继续向前走近。

丝茜娜心中的紧张和不安逐渐升腾，她的眉头微微皱起。在黑暗天使的面前，她感受到前所未有的压力，仿佛面对一位真正的强者。就在紧张的氛围达到顶点的时刻，莱昂纳多突然迈出一步，站到了丝茜娜的身前。他的目光坚定，身上的战意凛然，他对黑色西装的神秘人说道："你是谁？为何突然出现在这里？"

黑色西装的神秘人淡淡地看了莱昂纳多一眼，他的声音低沉而冷漠："我是被召唤而来的，我名为阿斯摩太。这片领域已经沦陷于黑暗之中，你们的努力只是徒劳。现在，你们可以选择臣服于我，或者迎接毁灭。"

丝茜娜听到这个名字'阿斯摩太'，眼睛一亮，对众人说："阿斯摩太是黑暗天使！一切混乱和破坏都是他一手搞成的，他应该是命令安娜斯崔娜等人做『穿送铁门』并夺取『离子化干扰魔器』的蓝图。"众人感到惊讶，但知道黑暗天使出现并不是好兆头。

莱昂纳多的目光坚定不移，他紧握着手中的圣剑，语气坚决地回应道："我们绝不会屈服于黑暗，无论你是谁，我们都会为了光明而战斗！"

黑暗天使阿斯摩太的眼神变得更加冷漠，仿佛对莱昂纳多的话语毫不在意。他慢慢地抬起手，准备释放出强大的黑暗魔法。黑暗天使阿斯摩太抬起手，一股浓郁的黑暗魔法能量开始凝聚在他的掌心，同时身后长出一双黑色的翅膀。这股能量形成了一个黑暗漩涡，散发着让人窒息的邪恶气息。众人感受到即将到来的威胁，紧张的氛围再次达到了顶点。

莱昂纳多不容忍黑暗的蔓延，他迈出坚定的一步，圣剑在手中绽放出耀眼的光芒。他的身上似乎也散发出一股圣洁的气息，与黑暗形成了强烈的对比。

"黑暗不可能永远占据光明。" 莱昂纳多的声音坚定而激昂，"我们将用我们的信仰和意志，维护这片领域的光明。"

丝茜娜也紧紧握住法杖，她的眼神中闪烁着坚定的光芒。她深深吸了口气，心中默念着神圣的咒语，准备释放更强大的光明力量。

在一瞬间，丝茜娜的法杖绽放出耀眼的白光，一道巨大的光墙形成，将黑暗天使阿斯摩太的黑暗漩涡阻挡在了外面。那道光墙发出耀眼的光芒，照亮了整个战场。黑暗天使的脸色微微一变，他没有料到丝茜娜会有如此强大的防御力量。光明与黑暗在这一刻形成了鲜明的对比，两股强大的能量相互碰撞，激起了一片能量波动。

众人都紧握着手中的武器，准备迎接接下来的挑战，为了光明和自由的未来，他们将勇往直前，毫不退缩。莱昂纳多、里维斯和卢卡斯的眼神变得坚定无比，他们毫不犹豫地冲向阿斯摩太。圣剑、剑和刀交织成一道闪电般的攻击，他们的每一击都充满了决心和愤怒，试图击退这位黑暗势力的代表。黑暗天使阿斯摩太同样不示弱，他的黑暗魔法化作一道道锋利的暗影，与三人的攻击交错在一起。战场上的火花四溅，能量波动在空中肆虐，形成了一场惊心动魄的对决。

就在这时，傅凡吟迅速抓起一瓶圣水，他的动作敏捷而果断。他毫不犹豫地扔出圣水，圣水在空中划出一道美丽的弧线，直奔黑暗天使阿斯摩太的脸。圣水一碰到阿斯摩太的脸，发出一声尖锐的嘶鸣，阿斯摩太的脸冒出小烟，刺痛了一会儿。傅凡吟的举动为莱昂纳多等人创造了短暂的喘息机会。

同时，傅凡吟再次施展出『圣光道墙』，一道耀眼的白色光芒在他的周围形成。这道光墙将黑暗天使阿斯摩太和其他小精灵法师隔离开来，使他们无法再进入战斗。

莱昂纳多和丝茜娜看到这一幕，心中感慨万千。莱昂纳多用圣剑的力量将敌人一划，体爆发出一道耀眼的光芒，如同一颗流星划过夜空。驱魔水落在黑暗天使的身上，发出剧烈的燃烧声，黑暗的气息开始被驱散。终于稍微稳定了下来，黑暗势力被压制，光明开始重新占据优势。但战斗还远未结束，众人都知道，他们必须继续努力，直至彻底击败黑暗的威胁，恢复和平与自由。

这时候，丝茜娜喝了一口活力保，依然稳定地维持着『圣光道墙』，将四不像魔兽牢牢困在了『穿送铁门』的边缘。就在此时，一个男孩突然跑到『穿送铁门』边缘，他手持一瓶‘体力保’。他的眼神坚定，似乎充满了信念和勇气。他高举着瓶子，喝下了一口，傅凡吟也施展出召唤圣术的『圣光道墙』。丝茜娜和傅凡吟两人都站在『穿送铁门』之间，转头看着对方，心知两人的计划，然后同心踏上几步，将困住的妖怪往后推，不给对方一个脱身的机会。

丝茜娜对傅凡吟说："如果我们的能量坚持不下去，他们就破出我们的圣术，到时大家就遭殃了！"两人默契地使劲全力，开始往前推着困住的妖怪十余步，慢慢缩身进入门口。安娜斯崔娜等人的脚步声也随即前往前方，但他们怎么推都推不向前反而向后退。

这时，傅凡吟看到安娜斯崔娜的身影在一丈之外，他举起手来，试图砍下，但没有任何作用。安娜斯崔娜等人目光再闪，上身不动、下身不退，坚定地停在丝茜娜和傅凡吟的『圣光道墙』前。

傅凡吟说："我快不行！一定要毁掉这扇门！"

丝茜娜紧张地说："你会付出生命的代价！"

傅凡吟却说："我明白最后一段那盲人的含义了。『可以转移，可以了结；只恨运命屯邅，故此一得一失！』"

丝茜娜甜蜜地说："凡吟！你和我一起'舍弃'，让人类可以'获得'，好吗？"傅凡吟看着丝茜娜，微笑着点点头。

傅凡吟对莱昂纳多喊道："你还在等什么？赶快毁掉这道门，不要管我们！"

莱昂纳多心存犹豫，说着一声"谢谢"，随即挥下长剑，发出"嗡嗡"的急剧震颤声，剑迎风一划，威猛的内力汹涌而出。这把剑散发出一道耀眼光芒，随后细剑猛地劈下。圣剑一劈，左侧的铁门框出现了一道剑痕，随后一半的门框被斩断，突然间『穿送铁门』前面的通道爆炸起来。莱昂纳多迅速地离开现场，避免被爆炸波及。与此同时，门外的观望者看到一团火焰从门内爆发而出。在巨大的爆炸声中，门的支撑柱也崩溃，随之而来的是一片灰尘，然后是寂静。众人纷纷回头，四处都是混乱的场景，地上散布着碎片，但傅凡吟和丝茜娜的身影却不见了。

在莱昂纳多、卢卡斯、里维斯、西摩、十名精灵、法师莱桑德拉、队长郭自豪、中士烈运聪、中士许曾华、下士张傲、下士卡比尔、艾哈迈德以及士兵陆成帆的集合下，郭自豪与队友看到眼前是一片破碎的景象。众人明白邪恶的头目已经被消灭，内心感到极大的喜悦。突然，从山坡上传来一阵阵猿啼声。众人转头望去，看到还剩下数百名小精灵和妖精。突然，一艘白色金属三桅帆飞船出现在他们面前，船上的炮口对准数百的小精灵和妖精，开始进行扫射。与此同时，飞船上的船员海安招手，呼喊众人快上飞船。于是众人迅速登上了"白桦尺燕"号飞船。

在众人登上"白桦尺燕"号飞船后，飞船的引擎轰鸣，开始缓缓升空。他们心情复杂地望向下方，深知傅凡吟和丝茜娜可能已经牺牲，但却没有找到他们的尸体。同时，飞船的炮火还在不断地清扫着残余的小精灵和妖精，将他们逐渐驱散。

莱昂纳多站在飞船的甲板上，他的眼神迷离而沉重。丝茜娜的面容在他脑海中浮现，他心怀悲伤却又充满坚定。他深知，即使傅凡吟和丝茜娜已经不在，他们也必须继续前行，维护光明的力量，保护这片领域的和平。

飞船渐渐远离了战场，天空中的战火渐渐消退，只留下了一片废墟和沉默。众人都在甲板上静静地凝望着这一幕，内心充满了感慨和回忆。虽然他们失去了两个队友，但也获得了胜利，保护了人们的生活和自由。

"我们将继续前行，为了傅凡吟、丝茜娜，为了所有的人，为了光明。"莱昂纳多的声音坚定而铿锵，众人纷纷点头附和。飞船在广阔的天空中划过一道闪亮的弧线，像是一个希望的象征。

随着时间的推移，众人逐渐平复了内心的悲伤，但他们对傅凡吟和丝茜娜的记忆却永远铭刻在心。他们将继续传承这段历史，将傅凡吟和丝茜娜的勇气与信念传递下去，为了一个更加美好的未来而努力。在飞船继续翱翔的天空中，众人的目光依然充满希望和决心。

在飞船继续航行的过程中，郭自豪意识到可以使用自己军用的通话系统，便自己来尝试联系盟军。他走到自己军用的通话系统，恢复通信设备的功能，并开始发出呼叫信号。飞船的通信屏幕显示着频繁的闪烁，但他并没有透露关于精灵和飞船的存在，而是只简单地说明了他们成功地摧毁了黑暗势力的基地，但在战斗中失去了一些同伴。

通过通信，他成功地与盟军的指挥部建立了联系。他们得知了战斗的胜利，虽然没有详细了解情况，但对众人的奋斗表示了赞赏。盟军的指挥官要求郭自豪提供更多情报，以便做出后续的安排。郭自豪答应了，并表示会尽快提供更多信息，盟军的指挥便要求郭自豪等人在一片宁静的东面的山林中，也给他们一个碰面标点。

在通话结束后，郭自豪望着飞船窗外的风景。飞船继续飞行，众人在船上交流着，回顾着战斗的经历和未来的计划。虽然失去了傅凡吟和丝茜娜，但他们的精神将会一直陪伴着大家。厨子海安和莱昂纳多的邀请被欣然接受，队长中尉郭自豪、中士烈运聪、中士许曾华、下士张傲、下士卡比尔、艾哈迈德和小兵陆成帆一同来到了餐厅。桌上摆满了各种美味的食物，大家围坐在一起，笑语盈盈地享受着丰盛的晚餐。

在用餐过程中，气氛非常愉快，大家交流着战斗的经历、未来的计划，以及一些轻松幽默的话题。厨子海安和莱昂纳多也不断为大家倒酒、送菜，似乎过着一个难得的欢乐时光。然而，就在用餐结束后不久，大家突然感到一阵疲倦袭来，眼皮渐渐沉重。他们的眼神变得迷离，身体不由自主地靠在椅子上，然后一个接一个地进入了梦乡。原来，厨子海安和莱昂纳多在食物中放了一些魔法药水，这药水能够引发轻微的催眠效果，让人们进入深度睡眠。他们早早预谋了这个计划，想要给郭自豪与他的队伍忘记精灵和飞船存在之事。

海安笑着对莱昂纳多说："记得上回那两个不怀好意的男人在面包店门口纠缠着丝茜娜，你放了这瓶药水叫什么孟婆汤，把那两个惹事的家伙搞得不省人事，现在看来效果还是不错的。"

莱昂纳多也笑了笑，点点头说："没错，现在那两个人还是安分守己，变得比以前乖多了。"

随后，莱昂纳多继续解释，说："中尉郭自豪、中士烈运聪、中士许曾华、下士张傲、下士卡比尔、艾哈迈德和小兵陆成帆会忘记见到精灵和飞船的事情，只会记得他们成功地击败了妖怪，以及丝茜娜与傅凡吟的牺牲以及他的队伍摧毁『离子化干扰魔器』和『穿送铁门』。"海安也笑了笑，点点头。

中尉郭自豪、中士烈运聪、中士许曾华、下士张傲、下士卡比尔、艾哈迈德和小兵陆成帆逐渐沉入了深度睡眠。船长萨米尔、西摩、阿奇、阿吉、副船长里维斯、剑客卢卡斯、舵手海安、船员海安、厨子海安，以及莱昂纳多与其他精灵一同来到了一个清澈的湖边。在湖边，他们搭起了一座简单而温馨的露营帐篷，为中尉郭自豪等人创造了一个惬意的休息环境。

第二天，太阳温暖地照耀着大地，一片宁静的山林中，也是与盟军碰面标点。中尉郭自豪轻轻地唤醒了中士烈运聪和中士许曾华告诉他们昨晚大家吃了个热闹，现在已经到了一个美丽的露营地。当郭自豪等人从睡梦中醒来，他们发现自己躺在一个露营的地方，地上有一锅剩汤和几瓶空瓶子。同时，微风拂过，树叶沙沙作响，让人感到宁静而舒适。

郭自豪摸了摸自己的头，然后环顾四周，看到中士许曾华身边的下士张傲、下士卡比尔、艾哈迈德和小兵陆成帆都还在沉睡。他们显然也刚刚醒来。他们站起身，看了看周围的环境，回忆起之前的情景。大家只记得他们正在完成成任务和庆祝之事，但之后的事情就有些模糊了。郭自豪等人揉了揉自己的脑袋，然后走到一旁，愣了愣，然后抹了抹眼睛，好像在确认一切是真实的。但这时，郭自豪脑海里的记忆似乎变得模糊起来，他感觉自己好像忘记了什么重要的事情。他看了看身边的伙伴们，他们似乎也没有注意到其他人的缺席。郭自豪皱了皱眉，这种感觉真的很奇怪，好像有一些重要的信息被抹掉了。他轻轻摇了摇头，试图将注意力集中在眼前的环境上。每个人都一直以为或许他们只是在一个自然的露营地，其他人可能在附近的地方。他们的表情都显得有些茫然，好像刚刚做了一个奇怪的梦。

"烈运聪，你有没有记得发生了什么事情？" 郭自豪问道。

中士烈运聪皱了皱眉，摇了摇头，他的脑海中似乎有一些模糊的画面，但具体的细节却无法捕捉。

"我也记不太清楚了，好像是在追逐什么东西，然后就…" 许士曾华试图回想，但他的话语也停滞了下来。

郭自豪皱着眉头，内心涌起一种不安的感觉。他们仿佛忘记了某些重要的事情，但又无法具体说出来。唤醒了其他人，大家都面临着相同的问题。在这个谜团中，他们暂时只能努力回想，试图找到那些丢失的记忆碎片，以解开眼前的迷雾。与此同时，船长萨米尔和船员们已经离开。

郭自豪突然想起了盟军指挥官的指示，他急切地催促着中士烈运聪等人迅速整理装备，准备前往东面的山林碰面。随着他们离开之前的露营地点，踏上了前往指定地点的征程。在前进的路上，他们一边交换着战斗中的经验和感受，一边紧盯着前方的目标。整个队伍充满着团结与希望的氛围，这种团结正是他们在战斗中的强大支持。

不久后，他们终于抵达了指定的山林。中尉郭自豪、中士烈运聪、中士许曾华、下士张傲、下士卡比尔、艾哈迈德和小兵陆成帆等人等待着盟军的指挥官迈克尔。就在这时，天空中出现了盟军的NH-90直升机，带着郭自豪等人前去与指挥官迈克尔会面，交流最新的情报和计划。随后，迈克尔传达了高层的命令，要求其他盟军成员尽快出发，参与即将进行的行动。

"我们已经掌握到情报，妖怪大寨就在这片山脉的深处，"迈克尔说道，"我们的目标是摧毁这个妖怪大寨，让他们彻底失去立足之地。同时，另外的二万军会从侧翼包抄，乘势追击残余的敌军。"

听到这个计划，郭自豪等人纷纷点头表示同意。他们深知，这是一个至关重要的时刻，胜利将意味着整场战斗的胜利，也将意味着领土的和平与自由恢复。在盟军指挥下，众人出发前往妖怪大寨。他们穿越着茂密的树林，越过种种障碍，始终保持着紧密的队形。这次，他们没有了之前的迷茫和彷徨，只有坚定的决心和坚强的信念。

当众人抵达妖怪大寨时，眼前的景象让所有人都感到震撼。这个大寨堡高耸巍峨，妖怪军队整装待发，气势逼人。然而，众人并未退缩，他们知道，这是最后的一战，胜利的机会就在眼前。

一名妖怪冲进了大营帐，紧急报告："报告！有一支军马，正朝着这里来。"就在这时，一声巨响响起，火光冲天，地面上升起一片浓烟。原来是十架F16战斗机飞过，发射了数十枚导弹，瞄准了敌人的要塞墙。

盟军随后又带来了五百辆坦克车，准备出击，气氛紧张。一个坦克军官警告道："魔军渐近！"

与此同时，一支庞大的敌军军队从山背后转出，他们的前面飘扬着一面大红旗，上面有一个黑火印，看起来妖怪是骑着狼匹，数千妖怪和狼匹跟随其后。按照盟军指挥官的命令，盟军的五十辆坦克车隐藏在草丛中等待，静候时机。

当敌军军队来到两座山寨之间的空地时，盟军的伏着坦克车，突然现身就开炮，炮响的声音像是战鼓声，让敌军感到一阵惊慌。魔军士兵不知所措，四处乱窜，形成了混乱局面。盟军的指挥官大声喊道："敌人陷入了混乱之中！"坦克车不停开炮向妖怪狼兵的方向轰炸。

而后锋的狼兵原本有千名敌军，如今只剩下五狼兵，这时候前方是盟军，后方也是盟军，阻挡住了敌军的退路，他们早已被包围。两军混战，全部狼兵则在战场上被诛杀。

今日首次公开交战，短短一两招之间，他们已成功击退了五千名敌军。半小时后，盟军的指挥官再次对聚集的士兵们说道："诸位同袍，魔兵集结在州城，控制了州城。而大部分魔鬼精英则居住在小镇附近。一旦敌军来袭，这将成为我们的大患。因此，我们必须出其不意地打击敌军。"他接着说："让我们按照原定的计划行动。祝大家一切顺利。"

士兵们兴奋地呼喊："胜利！"

不久之后，大家散去，长官与士兵们开始安歇，此时下午已近，他们准备开始行军。与他们同行的军队有五千余人，伴随着数百辆大小车辆，一群队伍在州城的方向前进。与此同时，盟军的指挥官也按命令随军队前行，日夜不停地前进，每两日一夜，他们争分夺秒，力求在州城追上，并且不论谁先抵达目的地，都要确保该区域安全。大军陆续跟随在后。

这时候，迈克尔·费尔南多正在航空母舰上指挥。其中一名盟军军官说："有一些东西朝我们飞过来了，请下达指示！"迈克尔走到舰桥外。他才注意到，从天边飞来了密密麻麻的黑点，看起来十分可怕。然而，迈克尔知道那不可能是战机，因为世界上没有这么小体积同时速度又如此迅猛的战机。就在这一瞬间，他内心涌起了一种不祥的预感。

在极度的恐惧中，迈克尔大声喊道："准备防空炮！"不容迟疑，舰员们跑向炮舱，坐在右边的六管自行防空炮旁，紧接着安装了一批强大的防空火力，专门用来抵御来自空中的威胁。迈克尔坐在控制室前方的座椅上，做好了准备。

航空母舰和其他战舰上的人们注意到，飞来的物体角度异常诡异，更重要的是，那物体的速度太快了。迈克尔情感激昂，通过发令管传达出一串指令："非常好！我们也要加把劲！各位炮手，准备开火！""左转15度，瞄准黑龙，开火！"

不到十秒钟，炮舱门已打开，瞄准天空，准备对任何威胁目标开火。几乎瞬间，天空中出现了无数爆炸，火焰升腾而起，犹如火焰芭蕾一般。"嗵嗵嗵"连续的巨响。数十发空中爆炸弹从炮管中发射出去，在爆炸到达高点时，瞬间分裂为几千颗小型碎片，迅速散布在广阔的空间中。整个天空仿佛一下子被剧烈的震荡了一下，远远看去，炮弹在半空中形成一片密集的火雨，威力到了三到五倍，这些炮弹本身就带有强大的破坏力和穿透力，即使是坚硬的黑龙也难以抵挡它们的威力。爆炸瞬间释放出数千枚破片，质量在五十克到两百五十克之间，这些碎片的初速度能够达到五千米每秒，具备强大的打击能量和贯穿力。这些炮弹不仅让那一群黑龙丧失了战斗力，甚至连它们的内部也发生了爆炸，冲击波和反射效应造成的超压和冲击波使得那一群黑龙从高空中摔落。

迈克尔心中默念"好极了"，与整个舰队一起挺身而出，继续发射。他喊道："各个炮组，包括轻型炮组，调整角度，覆盖射击！注意保持循环的射击顺序！"

通过发令管，迈克尔·费尔南多提气喊出了这些话，现在"续航力"号舰领先，把被击落的黑龙击落了十几只。巨大的爆炸声中，火焰熊熊燃烧，黑龙一个个像火炬一样坠落在海里。看着这一切，天空恢复了宁静。

过了一段时间，城中传来隆隆的声音。突然出现了全身覆盖着铁甲的车辆，原来总共来了三十辆坦克，它们的车身上覆盖着圆形的装甲，每辆坦克上都插着盟军的国旗。其中一辆坦克内传来一阵声响，好像有人正在攀爬坦克。黑色岩石般的装甲门翻开，咣当一声，一个身穿军装的人拿着望远镜从里面探出头来，这位军官名叫托马斯·罗德里克。他看到城外的丘形炮塔。此时，托马斯·罗德里克下令众人前进，各个坦克驾驶员踩下油门。于是，大军沿着太阳的方向前进。行进几公里，附近的地形变得复杂，多是山地和丘陵，起伏不定。

托马斯与坦克内的人交谈："我们的计划是潜入敌人的大本营，夺回领地。"那人点头表示同意。

托马斯按照迈克尔·费尔南多的指示，指挥队伍布阵，准备迎战。当他们踏出大道时，前方传来阵阵喊叫声，似乎有什么野兽正在逼近。突然，狭窄的马路上涌现出大量白色烟雾。一排房屋中传出咆哮声，声音越来越大。抬头看向前方，前路变得模糊不清，突然，二十只铁甲巨兽出现，它们巨大的身躯如同坦克，朝着托马斯等人冲来。托马斯转身看见一只只逼近的铁甲巨兽，大声喊道："兄弟们，拼死一战！"

左侧的坦克组发射了榴弹炮，成功摧毁了十只铁甲巨兽，然而这些巨兽非常敏捷，避开了炮弹的攻击，暂时阻碍了它们的前进。与此同时，从山后传来震耳欲聋的喊叫声，右侧又出现了十只铁甲巨兽，同样，托马斯的右侧坦克组也发动了攻击。托马斯的坦克组不断开火，经过激烈战斗，没有击溃迈克尔·费尔南多阵地。经过一段时间的战斗，铁甲巨兽筋疲力尽，无法继续战斗，不再攻击托马斯等人。此时，已被击溃的铁甲巨兽开始逃窜，四处奔逃。

在未来的岁月里，世界的前景将充满了挑战和希望。人类继续努力抵抗。

第十三回 结束

　　过了一段时间，托马斯等人的部队开始进入下一个街区。此时天色已晚。行进不到十里，又有一支敌军封锁了去路。托马斯等人看见敌人用火炬点燃火光，只见城的西、南、北三门都被点燃，队伍中有五十多辆坦克车与M113装甲运兵车。托马斯等人看到这些坦克上都插着联合国的旗帜，蓝色为底色，上面有白色的联合国标志。看到这面旗帜，托马斯等人终于松了口气。联合国军队的万人部队及时赶到，各自的军队再次发动进攻。这一次，他们选择性地重点攻击，将夺回城市为主要目标，集结大量火炮进行轰击。

　　小精灵的武器非常简陋，除了爆破枪之外，还有轻机枪和手榴弹，但他们毫不畏惧。枪声响成一片，一道道火光划过，迅速前进。这时，尘土飞扬，小精灵看到坦克车与M113装甲运兵车分成两路冲来，一时间失色。托马斯对一名坦克长官说："你带领坦克从小路行进，向右侧发起突击。"那位长官带领着五辆坦克行进。与此同时，从右侧的十二点七毫米高射机枪喷射出火光，几乎同时迸发出两道闪电般的光束，速度极快。托马斯又下令第二名长官带领四千士兵前进，这四千人分成两个线路。

　　四千名士兵发出密集的子弹齐射，形成了一堵火力墙，困住了精灵，阻止了他们的前进。突然，战鼓声响，另一支敌军从后方袭来。托马斯回头看到一群敌人骑着可怕的巨大狼，每只狼都像一辆汽车那么大，形成了一条横向的进攻线。他们的脸模糊不清。迈克尔不知道他们是人类还是生物，也不知道敌人的兵力规模，这让他充满了恐惧。他立刻命令军队指挥官紧急部署兵力。其中一个名叫"汤姆"的军队指挥官下令派遣一千名后卫守住后方，分为两个小队，命令："趴下，开火！"士兵们开始射击。

凶猛的红牛冲在前方，发出震天地的吼声，笼罩了一切。伴随着凶猛的野兽的骑兵出现在前方。汤姆指挥官率领士兵冲向前方。这些骑兵怪物面容严肃，全副武装，腰间挂着四把锋利的刀，手中紧握弩弓。看到这一幕，汤姆指挥官忍不住说："我一辈子都在战场上度过，从未见过像这样的人。"

正当两人在思考之际，前方突然起了一阵狂风，扬起尘土和石块，如暴雨倾盆。一股凶猛的力量冲了上来，咆哮着怒吼着。汤姆指挥官的士兵怎么能抵挡住这样的冲击？他们只能用刺刀挡住冲势，同时进行集中猛烈的火力射击。每位狼骑手射击数十次，导致双方都有伤亡，但他们并没有停下来，继续冲向汤姆指挥官的士兵，将他们驱散。狼骑手毫不留情地追击，片刻后，大量士兵在混乱中丧生。

在这一刻，一群波音AH-64阿帕奇直升机加入了战斗。一连串的炮弹被发射出去，伴随着尘土和石块，仿佛野兽在内部咆哮，导致凶猛的狼骑手们减弱了怒火，敌人的队形陷入混乱。过了一会儿，狼骑手们突然停止了前进。一些怪物倒在地上，没有人敢前进。汤姆指挥官下令："猛攻！"立刻，下坡中央充满了杀机。一声震耳欲聋的吼声爆发出来，地面部队撤退了数百万步。鼓声齐鸣，军队前进，追击敌人。

爆炸突然在北方爆发，火焰冲天，至少有一半的敌人被杀伤。突然，一连串的炮弹从天空中降落。旁观者欣喜若狂，欢呼雀跃。每支军队都改变了攻击目标，向着城市前进。他们对恶魔军队的阵地进行了两个多小时的炮击。不久之后，西部军队的前线部队也到达了。火焰升腾，呼号回荡，炮弹爆炸声不断回响。堡垒外的炮兵齐齐开火，炮弹如暴风雨般降落，恶魔军队遭受了沉重的伤亡。

城市内，曾经强大的精灵军队迅速减少。北方联军冲破了南门，命令汤姆指挥一千士兵前去协助其他人。他们迅速驾驶军用车辆加入了南门的盟友。汤姆指挥官再次下令，带领百辆坦克紧随其后。他看到这一切，撤下望远镜，对一个军官说："情况已经明朗。现在，联络其他联军，传达我们的胜利消息。"

"是的，长官！"军官顺从地回应道。

汤姆指挥一千名精英士兵发动攻击，得到波音AH-64阿帕奇直升机的支持。敌人顽强抵抗。情势一度陷入僵持，不过不久后，战场上尸横遍野。怪物领袖看到有几辆坦克沿着中央道路前进。这些是敌人地面坦克的进化版本，底部装备有轮子，顶部覆盖着铁壳。一旦进入战场，它们几乎无敌。尽管火器的射程有限，但对付铁甲坦克的威力巨大。听到敌人的愤怒咆哮，它们正准备发射魔法炮。

正在此时，传来一声号令，藏在坦克内的火铳手立即架起火铳，在挡箭板上开火。"啪啪啪啪！"火铳声齐鸣，喷出子弹与烟雾。只见抵抗的军队顿时惨叫连连，倒在地上翻滚。不仅如此，墙壁的一部分轰然倒塌，露出一个大缺口，铁壳坦克从中冲了出来，大成军士兵惊恐不已，一部分士兵开枪射击前方的铁壳坦克，另一部分士兵则开枪射击右侧的铁壳坦克。

飞在天空的波音 AH-64 阿帕奇飞在最前沿，立刻开枪，火炮弹狠狠射向敌方土坦克的方向。盟友军有波音 AH-64 阿帕奇和坦克的帮助，他们也纷纷围了上来，一齐发动进攻。这时装甲师的副指挥官，托马斯，也带着五十辆坦克前来支援。两军恰巧相遇，冲入了敌阵。两军的装甲主力在交战后很快混战在一起。浓密的硝烟弥漫了战场，坦克行进和射击扬起的沙尘更加阻碍了两军的视野，士兵们也混杂其中，互相厮杀。炮声、枪声、爆炸声、喊杀声和哀号声交织成一片。坦克手们使敌方的敌方土坦克炸得粉碎。

停火后，托马斯等人看到那些蒙面的敌人伤痕累累，有的蹲在地上，有的大声呼喊，还有的在泥泞中翻滚。十个蒙面人都受了伤，有的断了手断了脚，疼痛难耐，惊慌失措，这十个蒙面人仿成一群乱蹦乱跳的苍蝇一样，不知所措。

战斗进行到第十天，托马斯和其他军队结成联盟，使两军的数量优势大大增强。他们再次发动短暂而激烈的进攻。敌军的反击再也没有能力对两军构成威胁。此时，各军队已完全控制了制空权，联盟军的进攻基本结束，战线逐渐稳定下来。

在这漫长而激烈的战斗中，联盟军消灭了二十万敌人，击毁了一千多辆坦克，摧毁了两千门火炮，并向西推进了一百公里，扩大了阵地，还歼灭黑龙和一些小妖精的躲藏之处。与此同时，联盟军的损失也是巨大的，有四百二十万人伤亡，近三千辆坦克损失，火炮损失八百多门，飞机损失一千一百五十一架，但还是打了胜仗，夺回每一个自己的城市和土地。

每个人看着路两旁几乎全是废墟，一片废墟连着一片废墟，烟雾弥漫，生机全无，触目惊心，但心中却有希望，可以重建家园。妖魔鬼怪在沿途破坏了所有的公路、铁路和桥梁，污染了水源，焚烧了所有的农作物，摧毁了建筑物。在这次救援行动中，救援车队采取边修边走的方式前进，虽然暂时没有遭遇炮火的威胁，但由于道路严重损毁。

第二天，迈克尔司令官和一位上校来到营区，实地了解了工兵营在当地开展扫雷排爆和修建维护道路等工作的情况。他赞扬这些工作不仅给当地群众带来了福祉，还为联合国维和部队和当地人民之间搭建了一座"友谊桥梁"。同时，他们还为纪念傅凡吟在战斗中的英勇表现，修建了一座纪念墓，上面刻着"追求正义的勇者"。

　　过来一个星期，联合国总部训练部长当天视察了工兵营，称赞官兵为地球和平事业做出了积极贡献，并决定将工兵营作为此次访问的样板营在联合国南部临时部队中推广。与此同时，一位国际司令官对队长中尉郭自豪、和他的队友，中士烈运聪、中士许曾华、下士张傲、下士卡比尔、艾哈迈德和小兵陆成帆，给予了高度评价。叙述他们在战斗中所表现出的英勇和坚韧毅力，面对敌人的强大压力和困难时依然坚持不懈，展现出真正的军人精神，于己描述他们在紧急情况下的冷静应对能力，以及在面对复杂局势时的明智决策，这种冷静和智慧为整个队伍提供了重要的支持，而且　提及他们在战术执行方面的出色表现，如何有效地利用装备和资源，配合其他部队展开合理的战术，取得了积极的进展。国际司令官对队长中尉郭自豪还强调队长中尉郭自豪的领导才能，如何在战斗中激励和指导队员，使他们保持高昂的士气并展现出色的战斗素质。最后，这位国际司令官可以表达对这支队伍的感慨和祝愿，鼓励他们继续发扬优良传统，为和平事业作出更大贡献。

　　整个事情已过，各个军人也回家与家人团聚，而郭自豪的母亲得知她儿子回家之事，只对郭自豪说了一句话"欢迎回来"，郭自豪听了没多言。

　　接着几天后，随着郭自豪的故事传达到总部，高级军事官员和领导们开始深入了解这场惨烈的战斗，以及队长中尉郭自豪和他的队友们在其中所表现出的英勇和牺牲精神。他们不仅仅是军人，更是无畏的战士，为了保卫家园和和平，义无反顾地投身战斗。

　　总部深受感动，认为这是值得永远铭记的事迹，特别是傅凡吟和其他人，他们的勇敢精神令人钦佩。总部决定为他们制定一个特殊的纪念计划，以表彰他们在保卫和平的战斗中所做出的巨大牺牲。

　　总部决定，为傅凡吟这一个英勇殉职男孩和其他人，特别制作纪念奖章，并将这些奖章送交给他们的家人。这个决定不仅是对这一群英勇战士的致敬，也是对他们家庭的慰藉和尊重。傅凡吟的父母在得知这一消息后，深感自豪和骄傲，同时也深感伤痛和悲伤。他的孩子是如此英勇和坚定，为了国家和家园，不惜付出了生命的代价，但他们也明白，孩子的英勇行为将会永远被人们铭记，他们为了更大的目标和价值，做出了无比伟大的贡献。

同时，他们也感受到总部的关怀和尊重，知道自己的孩子得到了应有的荣誉和纪念，这让他们感到一种无比温暖的感觉。他们的心灵受到了抚慰，尽管痛苦难忍，但也因为孩子的英勇，而变得坚强和坚定。

总部的举动和尊重，让傅凡吟的父母感到他们的儿子不仅仅是家庭的骄傲，更是国家和世界的光荣。这样的认可和纪念，将使他的英勇事迹永远流传，成为人们心中的英雄和榜样。郭自豪等人一直想不起丝茜娜的存在，因为莱桑德拉已经下魔法和药只记得男孩英勇。

而被遗忘的精灵们，在他们的心头，丝茜娜和傅凡吟的英勇事迹将永远被铭记，他们为了保卫家园和和平所作出的巨大牺牲将成为岛上的永恒传说。西摩、法师莱桑德拉、萨米尔、阿奇、阿吉、副船长里维斯、剑客卢卡斯、舵手海安、船员海安、厨子海安等人，护送着莉雅的遗体和丝茜娜的照片，带着深深的哀思和敬意，回到了自己的岛屿。他们选择与十二个石巨人、艾琳和其他精灵一起生活，共同在这片自然宁静的土地上建立起新的家园。这个岛屿将成为丝茜娜和傅凡吟的永恒纪念地，每一位居民都会铭记他们的英勇和牺牲，传承下去。

莱桑德拉虽然深受丝茜娜的影响，但她却在心底怀有一份特殊的信念。她感觉到丝茜娜和傅凡吟的精神不会轻易消逝，可能在某种形式下继续存在。她时常在夜晚的星空下，感受到丝茜娜的存在，仿佛她的灵魂还在与这片土地相连，继续守护着她所珍爱的一切。

在岛上，人们时常聚在一起，回忆丝茜娜和傅凡吟的事迹，讲述着他们的英勇和牺牲，传颂着他们的精神。岛上的生活虽然平和宁静，但每一位居民心中都充满了对和平的珍惜和对英雄的崇敬。丝茜娜和傅凡吟的名字成为了这个岛屿上的代名词，代表着坚定的意志和无畏的勇气。他们的事迹也激励着岛上的年轻一代，让他们明白，每一个人都有责任守护自己的家园和和平，为了更美好的未来，勇往直前。在夜晚，星光璀璨，法师莱桑德拉时常凝望着天空，感受着丝茜娜的存在，仿佛她的灵魂就在其中。她坚信，英雄的精神永不消逝，将永远在人们心中燃烧，成为指引前进的明灯。

剑客莱昂纳多怀抱着圣剑，心中既是沉痛又是坚定。他踏上了回去圣剑村庄的旅程，这座村庄是他的守护故乡，也是他与圣剑结下深厚情感的地方。路途虽然曲折，但他的步伐坚定，心中对于即将面对的责任充满了决心。

终于，莱昂纳多来到了圣剑村庄，一个宁静而古老的地方。村子周围的景色如画，但他此刻却没有心思欣赏。他径直前往村子的中心，那座古老的圣剑殿堂。在殿堂门口，村长陈斯一和陈长寿早已等待多时。他们的脸上写满了担忧和期待，因为他们知道，莱昂纳多的归来意味着有重要的事情发生。莱昂纳多停在了陈斯一和陈长寿的面前，他们的目光交汇在一起，透露出深厚的情感。莱昂纳多没有多言，他缓缓地将圣剑放在地上，然后向两位村长深深一躬。

"陈斯一村长，陈长寿，我回来了，带着圣剑，同时也带来了一个沉重的消息。" 莱昂纳多的声音低沉而坚定。

陈斯一村长的脸色微变，他们知道这一刻终于来临，莱昂纳多的表情和圣剑的存在都在说明一切。陈斯一看着莱昂纳多的眼神，鼓励地点了点头，示意他继续。莱昂纳多开始讲述，讲述莉雅、丝茜娜和傅凡吟的英勇事迹，讲述他们与妖魔的激战，最终的牺牲。他的话语铿锵有力，透露出对于这些英雄的敬意和哀悼。

"他们为了保护我们的家园，为了捍卫和平，英勇地赴了最后的战斗，以生命换取了我们的安宁。莉雅、丝茜娜和傅凡吟，都是真正的英雄，他们的精神将永远在我们心中燃烧。"莱昂纳多的声音逐渐变得激昂，他的目光坚定地注视着两位村长。

陈斯一和陈长寿听着莱昂纳多的讲述，内心感到震撼和悲痛。他们与莉雅、丝茜娜和傅凡吟都有深厚的情谊，每一个人的牺牲都是村庄的损失，更是整个大陆的损失。他们沉默了片刻，然后陈斯一开口，声音中充满了敬意和感慨。

"莱昂纳多，你的归来是对于他们最好的纪念。他们的英勇事迹将永远被传颂，而你，作为见证者和战友，将永远是我们的骄傲。我们会将他们的名字铭刻在圣剑村庄的历史中，让他们的精神继续在这片土地上生生不息。"

陈长寿补充道："他们的牺牲将激励我们，不论面对什么困难，我们都会坚持下去，继续守护家园和和平。莱昂纳多，你的归来，给了我们勇气和信心。"

莱昂纳多感受着村长们的情感，他知道，虽然失去了亲人和朋友，但他们的精神将永远存在。他点头表示理解和感激，然后弯下腰，轻轻拾起圣剑，将它握在手中。

"这把圣剑见证了我们的友谊和战斗，也见证了英雄们的牺牲。我将永远保卫它，它将继续是我们的力量和信仰。"莱昂纳多郑重地说道。在圣剑村庄，莱昂纳多和村长们共同守望着圣剑，守护着英雄们的精神，继续前行，为了更美好的未来，为了和平和希望。

而陈长寿心中充满了深深的思索。在莱昂纳多的叙述中，他听到了丝茜娜和傅凡吟的英勇事迹，也意识到生命的脆弱和宝贵。他默默地想起了自己的老婆，在庙里安静地过着平凡的生活。他的目光在远方的大厦上停留，妻子留在那座大厦曾。

如今，虽然村庄已经重建，但那份回忆依然深深地留在他心中。陈长寿转过头，看向陈斯一，眼中透露出坚定的决心。他的声音响起，带着一丝深情和坚持。

"陈斯一村长，我想回去大厦，带我老婆回来庙里住。这里是我们的根，也是我们的心。丝茜娜和傅凡吟的英勇牺牲让我明白，生命无常，我们应该珍惜眼前的一切。我想，与我老婆一起，回到那座大厦，重新开始，感受生命的美好。"

陈斯一村长凝视着陈长寿，他理解他的决定，也为他能够坚定地追随内心而欣慰。他点了点头，表达出支持和尊重。

"陈长寿，你的选择是明智的。庙里将永远欢迎你和你的老婆，你们的回归将是庙里的福分。丝茜娜和傅凡吟的英勇事迹会一直激励着我们，让我们更加珍惜生活，守护家园。你的决定是对他们最好的纪念。"

陈长寿感受到了村长的鼓励和理解，他的心中充满了坚定和安宁。他知道，即使丝茜娜和傅凡吟已经英勇殉职，他们的精神将在这片土地上永远传承。

几天后，陈长寿带着他的老婆回到了大厦，这座见证了他们爱情和生活的地方。在丝茜娜和傅凡吟的英勇事迹的感召下，他们重新点燃了生活的希望和激情。他们在庙里住下，过着宁静而充实的日子，将丝茜娜和傅凡吟的英勇精神传承下去。

庙里回荡着他们的欢笑声，庙里弥漫着他们的祈祷声。陈长寿明白，生命的价值不仅在于英勇的战斗，更在于平凡的生活。他和他的老婆，在这片土地上，继续书写着属于自己的故事，为丝茜娜、傅凡吟和所有英勇的战士们，铭刻出更多的希望和勇气。

这时候，贝利赫、阿山和阿明听到了妖魔被剿灭的消息，他们心情复杂，既感到庆幸，也为那些英勇的战士们的牺牲而感到悲伤。他们知道，在这场战斗中，许多人付出了巨大的代价，为了守护家园和和平，他们英勇地战斗到了最后一刻。

在得知这一消息后，他们决定前往草药村庄，将这个好消息告诉村长。他们知道，草药村庄与他们有着千丝万缕的联系，而且这个好消息也将带来一丝安慰和希望。当他们到达草药村庄时，村长正在村中忙碌。贝利赫走上前，对村长说道："村长，我们带来了一个好消息。妖魔已经被彻底剿灭，我们为了保卫家园，经历了艰苦的战斗，终于取得了胜利。"

村长停下手中的事情，看着贝利赫等人，脸上露出一丝惊喜和感慨。他明白这场战斗的重要性，也知道这个好消息意味着整个大陆可以迎来和平。

"贝利赫，阿山，阿明，你们辛苦了，真的太感谢你们了。"村长的声音中充满了感激之情。他知道这场战斗对于这些战士们来说是多么艰难，而他们的付出也让整个大陆受益。

阿山接着说道："村长，我们希望这个好消息能够带来一丝安慰，也希望能够为那些英勇的战士们正名，他们为了保卫家园，付出了生命，他们的勇气和牺牲精神应该被铭记。"

阿明补充道："我们知道，草药村庄也是受到了战斗的影响，我们希望这个好消息能够带来一些希望，也为这片土地注入新的生机。"

村长感受到了这些战士们的诚意和热情，他点了点头，表示理解和支持。"谢谢你们，贝利赫、阿山、阿明。你们的善意和努力，我们都看在眼里。这个好消息将会在村庄中传扬开来，带给每个人信心和希望。"

贝利赫等人与村长交谈了一会儿，分享了更多关于战斗的细节，也听取了村里的情况。他们明白，尽管战斗结束，但和平的维护需要大家的共同努力。在这个团结的时刻，他们带来了好消息，也将在草药村庄留下美好的印记。

随着全球电力的回复，先前被电离干扰器所中断的能源网络再次活跃起来。城市的灯光重新点亮，家庭和企业的电力恢复正常运行。在这个令人振奋的时刻，人们纷纷庆祝着电力的回归，因为这不仅意味着生活将重新回到正轨，还意味着社会的稳定和繁荣得以恢复。

同时，随着电力的恢复，汽车的引擎重新嗡鸣起来，道路上再次响起引擎声和车轮的摩擦声。汽车、公交车和卡车重新行驶在城市的道路上，人们欣然驾驶着车辆，前往工作、学校和各种活动。

这个时刻也标志着『电离干扰器』已经被成功毁灭。之前的战斗和努力，以及那些英勇战士们的付出，终于使得这个致命的装置彻底失去了作用。人们对于这一胜利感到由衷的欣慰，因为它不仅仅是恢复了电力，更是保卫了整个世界免受这一邪恶力量的影响。人们开始感受到和平的味道，他们珍惜着这份来之不易的安宁。在战斗中失去的人们，包括莉雅、丝茜娜和傅凡吟，在人们的心中留下了永恒的记忆。他们的牺牲成就了这个胜利，也将永远铭刻在历史的长河中。同时，阿寒、小李和阿伟也是感受胜利感到英勇战士们的付出和胜利的欣慰，但听到在战斗中失去朋友的新闻，也是感到伤心。

全球各地的新闻媒体报道着这一历史性时刻，人们共同分享着胜利的喜悦。政府和组织纷纷表达对那些战斗过的英勇战士们的感激之情，同时也向那些付出生命的勇士们表示深深的敬意。在电力恢复的背景下，人们开始重建受战斗影响的城市和村庄，努力将一切恢复到以前的状态。与此同时，人们也对于未来充满了希望，因为他们知道，只要团结一心，共同努力，就能够战胜一切困难，创造更加美好的明天。

一组探险队决定深入敌方要塞，寻找之前在博物馆被魔影偷走的扭曲的白色角。他们踏上了一段危险而充满未知的旅程。要塞的内部环境异常阴森，映衬着暗淡的灯光和阴影。探险队沿着狭窄的走廊穿行，偶尔听到远处传来的怪声和嘶吼。他们紧握武器，警惕地前行，准备随时应对任何危险。终于，他们来到了一个宽敞的大厅，那里摆放着一座巨大的祭坛。祭坛上散发着强烈的黑暗气息，而在祭坛的顶部，闪烁着扭曲的白色角。这就是他们寻找的宝贵物品。

探险队成员们紧张地环顾四周，警惕地防备着可能的敌袭。剑客莱昂纳多轻轻握住手中的剑，法师艾琳则凝视着祭坛，试图感知任何隐藏的陷阱或魔法。突然，一阵凶猛的气流袭来，祭坛上的扭曲白色角闪烁不定，仿佛要突然消失一般。他们迅速迈出一步，伸手抓住角的尖端，用力地将其拔出。随着扭曲白色角被拔出，整个大厅开始颤动，发出低沉的隆隆声。探险队紧紧抓住周围的支撑物，稳住身形。然后，一道明亮的光芒从扭曲白色角中散发出来，弥漫在整个大厅。

当光芒逐渐消散，大厅的气氛变得平静。探险队目睹着扭曲白色角重新恢复了原本的状态，不再带有任何黑暗气息。这个珍贵的物品终于重新归来，不再被魔影所扰。探险队成员们松了一口气，感叹着这次危险的冒险终于取得了成功。他们将扭曲白色角小心地收起，知道这个物品在未来的战斗中可能会发挥重要作用。现在，探险队需要想办法尽快离开敌方要塞，回到安全的地方，继续应对那些威胁世界的黑暗势力。他们的冒险还远未结束，但至少在这一刻，他们成功地夺回了失落的宝物。

同时，『穿梭门仪器』和『电离干扰器』的蓝图失踪引起了精灵们的极大担忧。这些蓝图代表着巨大的科技和魔法力量，而且它们的失踪也可能会带来新的危险。精灵们深知，这些蓝图如果落入了恶势力的手中，将可能导致更大规模的破坏和混乱。在消息传出后，精灵们迅速召开了紧急会议，讨论应对的方案。大家一致认为，寻找这些蓝图并防止它们被滥用是当务之急。精灵们深知自己的责任，他们曾经参与过抵抗妖魔的斗争，现在同样不能让这些蓝图落入错误的手中。

艾琳作为精灵的领袖，发表了坚定的讲话，她说："我们不能让这些蓝图成为新的威胁，我们必须竭尽所能，找到它们并保护它们不受伤害。这是我们对世界的责任，我们必须坚定地站在保护和平的一方。"

精灵们随后展开了广泛的搜索行动，他们派遣探险队和侦察队，分别前往各个可能的地点，寻找关于这些蓝图的线索。与此同时，他们也加强了安全措施，保护其他可能遭到威胁的科技和宝藏，以免落入敌人手中。精灵们的担心是合理的，因为这些蓝图的失踪可能会引发新的冲突和危机。他们知道，只有找到这些蓝图并确保它们的安全，才能真正保护好整个世界的和平和稳定。因此，他们将全力以赴，竭尽所能，确保这些蓝图不再造成任何伤害。

在一次探险队和侦察队的任务中，他们偶然间发现了兽人召唤师法夫纳的踪迹。法夫纳被发现时正在一片密林中进行某种仪式，他的面前摆放着一些神秘的物品，似乎正在进行某种召唤。探险队和侦察队意识到，这可能是他再次企图召唤出邪恶的力量。艾琳领导的队伍决定采取行动，他们小心翼翼地接近了法夫纳，试图将他制服。然而，法夫纳似乎早已察觉到了他们的存在，突然转身面对他们。他的目光充满了嘲讽和威胁。

"艾琳，精灵的领袖，你果然来了。"法夫纳冷笑道。"你以为你能阻止我吗？我已经掌握了足够的力量，再次召唤出威力无比的生物。"

艾琳的眼神坚定，她说："法夫纳，你的企图必须终止。你不应该再次释放那些邪恶的力量。我们已经经历过太多的痛苦，不会再允许你的阴谋得逞。"

在艾琳的领导下，探险队和侦察队发起了进攻，与法夫纳展开了激烈的交战。法夫纳展现出了强大的魔法和召唤能力，他召唤出了一些可怕的生物来阻挡他们。然而，艾琳和她的团队并没有退缩，他们紧密合作，充分发挥各自的能力，展开了一场激烈的战斗。最终，经过艰苦的战斗，艾琳和她的团队成功地制服了法夫纳。法夫纳被束缚，无法再施展魔法，他被带回到精灵们的岛屿。

精灵们在岛上设立了特殊的监狱，将法夫纳关押其中。他们希望通过审讯法夫纳，了解更多关于他的计划和召唤的细节，以防止类似的威胁再次发生。这次的行动证明了精灵们对和平和正义的坚定承诺。他们不仅保护了世界的安宁，还阻止了法夫纳的邪恶计划。在精灵们的努力下，世界可以继续向着和平的方向前进。

虽然阿斯摩太在之前的战斗中没有被彻底击败，他却并没有消失，而是隐藏在阴影中。不久后，他与另外一个黑暗天使相遇，两者在一片荒凉的地方交谈。

黑暗天使看着阿斯摩太，问道："你为何没有彻底消失？你被精灵们击败了。"

阿斯摩太微笑着回应："虽然我在那场战斗中没有被摧毁，但我认识到了一些事情。人类的内心充满了贪婪、腐败和欲望，这是无法改变的事实。他们追求力量、财富和控制，这些欲望一直在驱使着他们。"

黑暗天使点了点头："你是说，只要人类的心灵中存在这些负面情感，就会有邪恶的滋生。"

阿斯摩太深思熟虑地继续说道："正是如此。无论我们是否存在，邪恶都会在人类内心找到温床。或许，我们不需要亲自干涉，他们就会自行腐化。这就是邪恶的哲学，一种深刻的观察。"

黑暗天使陷入沉思，然后问道："那么，我们的存在是否有意义？我们为何要与精灵们交战，为何要寻求控制？"

阿斯摩太微笑着回答："我们的存在是为了显现人类内心的阴暗面，我们是他们欲望的投影。通过我们，他们可以认识自己的内心，理解他们的欲望和恶念。而与精灵们的战斗，也是为了引发人类内心的冲突，让他们认识到自己的弱点。"

黑暗天使沉默片刻，最终说道："或许你说得没错。我们是人类内心的一面镜子，反映出他们的本性。但即使如此，我仍认为正义和和平值得追求。"

黑暗天使说："阿斯摩太，尽管我们的计划受到了阻挠，但人类的心仍然是腐化的，贪婪和欲望在他们的内心中蔓延。我们的力量可以继续在暗处滋长，只要人类存在，邪恶就会找到滋生之地。"

阿斯摩太深沉地回应："是的，黑暗天使，人类的内心是多么脆弱。他们的欲望和贪婪使他们容易受到我们的影响。我们可以将恶意和诱惑注入他们的心灵，让他们走向堕落。"

两者的声音逐渐淡去，仿佛融入了夜色之中。然而，正义的力量依然在世界上存在，光芒依然闪耀。虽然阴暗的声音时常低语，但人们已经明白，只有通过善良、勇气和团结，才能抵御邪恶的侵蚀。

在这个故事的结局中，算命的盲人以西结，默默地走出了阴影，成为了一个见证者，一个静静守望者。尽管他的眼睛无法看见世界的表面，但他却深刻地洞察了人类内心的纷乱和邪恶。他不再参与争斗，而是选择了倾听，从他的心灵中，他逐渐洞察到了事情的真相。

以西结变成了一个智者，他的话语像是智慧的低语，传递给那些愿意聆听的人。他通过他那敏锐的洞察力，以及对人性和命运的深刻理解，帮助人们理解了邪恶的根源。他教导人们不仅要抵御外在的邪恶，更要战胜内心的黑暗。

他在村庄中讲述着寓意深远的故事，以及人类内心的斗争。人们渐渐认识到，他们自己的选择和行为会塑造他们的命运，而不仅仅是邪恶的存在。以西结成为了村庄中的智者，他的教导让人们思考，让人们寻找善良和和平的道路。

虽然黑暗的声音仍时常低语，但人们已经学会了倾听内心的善良声音。他们明白，无论外界如何变幻，只有坚定的信仰和团结，才能维护和平与希望。以西结的存在成为了他们的指引，他的智慧充满了村庄的每一个角落。

在这个故事的结局中，以西结并没有战胜邪恶，因为邪恶永远存在于人类的内心。然而，他通过他的智慧和教导，帮助人们认识到他们自己内心的冲突，引导他们走向更美好的未来。他成为了一盏照亮黑暗的灯塔，为人们的前进指引着方向。

这个故事告诉我们，无论外部环境如何，内心的选择和信仰才是决定命运的关键。以西结的存在，成为了一个寓意深远的象征，提醒我们在面对邪恶和困境时，要坚持善良、勇气和团结，才能迎来光明的未来。

（全集完）

后记

在完成这部作品之际，我深感荣幸能与您分享这个充满奇幻与冒险的世界。这个故事的创作旅程充满了挑战和乐趣，我希望您在阅读中也能感受到其中的情感和意义。

这个故事的灵感来自于对人性的思考，以及对勇气、团结和希望的信仰。在现实世界中，我们常常面临各种挑战和困难，但正是在这些困境中，我们才能展现出真正的勇气和力量。

每一个角色都代表着一种特质，他们的成长和决策，反映了人类内心的复杂性。在他们的冒险中，他们不断成长，不断面对内心的挣扎，最终坚定了自己的信念。

在创作过程中，我也得到了来自朋友、家人和读者的支持和鼓励。感谢您的陪伴和理解，正是您的支持让我能够坚持下去，完成了这个故事。

我希望这个故事能够带给您欢乐和启发，也希望它能够唤起您对勇气、友情和希望的思考。无论我们面对怎样的黑暗，只要我们坚持正义，就能够找到光明的方向。

最后，我要向所有热爱阅读和创作的人致以诚挚的谢意。愿我们在文字的世界里，共同探索更多未知的故事和冒险。

衷心感谢，

吴仁煜先生

书籍讨论问题

当涉及书籍讨论问题时，您可能想要探讨与您的作品相关的主题、情节、角色等方面的问题，以及可能引发读者思考和讨论的议题。以下是一些可能的书籍讨论问题示例，供您参考：

1. **主题和情节：**

    - 本书的主题是什么？作者通过哪些情节和元素来表达这一主题？

    - 故事中的高潮是什么？你认为这个高潮如何影响了整个故事的发展？

    - 书中的转折点和意外事件是什么？它们是如何改变角色的命运和冒险的进程的？

2. **角色分析：**

    - 你认为书中哪个角色最引人注目？为什么？

    - 主人公在整个故事中的成长和变化体现在哪些方面？

    - 哪个反派角色是你最讨厌的？他们的动机和行为有什么影响？

3. **道德和伦理问题：**

    - 故事中的角色面临哪些道德抉择？他们是如何应对这些抉择的？

    - 邪恶的哲学在故事中有何体现？你认为人类的欲望和邪恶的关系是怎样的？

4. **世界观和背景：**

   – 本书的世界观和设定如何影响了故事的发展和角色的行动？

   – 不同种族和地点在故事中扮演了什么角色？它们之间有什么联系和冲突？

5. **象征和隐喻：**

   – 有哪些象征和隐喻在故事中出现？它们有何深层的意义？

   – 圣剑、独角兽水晶等神奇物品代表着什么？它们如何影响了角色和情节的走向？

6. **结局和展望：**

   – 你对本书的结局有何看法？你认为故事是否有可能有不同的结局？

   – 书中留下的悬念和未解之谜是什么？你对这些悬念有何猜测？

7. **作者的写作风格：**

   – 作者在本书中使用了哪些写作技巧？它们如何影响了故事的叙述和情感表达？

   – 你对作者的描写和对话感到满意吗？是否有地方你觉得可以改进？

以上只是一些可能的书籍讨论问题，您可以根据您的作品的特点和主题来制定适合的问题。这些问题可以用于促进读者之间的讨论，探索故事的不同层面，以及对其中的主题和情节进行深入的思考。

人物介绍篇

以西结
看命先生
人类，50岁，
男。
高度1.68米。
体重69公斤。

莱桑德拉
面包老板 / 法师
人类，25岁、
女。
高度1.70米。
体重67公斤。

丝茜娜.伊普吉尔
面包师父 / 圣教士
拉米亞族、21
岁、女。
高度1.70米。
体重75公斤。

傅凡吟
大学生
人类、21岁，
男。
高度1.75米。
体重74公斤。

西摩，耐罗（父亲）
农民族长
月明精灵，504
岁、男
高度1.75米、
体重75公斤。

艾琳，帕那刻亚
（母亲）
农民/魔法师
月明精灵，490
岁，女，高度
1.75米、
体重67公斤

里维斯，耐罗（长子）
『白桦尺燕』号
的副长
月明精灵，175
岁，男
高度1.75米。
体重75公斤。

卢卡斯，耐罗
（二子）
『白桦尺燕』号
的工程师。
月明精灵， 161
岁，男。
高度1.75米。
体重75公斤。

莉雅，耐罗（小女儿） 农民 ／ 剑手 月明精灵，128，女。 高度1.70米。 体重60公斤。	萨米尔 『白桦尺燕』号船长 月明精灵，380岁，男。 高度1.75米，体重75公斤。	莱昂纳多.帕那刻亚 圣剑村庄的守护者 月明精灵，309岁，男。 高度1.70米、体重71公斤。	海安三胞胎 『白桦尺燕』号船员，航手和厨子 月明精灵，168岁，男。 高度1.73—1.75米、体重差不多75公斤。

珊娜菲亚．耐罗 农民 ／ 魔法 月明精灵，489岁，女。 高度1.75米。 体重60公斤。	中尉郭自豪 兵士，侦察队长官。 人类，23岁，男。 单身高度1.73米。 体重差不多75公斤。	中尉郑瑞安 兵士，国内十二队的陆战队狙击手队长。 人类，23岁、男。 高度1.65米、体重差不多60公斤。	中士许曾华 兵士，国内十二队的陆战队狙击手。 人类，21岁、男。 高度1.63米、体重差不多58公斤。

中士烈运聪	下士张傲	下士卡比尔	下士司马颜烈
兵士，中士。 人类、22岁， 男。 高度1.75米。 体重差不多79公斤。	兵士，下士。 人类、20岁， 男。 高度1.73米。 体重差不多75公斤。	兵士，下士 人类、21岁， 男。 高度1.75米。 体重差不多75公斤。	兵士，下士。 人类，20岁， 男。 高度1.80米。 体重差不多78公斤。

包铁心	艾哈迈德	陆成帆	黑暗天使
兵士。 人类、19岁， 男。 高度1.80米。 体重差不多78公斤。	兵士。 人类、19岁， 男。 高度1.80米。 体重差不多78公斤。	兵士。 人类、19岁， 男。 高度1.78米。 体重差不多78公斤。	地方/性别/年龄/高度/体重/样子未知

村长陈斯一
圣剑村庄的村长
人类，52岁、
男。

陈长寿
圣剑村的村民和
寺庙守卫者
人类，23岁、
男。

村长
草药村庄的村长
人类，42岁、
男。

**贝利赫、阿山和
阿明**
草药村庄的人
人类，23岁、
男。

安娜斯崔娜
术士 ／ 剑客
暗精灵、299
岁、女。
高度1.75米。
体重67公斤。

甫斯
魔法獣化师
暗精灵、288
岁、男。高度
1.75米。
体重67公斤。

斯奎 ／斯布林
剑客
暗精灵、双胞
胎子、212岁，
男。
高度1.70米。
体重70公斤。

法夫納
召唤师
兽人、108岁、
男。
单身高度1.70
米。
体重70公斤。

小精灵 地方/性别/年龄/高度/体重/样子未知	**兽人** 地方/性别/年龄/高度/体重/样子未知	**地精** 地方/性别/年龄/高度/体重/样子未知	**暗影怪物** 变形怪和需要通过咒语召唤。

龙黄蜂 地方/性别/年龄/高度/体重/样子未知	**传说中的狼** 它们通常具有象征意义,并与狡诈、忠诚甚至神秘主义等特质相关联。	**四不像怪兽** 那些难以归类或描述的奇特生物或事物。	**独角兽** 地方/性别/年龄/高度/体重/样子未知

巨石人 地方/性别/年龄/高度/体重/样子未知	**塞壬** 地方/性别/年龄/高度/体重/样子未知	**敌人装甲运兵飞船** 交通工具 武器：6 门魔法大炮。 速度：400 每小时英里数	**小精灵装甲飞船** 交通工具 武器：4 门魔法大炮。 速度：480 每小时英里数

『白桦尺燕』号 交通工具 重金属与白色金属混合 武器：2门魔法连环枪和大魔法弓弩。 速度：480 每小时英里数	**圣剑** 武器 重金属 圣剑村庄	**春风神枪** 武器 白色金属 类型：栓式步槍 原产地:精灵村庄	**M24狙击步枪 / 巴雷特M82狙击步枪。** 武器 类型:半自动狙击步枪、反器材步枪 原产地：美国

魔法夹克琳枪 犹如一件青铜制成的枪身上刻满了奇异的符文和神秘的图案。枪口附近镶嵌着一颗晶莹剔透的宝石，似乎蕴含着无穷的力量。	**米尼AK47** 奇幻的设计元素，呈现出独特的魔幻风格。枪身以青铜打造，散发出神秘的光芒，刻满了奇异的符文和图案。枪管细长而优雅，仿佛一道银色的闪电，瞄准镜上雕刻着妖兽和魔法符号。	**幻移之晶** 这颗水晶可以连接远方的地点，让人们能够通过魔法的力量瞬间穿越时空，抵达另一个目的地。它承载着独角兽的神秘力量。	**风雅幻耳环** 一枚精致的饰品，能够变成优雅的人类。

地点设计

1a	**地球**
	在一个不久的未来，地球经历了巨大的变革和挑战。以下是地球的背景设计和情况：
	1. **气候变化和环境问题：** 地球上的气候变化问题变得尤为严重。极端气候事件如热浪、洪水和飓风频繁发生，导致许多地区的生活受到威胁。人们开始更加关注环保和可持续性，积极采取措施减少碳排放和保护生态系统。
	2. **技术的飞速发展：** 科技迅猛发展，人工智能、区块链、生物技术等领域取得了巨大进展。这些技术的应用改变了人们的生活方式、工作方式以及社会结构。
	3. **资源稀缺和能源危机：** 地球上的资源变得越来越有限，包括水资源、矿产和化石燃料。能源危机成为一个重大问题，推动了可再生能源的研发和利用。
	4. **全球政治变革：** 全球政治格局经历了巨大的变革，国际关系紧张，贸易争端和地缘政治冲突加剧。一些国家在军事、经济和科技领域崭露头角，重新定义国际秩序。
	5. **人口问题：** 人口增长导致城市扩张，城市化率大幅提高。人们对资源、就业和住房的需求不断增加，社会和经济压力逐渐加大。
	6. **健康危机：** 地球上发生了一次大规模的健康危机，这次危机改变了人们对卫生和医疗的认识。全球医疗系统经历了改革，强调防疫和紧急应对措施。
	7. **教育和文化：** 教育系统也发生了变革，以适应快速变化的社会和经济需求。多元文化主义得到推崇，人们更加重视文化多样性和包容性。

8. **太空探索:** 太空探索成为热门话题,多国竞相发射太空任务,探索其他行星和宇宙中的资源。这也催生了太空旅游和商业太空产业。

总的来说,地球在这个未来时代面临着巨大的挑战和机遇。人们需要团结合作,采取积极的行动来解决气候变化、资源问题和全球危机,同时利用科技的力量来改善生活和推动社会进步。

1b | **战争中的地球:**

在这个战争中的地球背景设计中,地球面临着巨大的挑战和危机。此次危机的一个主要因素是太阳风暴的影响,它严重干扰了地球上的电力系统,导致了一系列问题。

情景设定:

太阳风暴是一次异常强烈的太阳活动,释放出巨大的太阳带电粒子风暴,它们与地球的电磁场相互作用,严重干扰了电力输送系统。这次太阳风暴具有长时间和广泛的影响,持续了数周甚至数月之久。

情况描述:

1. **电力瘫痪:** 电力系统遭受严重破坏,电力输送线路受损,变电站无法正常运行。大城市和小镇都陷入了黑暗,电力中断导致通信系统瘫痪,人们无法与外界联系。

2. **交通瘫痪:** 汽车依赖电力供应,而电池充电系统也受到了干扰。汽车无法启动,油泵无法运行,导致道路交通完全瘫痪。人们不得不寻找替代的交通方式,如自行车、步行或马匹。

3. **能源危机:** 没有电力,也没有能源供应。加油站无法运作,电力危机也影响了燃料的提炼和分配。人们开始面临燃料匮乏,暖气和家用电器无法正常工作,生活变得异常艰难。

4. **社会动荡:** 太阳风暴引发的危机导致了社会不安定,人们陷入恐慌和不安。政府和应急机构竭尽全力应对危机,但局势仍然混乱。

| 2 | 圣剑庙 |

圣剑庙

圣剑庙是一个富有历史和宗教文化传统的地方，它位于一个宁静的山谷之中，被茂密的森林和清澈的河流所环绕。以下是关于圣剑庙的背景设计和情况的短故事：

背景设计：

圣剑庙的历史可以追溯到数百年前，它是一个重要的宗教圣地，专门崇拜一把神圣的宝剑，被认为是神圣之物，有着传奇的力量。这座庙宇由一群虔诚的修士建造，他们把庙宇建在山谷的一块平坦地带，以静谧的环境融合大自然的美丽。

情况描述：

1. ****庙宇建筑：**** 圣剑庙的建筑充满古老的神秘感，以白色大理石和青石砌筑而成，它的建筑风格融合了多种宗教元素，展示了多元文化的影响。庙宇内部有祭坛、祈祷室和一个供奉圣剑的神殿，每个角落都弥漫着宗教氛围。

2. ****宗教仪式：**** 圣剑庙每天都有宗教仪式和祈祷活动，吸引着来自不同地方的信徒前来朝拜。宗教领袖和僧侣在庙宇中主持祭典，传授宗教教义，并传承有关神圣宝剑的传说。

3. ****自然环境：**** 庙宇周围的自然环境非常美丽，山谷中生长着各种草药和草本植物，供应庙宇的药物和祭品。清澈的河流提供了新鲜的水源，同时也为庙宇的景色增添了宁静的氛围。

4. ****文化遗产：**** 圣剑庙被当地人视为文化遗产的象征，吸引着历史学家、宗教学者和游客前来参观。庙宇中保存着古老的经文、文物和艺术品，展示了古代宗教艺术的辉煌。

5. ****宗教团体：**** 圣剑庙的宗教团体活跃并与当地社区合作，参与慈善事业、教育和文化活动，以促进社会发展和团结。

3	**草药村庄**
	背景设计：
	草药村庄坐落在一个宁静的山谷中，被郁郁葱葱的森林环绕。这个小村庄以其丰富的草药资源而闻名，被认为是草药和植物研究的重要中心。村庄的建筑风格简朴，主要由木材和大理石建造而成，融合了自然元素和现代设计。
	情况描述：
	1. ****草药资源：**** 草药村庄的周围环绕着各种各样的草药和草本植物。这个地区的气候和土壤条件非常适合草药的生长，因此村庄的居民专门从事采集、种植和加工草药。他们以草药的种植和销售为生，也是这一领域的专家。
	2. ****药物和医疗：**** 由于村庄丰富的草药资源，草药村庄成为了草药学、医学和治疗的重要中心。村庄内设有草药店和诊所，居民能够使用这些自然的草药来治疗各种疾病和痛苦。
	3. ****文化传统：**** 草药村庄的居民代代相传着草药知识和技能。村里有着丰富的草药文化，包括独特的草药采集仪式、草药烹饪技术和草药研究的传统。
	4. ****自然美景：**** 村庄周围是美丽的自然景观，包括瀑布、山脉和森林。这些景色为居民提供了休闲和户外活动的机会，也吸引了游客前来欣赏大自然之美。
	5. ****社区生活：**** 草药村庄的社区生活和谐而紧密。居民之间有着深厚的情感纽带，共同维护村庄的和平和繁荣。每年，他们举办各种庆祝活动，庆祝丰收和自然的恩赐。

4	**拯救难民基地和营地**
	背景设计：
	拯救难民基地和营地位于一个遥远而荒凉的地区，周围环绕着广袤的沙漠。这个基地和营地的建立是为了提供庇护和帮助那些在战争、冲突和自然灾害中流离失所的难民。基地由国际组织和志愿者共同运营，旨在为难民提供紧急援助和长期支持。

情况描述：

1. **避难所和帐篷：**　拯救难民基地内设有避难所，供难民居住。帐篷和简易房屋分布在广阔的沙漠地带，为数千名难民提供了临时住所。这里的基础设施包括厨房、洗浴设施、医疗站点和教育中心。

2. **食物和水资源：**　为了满足难民的基本需求，基地提供食物和清洁水资源。志愿者和工作人员努力确保每个人都能获得足够的食物和水，以维持生存。

3. **医疗和心理支持：**　在基地内设有医疗站点，提供紧急医疗服务。同时，心理健康专家也提供心理支持，帮助难民处理经历的创伤和压力。

4. **教育和技能培训：**　基地的教育中心提供基础教育和技能培训，帮助难民提升技能，增加就业机会，并提供更好的未来前景。

5. **国际援助：**　拯救难民基地和营地受到国际组织、政府和志愿者团体的支持。他们提供援助、物资和资源，确保基地能够继续运营并满足难民的需求。

5　**精灵的地球家乡**

背景设计：

精灵的地球家乡位于一个神秘而美丽的森林中，这个森林被称为「银翼森林」。这片森林是精灵文化的中心，充满了奇幻的元素和神秘的魅力。银翼森林以其茂密的树木、流水和神秘的生物而闻名，是精灵们的家园。

情况描述：

1. **自然之美：**　银翼森林是一个充满自然之美的地方，有着高大的古老树木、清澈的溪流和多彩的花朵。这里的景色令人惊叹，是精灵们灵感的源泉。

2. **精灵社区：** 精灵在银翼森林中建立了精致而和谐的社区。他们的家园通常位于树木之间，建筑风格充满了自然元素，如石头、树皮和花朵。精灵社区是一个紧密团结的地方，居民之间有着深厚的情感纽带。

3. **精灵文化：** 精灵文化注重自然和平衡，尊重森林和生态系统。他们通过歌曲、舞蹈和美丽的艺术品表达对自然的敬意。银翼森林是精灵文化的中心，充满了神秘的仪式和传统。

4. **魔法和奇迹：** 精灵们通常拥有魔法能力，能够与自然互动，保护森林和其居住的土地。他们相信森林中有着许多奇迹，经常发现神秘的生物和魔法植物。

5. **生态平衡：** 精灵们以维护生态平衡为己任，保护森林免受外部威胁。他们与其他生物和精灵种族和平共处，努力维护森林的健康和繁荣。

6	**妖魔要塞**

背景设计：

妖魔要塞是一个庞大而黑暗的建筑，位于遥远的荒野之中。它的起源和建造者已经被历史深深遗忘，但传说中它曾经是古代妖魔文明的中心。这座要塞充满了神秘和危险，成为了恐怖故事和传说的来源。

情况描述：

1. **要塞结构：** 妖魔要塞是一座巨大的城堡，由坚固的黑色石头和阴森的钢铁建造而成。其结构复杂，充满了诡异的走廊、地下通道和房间。要塞内部充斥着阴暗和神秘的氛围，似乎隐藏着无数秘密。

2. **离子化干扰魔器：** 妖魔要塞内部藏有一种被称为「离子化干扰魔器」的神秘装置。这个魔器具有极大的破坏力，可以干扰魔法和能源系统，将其化为废墟。它是要塞的核心，也是它的最大威胁。

3. **穿送铁门：** 在要塞的深处，有一扇被称为「穿送铁门」的神秘大门。传说中，这扇门通往其他世界，能够让那些穿越它的人进入未知的领域。然而，进入这扇门也伴随着巨大的风险，因为不清楚那个世界的本质和危险。

4. **妖魔统治：** 妖魔们已经占领了这个庞大的建筑。他们在要塞内部建立了一个恶名昭著的妖魔统治社会，控制着资源和权力。要塞内充斥着妖魔的居住区、训练场和黑市。

5. **冒险者的挑战：** 妖魔要塞成为了冒险者们勇往直前的目标。他们试图进入这个危险的要塞，解锁其秘密，或者摧毁离子化干扰魔器，以避免其潜在的威胁蔓延到周边地区。进入要塞的冒险是危险而充满未知的，但也充满了冒险和奖赏。。

7	**魔幻多元界 /法幻利斯**

背景设计：

法幻利斯（Magia Multiversum）是一个神秘而充满魔法的多元宇宙，包含了各种不同的次元、位面和世界。这个多元宇宙被魔法纵横交错，不同的现实层次相互联系，允许奇幻生物、法师、神秘生物和各种神秘力量共存。

情况描述：

1. **多元宇宙：** 法幻利斯由多个次元组成，每个次元都有独特的特征和规则。有些次元充满魔法，有些次元是科幻未来，还有些次元类似于中世纪奇幻世界。这些次元相互交织，形成了一个多元宇宙的网络。

2. **魔法力量：** 魔法在法幻利斯中无处不在，是生活的一部分。人们可以通过学习、咏唱咒语、使用魔杖或其他方式来掌握魔法。不同的次元可能有不同类型的魔法，包括元素魔法、神秘魔法、时空魔法等。

3. **各种生物：** 法幻利斯是各种奇幻生物和神秘生物的家园，包括有人类、矮人、精灵、半兽人、人马、美人鱼、人猫、半人蛇、巨龙、独角兽、恶魔、妖精等等。这些生物在不同的次元中生存，并在多元宇宙中相互交流。

4. **穿送之门科技：**　一些次元之间有着「次元穿送门」，允许人们穿越不同的次元。这些次元之门可以是古老的传送门、神秘的符咒或特定的魔法仪式。

5. **冒险与探险：**　法幻利斯中的冒险是无穷无尽的。探险家可以穿越次元之门，探索不同的次元，寻找宝藏、解锁秘密或与其他生物互动。多元宇宙中的任务和冒险各不相同，从解救公主到对抗邪恶势力，无所不包。

年表

1500年代 一位神秘的人出现在地球上，用他的圣剑制止了邪恶。后来，他来到陈家村（后来被称为"圣剑"村）和药村。

1600年代 建造了一座庙宇来纪念那位神秘的人。

1870年： 西摩.耐罗、珊娜菲亚.耐罗、艾琳.帕那刻亚、年轻的莱昂纳多.帕那刻亚以及来自奥卡努姆世界的其他月精灵来到地球并定居下来。

1900年代： 莱昂纳多·帕纳基亚离开精灵村庄，开始探索世界。后来，他遇到了陈村长和年轻的陈长寿。

1973年： 地球的环境问题加剧，引发了全球对气候变化和环境问题的关注。

1976年： 西摩、艾琳和莉雅在森林中发现了婴儿莱桑德拉。

1980年： 科学家们开始警告气候变化可能造成严重后果，促使国际社会加大环保力度。

1990年： 珊娜菲亚开始研究离子干扰装置等准备工作。

1994年： 西摩设立了一个团队，开始调查珊娜菲亚，发现两个工件的蓝图不见了。

1996年： 莱桑德拉组建了一个环境意识团体，以应对全球威胁。

1997年： 莱桑德拉在乌宾岛遇到了丝茜娜.伊普吉尔。

1998年： 傅凡吟在面包店遇到了丝茜娜。

1999年结束： 傅凡吟与丝茜娜成为朋友。他开始训练召唤『圣光道墙』。

2001年： 恶魔和黑暗势力崛起。探险队踏上了探索失落文明并找到关键工件以抵抗黑暗势力的任务。邪恶恶魔和探险队之间的对抗升级，友谊和团结推动着他们的坚持。通过团队的努力，黑暗势力逐渐削弱，但胜利并不轻松。最后一战爆发，探险队和黑暗势力之间的决战将决定世界的未来。探险队成功击败了黑暗势力，但他们明白，保持和平需要持续的奉献。世界慢慢恢复了和平与宁静，然而，探险队的成员仍然在内心斗争和选择中挣扎。

人物指南

1. **丝茜娜：** 主要女主角，一位勇敢的年轻女探险家，拥有强大的魔法能力和坚定的意志。她是探险队的领袖，积极参与保卫世界免受黑暗势力侵害。

2. **阿斯摩太：** 邪恶的黑暗天使，试图在世界上引发混乱和毁灭。他是主要的反派角色，具有强大的黑暗魔法。

3. **傅凡吟：** 年长的勇士，为保护世界和他所珍惜的人们而战斗。他是探险队的核心成员之一。

4. **艾琳：** 精灵族的法师，善于在战斗中使用魔法与远程武器。她在团队中担任侦察员的角色。

5. **西摩：** 机智的精灵村长，负责制造和修复团队的装备。他的发明和创造力对探险队的成功至关重要。

6. **草药村庄的村长：** 具有智慧和丰富经验的长者，为探险队提供指导和支持。

7. **安娜斯崔娜：** 邪恶势力的领袖，带领妖魔军团与探险队作战。

8. **法师莱桑德拉：** 强大的法师，研究魔法的奥秘并为探险队提供魔法支持。

9. **萨米尔：** 勇敢的'白桦尺燕'号船长，与探险队一起参与战斗并保卫家园。

10. **郭自豪：**　　勇敢的侦察队长官，与探险队一起参与战斗并保卫家园。

11. **烈运聪、张傲、卡比尔、司马颜烈、包铁心、艾哈迈德　　与陆成帆：** 勇敢的侦察队，与探险队一起参与战斗并保卫家园。

12. **郑瑞安与许曾华：** 勇敢的国内十二队的陆战队狙击手，与探险队一起参与战斗并保卫家园。

附加信息

1. **魔法术语表：

    1.1. **幻影术：** 创造虚假的影像或景象，迷惑敌人或隐藏自己。

    1.2. **分身迷魂术：** 创造分身以分散敌人的注意力，同时使敌人迷失方向。

    1.3. **升降风之术：** 控制气流，使自己或物体升腾或降落。

    1.4. **幻影术：** 操控和释放火焰元素的魔法。

    1.5. **冰封术：** 掌控冰元素的能力，可以冻结物体和区域。

    1.6. **圣术：** 引用神圣力量的魔法，常用于治疗、保护和祝福。

    1.7. **金咒术：** 利用金属和矿物的魔法，可能用于创造、强化和改变金属物体。

    1.8. **冶金术：** 控制金属和矿石的魔法，用于提炼和加工。

    1.9. **迷阵术：** 制造迷雾和幻觉，使敌人迷失方向。

    1.10. **降灵术：** 召唤幽灵或灵魂，与死者进行沟通或获取信息。

    1.11. **冰术：** 控制冰元素，可以制造冰霜、冻结物体或者创造寒冷效果。

    1.12. **心灵沟通术：** 通过思维进行交流，实现心灵感应和沟通。

    1.13. **隐形术：** 使自己或物体变得隐形，避免被发现。

    1.14. **魔法兽化术：** 将人类或其他生物转化为魔法生物，获得特殊能力。

1.15. **闪现术：**瞬间移动到短距离内的位置。

2. **咒语和咏唱：**

    2.1. **圣灵元气光：** 发射神圣光芒，恢复盟友的能量和生命力。

    2.2. **神助之光：** 召唤神圣光芒，为团队提供力量和鼓舞。

    2.3. **圣光道墙：** 创造一道抵挡攻击的神圣能量屏障。

    2.4. **圣光医疗：** 使用神圣能量治愈伤痛和疾病。

    2.5. **心灵医疗：** 通过精神力量来治愈心理创伤和疾病。

    2.6. **圣光净化：** 用神圣能量净化恶意和污秽。

    2.7. **祝福加持：** 通过神圣祝福赋予目标力量、保护或好运。

3. **召唤术：**

    3.1. **召唤幻兽：**唤醒幻想生物，如独角兽、凤凰等。

    3.2. **邪灵召唤：**召唤恶魔或邪恶生物为己所用。

4. **预知和卜卦：**

    4.1. **星辰占卜：**通过观察星象预测未来事件。

5. **附魔和魔法物品：**

    5.1. **『幻移之晶』或者魔法传送水晶：**这颗水晶可以连接远方的地点，让人们能够通过魔法的力量瞬间穿越时空，抵达另一个目的地。它承载着独角兽的神秘力量。

    5.2. **风雅幻耳环：**一枚精致的饰品，能够变成优雅的人类。

    5.3. **『匾额』/虚灵守护者纹盾牌：** 以神圣剑的一部分为标志的圣殿或盾牌。一面坚不可摧的盾牌，可以击退任何魔法。它还充当了通过守护的门陷阱的钥匙。

5.4. **『铜钟』/以太和谐之铃:** 属于神圣剑的一部分的掌心大小的铃铛。它还可以保护免受邪恶灵魂或黑暗的侵害。它也充当了通过守护的门陷阱的钥匙。

5.5. **『离子化干扰魔器』:** 一种发射波动脉冲来干扰电力和石油的装置。该装置可以自定义其设置，以控制关闭哪种类型的能源。

5.6. **'碌'元素:** 来自另一个世界，幻影世界的水晶，可以产生魔法能量并使物体漂浮。

5.7. **『穿送铁门』:** 创建一个传送门，实现空间旅行。

5.8. **圣剑:** 一把由两种材料融合而成的神圣之剑。

5.9. **星光宁静眼镜:** 星光宁静眼镜：星光宁静眼镜的镜片由稀有的绿色水晶制成，可以利用夜间星光和月光形成的大气光晕。这些魔法眼镜使佩戴者能够在黑暗中察觉隐藏的路径、生物和细节，赋予了无与伦比的夜间侦察能力。魔法功能：星光宁静眼镜利用天体光明的神秘能量，增强了佩戴者的视力，赋予了他们超自然的视觉。它们揭示了夜晚的秘密，展示了否则会被遮掩的风景和生物。适用于潜行探索，这些眼镜在揭示黑暗的神秘中提供了超自然的优势。

6. **禁忌魔法：**

6.1. **墓地唤醒：**将死者复活为不死生物的危险咒语。

7. **阵法：**

7.1. **十二装甲铁人阵：**十二装甲铁人阵是一种防御和进攻的战术编队，由十二名装甲战士组成，利用装甲、武器和密集编队的战术协同作战，以应对各种威胁和执行任务。

7.2. **迷阵术:** 一种可以迷惑敌人或困住敌人的阵法。

7.3. **风雨阵法:** 一种利用气象元素来阻止或减缓闯入者的阵法。

7.4. **三势阵:** 创建一个同时兼具攻击和防御的三人阵形需要协作和团队合作。它旨在让三个人在攻击和防御场景中有效地合作。它利用了每个团队成员的优势,同时确保了对敌人前进的强大防御。以下是一个可以根据不同情况进行调整的简单阵形:

阵形设置:

1. **前位(进攻者):** 这个人占据前方位置,主要负责发动攻击。他们应该装备适合他们战斗风格的武器,比如剑、弓或法杖。

2. **中位(均衡者):** 中间的个体具有多才多艺和均衡的特点。他们既可以有效地进攻又可以防守。这个人可以使用长矛之类的武器,既适用于近战又适用于远程战斗。

3. **后位(防御者/支援):** 后方位置留给了防御专家或支援施法者。他们为团队提供保护性法术、治疗和支援。可以使用盾牌、防御法术或法杖进行治疗魔法。

执行:

- 前锋进攻者首先接触敌人,吸引他们的注意并开始战斗。

- 中位队员支援进攻者,提供掩护射击或根据需要协助近战战斗。

- 后位队员专注于防御和支援,使用法术或能力来保护团队并治愈伤害。

- 团队应该进行有效的沟通,进攻者和中位位置保持进攻压力,而后位成员确保他们的安全。

优点:

攻防平衡。前卫吸引敌人的注意,使侧翼和后卫可以进行战略性的移动。灵活适应不同的战斗场景。防止侧翼和后方袭击。

缺点:

需要团队成员之间良好的沟通和协调。如果协调不当，容易受到多方向的攻击。阵形可能需要根据团队成员的具体技能和能力进行调整。

8. **魔药:**

8.1. **能量复苏药剂：** 一种增强个人能量和力量的魔法药剂。

8.2. **记忆雾酿：** 一种能够改变记忆的魔法药剂。

8.3. **净化灵魂药剂：** 一种能够净化或驱散邪灵和黑暗的魔法药剂。

8.4. **"璀璨欢愉" 药剂：** 这种毒药会导致极度疯狂和醉酒的状态，导致失去抑制和控制。最终，它会导致死亡，使其成为一种具有毁灭性效果的致命混合物。

9. **方言插画：**

9.1. **被坑：**这意思是"上当"或"受骗"。

9.2. **没马跑：** 其实是福建话，这样可能就是代表说一个人或者一件事做得非常好。- 前线追踪｜ "没马跑"？新加坡华人展现独有文化自信，8world。

10. **文化与社会：**

10.1. **艺术和文化：** 描述世界中的艺术形式，如音乐、绘画、雕塑等，以及它们在社会中的地位。

10.2. **教育体系：** 描述世界中的教育制度、学校和知识传承的方式。教育可能是社会发展和进步的关键。

10.3. **家庭和社交关系：** 描述家庭结构、婚姻制度以及人们之间的社交互动方式。这可能影响人们的人际关系和价值观。

10.4. **服饰和风俗习惯：** 描述世界中的服饰风格、装束和日常生活的风俗习惯。

10.5. **通信和传媒：** 描述世界中的通信方式、传媒机构和信息传播。信息流动可能影响人们的意识形态和知识水平。

10.6. **环境保护和可持续发展：** 描述您的世界中的环境保护意识、可持续发展措施和与环境相关的价值观。

10.7. **社会问题和争议：** 描述世界中可能存在的社会问题，如种族歧视、贫富分化等，以及人们对这些问题的看法和争议。

11. **参考书目：**

11.1. 《邪恶的逻辑问题》是由 『互联网哲学百科全书及其作者』编辑。 这网站是一种论证，试图通过分析邪恶与神的存在之间的矛盾来质疑上帝的存在。这个问题源于神既是全能、全知、全善的概念，但世界上却存在邪恶和苦难。

11.2. 《人道主义定义》是由 『美国人道主义协会』编辑。这网站是说人道主义的内涵。

11.3. 《环境科学要义》由『卡塔琳娜·多斯纳』编写。这本书在介绍和阐释环境科学的基本概念和原理。这本书可能涵盖了环境科学的各个方面，包括生态学、气候变化、资源管理、环境政策等。读者可以通过这本书了解环境科学领域的重要概念、理论和实践，有助于加深对环境问题和可持续发展的理解。

11.4. 《专业伦理与社会责任》是由『丹尼尔·E·乌斯特』编写。这本书探讨了在不同职业领域中，从医疗保健到商业和科学，个人和组织应如何行事以确保道德和社会责任。它涵盖了伦理决策的原则和方法，以及如何应对各种职业伦理挑战，例如利益冲突、隐私权、环境保护等。这本书旨在引导读者思考和探讨如何在职业生涯中秉持道德价值观，同时对社会产生积极影响。

11.5. 《伦理与社会责任》是由『库尔特·莫瑟』编写的一本书，涵盖了伦理学和社会责任的主题。这本书旨在探讨在商业、职业和社会环境中如何应对伦理问题和社会责任。

11.6. 《全球化理论》是由『巴里·阿克斯福』德编写的书籍，探讨了全球化的不同理论和观点。这本书介绍了各种关于全球化的学术理论，包括全球化的定义、原因、影响和未来发展等方面。作者在书中分析了全球化对政治、经济、文化等各个领域的影响，并探讨了不同学者对于全球化的看法和解释。这本书提供了一个深入了解全球化现象和其背后的理论框架的综合指南。

11.7. 《神话学导论》 by C•G•荣格：这本书探讨了神话、传说和符号对于文学创作的影响，可以为您的虚构世界增添深度。

11.8. 《创作与想象力》 by 奥森•斯科特•卡德：这是一本关于创作和写作技巧的书，可以帮助您培养丰富的想象力和创造力

本书致谢

在完成这部作品的过程中，我要向许多人表达衷心的感谢。没有他们的支持、鼓励和帮助，这本书将不可能完成。以下是我要感谢的人：

首先，我要感谢我的家人和朋友，你们在我写作的道路上一直给予我无私的支持和理解。你们的鼓励是我前进的动力。

感谢我的编辑和校对团队，你们的专业知识和耐心的指导帮助我将故事完善到更高的水平。没有你们的帮助，本书不可能如此精彩。

特别感谢我的读者，是你们的支持和喜爱，让我有动力继续创作。我深感荣幸能够与你们分享这个故事世界。

我还要感谢所有为这本书提供灵感和支持的人和事物，包括各种文化、神话和故事元素。你们的影响使得本书更加丰富多彩。

最后，我要感谢自己，是你的坚持和努力让这个故事得以完成。我希望这个故事能够带给读者无尽的乐趣和启发。

感谢大家！

作者　吴仁煜先生

日期　25-8-2023

华语网站：https://luminescencegoh.info

关于作者

吴仁煜先生於 1974 年出生於新加坡。作為一名亞洲華人，儘管他的家人只會說閩南話和普通話，但他還是會說和寫三种语言。來自簡單的家庭背景，他完成了第三年的學習，並於 1993 年加入新加坡海軍。

1999年，他與海軍的六年合同期結束。戈德溫隨後協助父親從事家族家具業務五年。在那段時間，吳仁煜先生周遊亞洲。他於2001年結婚，但他的婚姻生活結束並於2011年離婚。　2011年開始寫中文小說，2012年出版第一本書，吳仁煜先生在他的生活中有一段激動人心且充滿挑戰的經歷。他希望分享他的一些經驗，為人們帶來歡笑、見解和靈感。

俗話說，"當生活給你檸檬時，做檸檬水。"

Printed in the United States
by Baker & Taylor Publisher Services